Nein!

Nur Dir kann ich vertrauen

von

Bonnyb. Bendix

ISBN: 9781520730011

Deutsche Erstausgabe Februar 2017

Kontakt:

B. Kohrs Weißdornweg 9, 37574 Einbeck

bonnybbx@googlemail.com

http://gay-zone-bonnyb.jimdo.com

Covergestaltung: Bonnyb. Bendix, erstellt mit Daz3D

Korrektur:

Bernd Frielingsdorf

Sandra Paczulla

Nein!

Prolog

Viele Menschen wissen lange Zeit nicht, welchen Beruf sie einmal ausüben möchten. Eigentlich war ich mir bei der Wahl meines Berufes von Anfang an sicher. Schon als kleiner Junge antwortete ich, wenn mich Oma, Opa oder Tante fragten, was ich denn mal werden wolle, wenn ich groß bin, immer nur eins, und das wie aus der Pistole geschossen: „Polizist!“ Natürlich ist das ein Berufswunsch, den sicher fünfzig Prozent aller Jungen in den ersten Jahren ihres Lebens nennen, im gleichen Atemzug mit Feuerwehrmann und Baggerfahrer. Zuerst war es auch nur die Uniform, die Pistole und die Tatsache, dass Autos auf der Kreuzung nach meinem Befehl fahren mussten, die ich an dem Beruf so toll fand. Aber je älter ich wurde, desto mehr rückte etwas anderes in den Vordergrund. Mein Land zu beschützen, ein verlängerter Arm des Gesetzes zu sein. Menschen hinter Gitter zu bringen, die unserem Land Schaden zufügen wollen, und vor allem die zu beschützen, die zu schwach sind es selbst zu tun. Ein Jurastudium schien mir zu schwer und außerdem wollte ich lieber an der „Front“ meinen Dienst tun, als Gesetzesbücher zu wälzen und Paragrafen zu verdrehen. Später ärgerte ich mich oft über diese Entscheidung, immer dann, wenn wieder einmal ein Krimineller, den ich hinter Schloss und Riegel gebracht hatte, wieder auf freiem Fuß landete, weil sein Rechtsverdreher ihn irgendwie rausgeboxt hatte. Dass der Tag kommen würde, an dem ich alles infrage stellte, an das ich bis jetzt geglaubt hatte, hätte ich nie gedacht. Aber genauso kam es, und zwar in Form von Jeremias Seidler.

Kapitel 1

„Tom, ich wäre dir dankbar, wenn du nachher pünktlich bist, bitte! Heute ist es mir wirklich wichtig, dass du mal mich und nicht deinen Beruf an erste Stelle rückst!“ Paula drückte mir einen Kuss auf den Mund und hielt mich am Jackenärmel fest, zwang mich ihr in die Augen zu sehen und ihre Bitte auf Pünktlichkeit zu bestätigen. Mein Name ist Tom Müller, ich bin siebenundzwanzig, Polizist, und ja, Paula litt des Öfteren darunter, dass ich meinen Beruf mit Leib und Seele ausübte. Aber diesmal erwartete sie absolute Pünktlichkeit, denn ich sollte sie auf eine Geburtstagsfeier ihres Vorgesetzten begleiten. Sie arbeitete im Amtsgericht in der Verwaltung und zur Feier wurde ausdrücklich auch der Partner eingeladen. Sie war es leid, immer und überall allein aufzutauchen und wollte ein Mal auch ihren Partner präsentieren. Ihre Kollegen witzelten schon über sie, dass ich wohl nur ihr imaginärer Freund sei, und wollten endlich Beweise sehen. Am besten in Fleisch und Blut und weil wir nun schon fast drei Jahre zusammen waren, gab es keine Ausrede mehr, um mich davor zu drücken. Ich nickte, nuschelte ein Ja und drückte ihr einen Kuss auf die Lippen.

„Wann und wo muss ich da sein?“, witzelte ich, duckte mich schnell, bevor sie mich schlagen konnte. Paula hatte mir mindestens schon drei Mal an diesem Morgen die Lokalität und die Zeit genannt und reagierte dementsprechend kratzbürstig.

„Übertreib es nicht, Tom, ich mein es ernst.“ Ihr strenger Gesichtsausdruck wechselte und ein leichtes Grinsen schlich sich um ihre Mundwinkel.

„Wirklich, Tom, lass mich nicht betteln, okay?“ Sie sah mich bittend mit ihren großen, grünen Katzenaugen an und ich nickte noch einmal bestätigend und versprach pünktlich zu sein. Wie immer, wenn man solche Versprechungen macht, weiß man quasi vorher schon, dass man sie nicht wird einhalten können. Mein Bauch sagte mir, als ich Paula den Rücken zudrehte und die Tür hinter mir ins Schloss fiel, dass es bestimmt mal wieder schwierig werden dürfte. Wenn ich ehrlich mit mir war, schob ich aber auch gern meine Arbeit vor, um derartige Veranstaltungen nicht besuchen zu müssen. Ich gehöre eher zu der Sorte Mensch, die nicht gern im Vordergrund stehen. Auf Menschen zuzugehen fällt mir schwer. Hätte Paula nicht damals die Initiative ergriffen und mich angesprochen, wären wir wohl nie ein Paar geworden. So aber hatte ich ihrem Charme und ihrer Liebenswürdigkeit nichts entgegenzusetzen. Mit ihren grünen Augen und dem kurzen roten Haar gefiel sie mir auf Anhieb und ihre schlanke, beinahe androgyne Figur passte zu ihren geschmeidigen, katzenartigen Bewegungen. Sie lachte gern und viel und steckte mich damit an.

Wir lernten uns in der U-Bahn kennen, saßen uns dort gegenüber und wechselten verstohlene Blicke. Kurz bevor sie aussteigen musste, sprach sie mich an, griff in ihre Jackentasche und drückte mir ihre Visitenkarte in die Hand. Wahrscheinlich nur, weil ich in Uniform steckte und keine Gefahr von einem Gesetzeshüter ausging. Ich meldete mich dann wirklich bei ihr, überwand meine Schüchternheit und wir verabredeten uns für den nächsten Tag. Wohl der erste und einzige Termin, an dem ich pünktlich erschien. Es wurde ein toller Abend, an dem ich mich sofort in Paula verliebte. Sie stellte eine perfekte Mischung aus Kumpel und Geliebte da. Mit ihr konnte man Pferde stehlen, aber sie verstand es auch, mich mit ihren Reizen um den Verstand zu bringen. Sie ließ mir die Freiräume, die ich aufgrund meines Berufes brauchte, und konnte sich auch ohne mich verwirklichen. Aber ab und zu wollte sie eben auch einen Partner an ihrer Seite und leider versetzte ich sie oft und kam zu spät oder eben gar nicht. Unsere gemeinsamen Freunde kannten das von mir, aber diesmal ging es um ihre Kollegen und ich fühlte mich dort eben nicht so wohl, oder ich redete mir das ein, denn kennengelernt hatte ich natürlich noch niemanden. Erst einmal verdrängte ich den kommenden Abend und konzentrierte mich auf meine Arbeit.

Auf der Wache wurde ich lautstark begrüßt und gemeinsam mit Thorsten, meinem Kollegen, begab ich mich zum Umziehen in die Kabine. Mit Thorsten fuhr ich am liebsten auf Streife, denn wir waren ein eingespieltes Team. Redeten nie übermäßig viel, aber fühlten uns auch im Schweigen ganz wohl. Thorsten konnte ich blind vertrauen und wir wussten meist, wie der andere in brenzligen Situationen reagierte. Auch privat trafen wir uns, so oft es der Dienstplan zuließ, obwohl sich bei ihm und auch bei mir das Leben sowieso hauptsächlich auf der Wache abspielte. Heute stand nichts Besonderes auf dem Plan. Am Morgen fuhren wir an den Schulen Streife, um gerade bei Matsch und Schnee die Grundschule in unserem Bezirk abzusichern. Die Kinder liefen durch die aufgetürmten Schneeberge gern an nicht geschützten Stellen über die Straße, bewarfen sich mit Schnee und passten nicht auf den Verkehr auf. Nachdem wir den Schulweg gesichert hatten, hielt Thorsten an einem Bäcker und besorgte uns ein zweites Frühstück. Der Tag begann angenehm ruhig.

Am Anfang meiner Dienstzeit liebte ich die Aufregung, die Gefahr; später zweifelte ich manchmal, ob es sich lohnte, sein Leben für Idioten aufs Spiel zu setzen. Zum Beispiel für Menschen, die sich prügeln, weil sie keine andere Beschäftigung hatten. Dann aber wusste ich, dass ich es für die tue, die unbeabsichtigt Opfer werden, die meine Hilfe brauchen. Einsätze, die mich forderten und bei denen das Adrenalin nur so durch meinen Körper pumpte, liebte ich früher besonders. Nicht nur ein Mal landete ich im

Krankenhaus, weil ich mir Platzwunden von Schlägereien oder Demos eingefangen hatte. Paula fand das überhaupt nicht witzig und forderte mich auf, nicht immer diese Einsätze zu suchen und mich sogar freiwillig dafür zu melden. Aber das war es, was ich liebte. Ich fühlte mich lebendig und wichtig. Das Agieren mit meinen Kameraden, die klaren Richtlinien und der Zusammenhalt während eines Einsatzes befriedigten mich. Nur manchmal, wenn Paula mich mit Tränen in den Augen vom Krankenhaus abholte, überkam mich ein schlechtes Gewissen ihr gegenüber und außerdem wurde ich mir der Gefahr, in die ich mich begab, erst dann so richtig bewusst. Aber dann verdrängte ich es, denn anders konnte man den Job nicht erledigen.

Genauso musste ich versuchen die Arbeit nicht mit nach Hause zu nehmen. Das Elend und die Ungerechtigkeit bekam ich hautnah zu sehen, jeden Tag und in den Nächten erst recht. Prostitution, häusliche Gewalt, Kindesmissbrauch, Raub, Körperverletzung, Vergewaltigung und Mord gehörten genauso zu meinem Beruf, wie einer alten Frau über die Straße zu helfen oder eine Verkehrskontrolle durchzuführen. Menschliche Schicksale nicht an mich heranzulassen, gestaltete sich schwierig. Manchmal erschreckte es mich, dass Gerechtigkeit nicht immer das war, was ich mir als Kind darunter vorgestellt hatte. Recht haben und bekommen waren zwei verschiedene Dinge. Ich war dazu da, Straftäter zu fangen; andere versuchten diese gerecht für ihre Taten zu bestrafen. Aber deren Meinung, was wirklich gerecht war, traf sich oft nicht mit dem, was ich darüber dachte. Ich hielt Justitia bisweilen für blind.

Der heutige Tag verlief ruhig und so hatte ich am Ende tatsächlich keine Ausrede, das Revier nicht pünktlich zu verlassen. Eine Stunde später saß ich neben einer glücklich strahlenden Paula im Restaurant und versuchte den netten Freund zu mimen. Natürlich war ich nett, aber eben nicht so gesellschaftstauglich. Ich fühlte mich angestarrt und unwohl, wusste nichts zur Unterhaltung beizutragen. Paulas zufriedenes Gesicht ließ mich den Abend ertragen. Ich versuchte an den richtigen Stellen zu lachen, hielt ihre Hand, ließ mich von ihr küssen und hielt brav bis 23:00 Uhr durch. Als Entschädigung liebten wir uns zärtlich, als wir endlich in unserem kuschligen Bett lagen. Ich war froh, mich vorerst eine Weile vor solchen Veranstaltungen drücken zu können.

Die Woche verlief verhältnismäßig ruhig, denn nach der Weihnachtszeit, die ein Garant für Ärger darstellte, lief es jetzt wieder in geordneten Bahnen. Thorsten und ich mussten die nächsten Tage in den Einkaufspassagen und den Outdoor-Eisbahnen Streife laufen. Taschendiebe bereicherten sich zuhauf an den ahnungslosen und leichtsinnigen Besuchern, die nicht

merkten, wie ihnen an der Glühweinbude und im Gedränge der Kaufhäuser das Geld aus der Tasche geklaut wurde. Einen konnten wir erwischen. Er gehörte wohl einer rumänischen Diebesbande an und seine Straftaten füllten schon eine beachtlich dicke Akte, obwohl er noch nicht einmal vierzehn Jahre alt war. Ein Grund, warum er auch diesmal wieder ohne Strafe davonkam. Ein Kampf gegen Windmühlen, der mich oft genug wütend machte.
Als ich am Abend Dienstschluss hatte, fragte man mich, ob ich eine Nachtschicht dranhängen könnte. Einer meiner Kollegen sei ausgefallen. Meist wurde ich gefragt, weil ich nie ablehnte, und auch diesmal sagte ich zu, schrieb Paula eine Nachricht, dass sie nicht mit mir zu rechnen brauche. Natürlich war sie nicht begeistert, aber ändern konnte sie an meiner Entscheidung sowieso nichts mehr. Hätte ich dieses eine Mal abgelehnt, wäre alles anders gekommen.

So aber fuhr ich mit Kevin, der ein ganz schönes Großmaul war, Streife. Auf den Straßen war nicht viel los. Wir wollten gerade an einer Pommesbude anhalten, als die Zentrale einen Notruf durchgab. Verletzte Person vor dem Club „Sunrise". Da wir uns am nächsten an dem Club befanden, mussten wir nach dem Rechten sehen. So fuhren wir mit Blaulicht zum Einsatzort, einem Nachtclub, bevorzugt von Homosexuellen besucht. Kevin moserte, dass wir lieber die anderen hätten fahren lassen sollen.

„Ich hab keinen Bock auf die Tunten. Was soll schon passiert sein? Die haben sich mit Wattebäuschen beworfen und heulen 'ne Runde", frotzelte er und lachte. Ich musste grinsen bei der Vorstellung. Witzeleien über Schwule gehörten zum „Guten Ton". Meist harmlose Witze, wie die über Blondinen, Polen, Ausländer im Allgemeinen. Nahm man sie nicht allzu ernst, musste man auch darüber schmunzeln. Ich versuchte, immer wertfrei an alles ranzugehen. Nicht bestimmte Volksgruppen über einen Kamm zu scheren, immer jeden Fall neu zu beurteilen. Nicht immer einfach, da Klischees oft zutrafen oder es eben so schien, als ob sie wahr wären. Wir als Polizisten bekamen eben nur die Straffälligen unter die Finger und nicht die Millionen anderen, die unbescholten lebten. Über Homosexuelle bildete ich mir kein Urteil. Unter Polizisten gab es eigentlich keine und wenn, dann lebten sie nicht geoutet. Hier war man taff und an der Front vertraute man sein Leben keiner „Schwuppe" an.

Sollten Schwule unter „meinen" Straftätern sein, dann wusste ich es nicht. Ab und zu mussten wir eingreifen, weil gewalttätige Übergriffe auf Homosexuelle verübt wurden, und das kam leider recht häufig vor. Manchmal ärgerte ich mich über die meist sehr tuntig angehauchten Männer. Sie spielten wirklich sehr provokant mit den Geschlechterrollen und stellten ihre Sexualität zur Schau. Dass viele Menschen daran Anstoß nahmen, konnte ich bisweilen verstehen. Sicher, jeder soll nach seiner Fasson glücklich sein, aber manche Provokation zog nun mal negative Folgen nach sich. Für viele Menschen, die ich kannte, waren Schwule nur bunt angemalte Transen, die in Stöckelschuhen und Frauenklamotten umherliefen. Sie empfanden es als eine Art Aufzwingen. Radikale Menschen belassen es leider nicht bei bloßem Beschimpfen oder Witze reißen, sondern reagierten in Form von gewalttätigen Übergriffen. Auch diesmal vermutete ich etwas Ähnliches.

Als wir eintrafen, hatte sich in einer engen Gasse eine Traube um etwas gebildet, was uns durch den Menschenauflauf verborgen blieb. Mit dem Megafon verschafften wir uns Aufmerksamkeit und die Menge teilte sich. Zum Vorschein kam ein auf dem Boden liegender Mann. Er war zur Hälfte entblößt und sein Körper übersät mit Blutergüssen. Ein anderer kniete daneben und kümmerte sich um den bewusstlosen Mann, versuchte ihn mit seinem Körper vor den Handykameras abzuschirmen. Alle anderen standen sensationslüstern nur drumherum. Während Kevin sich um die gaffende Menge kümmerte, kniete ich mich neben den am Boden liegenden Mann und den, der auf ihn aufpasste. Eine der schlimmsten Unsitten war es seit geraumer Zeit, alles und jeden mit der Handykamera zu filmen und es sofort ins Netz hochzuladen. Eine strafbare Handlung, aber kaum zu unterbinden. Der bewusstlose Mann wollte garantiert nicht gefilmt werden.

Professionell untersuchte ich den Mann selbst nach seinen Vitalfunktionen, brachte ihn vorsichtig in die stabile Seitenlange und bestellte dann sofort über Funk den Rettungsdienst. Leider musste ich für die Beweislage ein paar Fotos schießen, was mir diesmal total unangenehm war. Der Mann lebte, aber aus einer Platzwunde am Kopf lief Blut. Auch sonst sah alles nach einer Vergewaltigung aus. Die Hose, die in den Kniekehlen hing, Blutergüsse von Penetrationsversuchen, Blut, das zwischen seinen Beinen herauslief. Ein komisches Gefühl packte mich, denn auch wenn ich schon häufig Opfer von Vergewaltigungen gesehen hatte, stellte sich das hier für mich anders da. Einen vergewaltigten Mann hatte ich noch nie zu Gesicht bekommen.

Kapitel 2

Kevin kümmerte sich um mögliche Zeugen und verscheuchte den Rest der Schaulustigen. Ich hasste Gaffer. Statt zu helfen, behinderten diese sensationsgeilen Aasgeier nicht selten die Rettungsdienste. Ich bat Kevin, die Wärmedecke aus dem Wagen zu holen, damit der Verletzte nicht auskühlte. Es war Winter, zwar gerade um die null Grad, aber bei einem Verletzten war es wichtig, dass er die Wärme halten konnte. Der junge Mann war ungefähr in meinem Alter oder unwesentlich jünger. Auf der Straße hätte er mir entgegenkommen können und weder Outfit noch Frisur hätten ihn als schwul ausgewiesen. Als ich diesen Gedanken fertig gedacht hatte, schüttelte ich innerlich den Kopf. Was war schwul? Wie sah man aus, wenn man schwul war? Sicherlich gab es ganz typische Schwule, die mit Kleidung und Styling extra ihre Neigung betonten, aber der wahrscheinlich größte Teil lebte unauffällig. Außerdem gab es nicht „den Schwulen". Genauso wenig wie es „den Hetero", „den Ausländer" oder sonst was gab. Es gab sicherlich typische Merkmale auch für „den Deutschen", aber eben nichts, was eine bestimmte Volksgruppe wirklich ausmachte. Und vielleicht war dieser Mann gar nicht schwul. Im Grunde konnte es mir egal sein, ob er es war oder nicht. Was mich zu interessieren hatte, war der Umstand, dass ihm mit hoher Wahrscheinlichkeit Gewalt angetan worden war. Nach einer gefühlten Ewigkeit, ich hatte das Revier über den derzeitigen Stand der Dinge per Funk in Kenntnis gesetzt, hörte ich endlich die Sirene des Krankenwagens. Erst als die Sanitäter und der Notarzt sich um den Mann kümmerten, knöpfte ich mir den anderen vor, der die ganze Zeit neben ihm ausgeharrt hatte.

„Ich brauche Ihre Personalien und einen detaillierten Bericht, was hier vorgefallen ist. Wissen, Sie, wer das Opfer ist?", begann ich das Verhör. Der geschockte Mann griff in seine Gesäßtasche und fischte seine Geldbörse heraus, in der sich der Personalausweis befand. Giuseppe P. war dreiundzwanzig Jahre und wohnte in Berlin. Er kannte das Opfer flüchtig und meinte, es handele sich um Jeremias Seidler. Der wäre ungefähr siebenundzwanzig und öfter im „Sunrise", der Disco, an deren Hinterausgang er bewusstlos gefunden wurde. Diese dunkle Gasse schien ein beliebter Ort für schnellen Sex zu sein, denn bei genauerem Hinsehen machte ich unzählige gebrauchte Kondome aus. Leicht angeekelt sah ich beklommen hinüber zu den Sanitätern, die dabei waren, einen Zugang zu legen und die Platzwunde zu versorgen.

„Können Sie mir etwas zu dem Geschehen sagen. Haben Sie etwas gesehen?", fragte ich weiter. Noch konnte man nicht davon ausgehen, dass er nicht vielleicht selbst daran beteiligt gewesen war. Giuseppe schüttelte den Kopf.

„Jeremias war im, Sunrise' und hat da getrunken und gefeiert. Wir haben uns kurz unterhalten, aber er war an einem anderen Kerl interessiert und darum hab ich dann das Weite gesucht", erklärte er mir.

„Das heißt, er war in Begleitung hier. Kannten Sie den anderen Mann?", fragte ich nach.

„Er war nicht in Begleitung. Er suchte sich was für den Abend zum Vögeln. Und den anderen Kerl, den kannte ich nicht. Hab den noch nie gesehen. Die beiden haben rumgeknutscht, ein bisschen gefummelt. Jeremias ist oft hier und ich habe auch ab und zu Sex mit ihm, aber diesmal hatte er die Angel woanders ausgeworfen", erklärte Giuseppe offenherzig. Mir wurde heiß und unwohl zur gleichen Zeit, denn das Gehörte rief unfreiwillige Bilder in meinem Kopf hervor. Bilder, die ich nicht sehen wollte und die noch nie einen Weg in meinen Kopf gefunden hatten. Warum lag Seidler hier so zugerichtet, wenn er doch Sex gesucht hatte und sich nicht das erste Mal in dieser Gasse sexuell betätigte?

Das „Warum" galt es herauszufinden, und natürlich das „Wer". Ich entließ den Zeugen, nachdem ich alle Personalien festgehalten hatte und ihn für den nächsten Tag ins Präsidium vorlud. Kevin hatte auch drei Zeugen ausfindig gemacht und war ähnlich verfahren wie ich. Gemeinsam wendeten wir uns jetzt dem Verletzten zu, den die Sanitäter gerade auf die Transportliege legten und festschnallten. Natürlich hätte ich gern sofort ein paar Fragen gestellt, aber der Schlag auf den Kopf musste ganz ordentlich gewesen sein, denn er öffnete die Augen immer nur für wenige Sekunden und driftete dann wieder zurück in die Bewusstlosigkeit.

„Ich werde mit ins Krankenhaus fahren und dort warten, was die Ärzte sagen, und darauf hoffen, dass er aufwacht und ich ihn gleich befragen kann, okay?" Kevin nickte und pflichtete mir bei. Ganz sicher hatte er wenig Lust, bei der vermeintlichen Schwuchtel am Bett zu sitzen. Warum ich mich freiwillig dazu bereit erklärte? Keine Ahnung, aber Kevin galt als nicht besonders emphatisch und darum nahm ich das Ganze lieber selbst in die Hand. Wir fuhren dem Krankenwagen hinterher und Kevin ließ mich dann aussteigen.

„Also dann viel Spaß bei der Schwuchtel!", witzelte er, aber diesmal fand ich es nicht ansatzweise lustig. Ich hob nur die Hand zum Gruß, drehte mich um und begab mich zum Krankenwagen, wo die Sanis gerade Seidler ausluden. Als wir die Notaufnahme betraten und das grelle Licht auf den Verletzten fiel, wurde erst richtig klar, wie furchtbar er aussah. Seine Mundwinkel waren aufgerissen, die linke Wange war blau und das Auge an der Seite ebenfalls. Er hatte Abschürfungen an den Armen und insgesamt war dem Mann übel mitgespielt worden. Das markante und dennoch feingeschnittene Gesicht wirkte blass. Das kurze dunkelblonde, ehemals gut gestylte Haar war jetzt verwuschelt und Blut klebte darin. Ich ging den Sanis hinterher und fragte nebenbei den Arzt nach dem Befinden und seiner Diagnose.

„Sie sehen ja selbst, dass es ihm beschissen geht. Wegen des Schlags auf den Kopf muss er geröntgt werden. Ich vermute, dass er außerdem innere Blutungen hat. Wir müssen wahrscheinlich seinen Darm nähen, denn durch die Penetration wurde dieser beschädigt. Die Blutungen können lebensgefährlich sein. Am besten lassen Sie Ihre Nummer hier, denn er muss notoperiert werden! Wir melden uns dann, wenn er wieder wach ist",erklärte mir der Arzt. Ich erschrak und mein Magen zog sich unangenehm zusammen. Innere Blutungen. Damit hatte ich nicht gerechnet. Welche Kraft hinter den Stößen gesteckt haben musste, mochte ich mir auch nicht vorstellen. An meinem betretenen Gesichtsausdruck sah der Arzt, dass ich erst jetzt begriff, wie ernst Seidlers Verletzungen eigentlich wirklich waren.

„Was haben Sie erwartet, das Ganze sieht nach einer rücksichtslosen Vergewaltigung aus!", erklärte er mir.

„Aber er ist ein Mann, er kann sich doch wohl wehren!", rutschte es mir heraus. Irgendwie leuchtete mir nicht ein, wie es dazu kommen konnte und warum er sich nicht einfach gewehrt hatte. Kraft wird er doch bestimmt genug gehabt haben. Der Arzt schüttelte den Kopf und sah mich böse an.

„Ich hab jetzt keine Zeit, mich mit Ihnen zu streiten oder Ihnen das zu erklären, denn ich muss das Leben dieses Mannes retten." Damit drehte er sich um und verschwand in einem der OPs. Ich nahm das Diktiergerät aus der Jackentasche und vermerkte die Diagnose des Arztes und die Vermutung, dass es sich um eine Vergewaltigung handelte. Viel mehr konnte ich in diesem Moment nicht ausrichten. Es hieß warten, bis der Patient wieder bei Bewusstsein war. Ich hinterließ im Schwesternzimmer eine Nachricht, dass sie mich sofort informieren sollten, wenn Jeremias Seidler das Bewusstsein wiedererlangt hatte, und machte mich auf den Weg zurück. Sollte ich Kevin anrufen, damit er umdrehte und mich abholte? Ich entschied mich dagegen. Irgendwie zog es mich zurück zu dem Club. Ich hoffte, noch Hinweise zu bekommen, irgendetwas, was uns bei den Ermittlungen weiterhelfen könnte. Mit der U-Bahn fuhr ich zurück, ein unruhiges, seltsames Gefühl in der Magengegend. Die Reaktion des Arztes auf meine unbedachte Äußerung lag mir im Magen. Normalerweise sollte man erst denken und dann sprechen. Trotzdem leuchtete mir nicht ganz ein, wie ein Mann einem anderen nicht Einhalt gebieten konnte. Frauen waren Männern körperlich klar unterlegen, aber Seidler sah nicht unbedingt schmächtig aus. Seine Figur glich meiner und ich konnte mich auch gegen wesentlich stärkere Männer zur Wehr setzen.

Ich beschloss, in den Club zu fahren und den Besitzer nach eventuellem Videomaterial zu befragen. Vielleicht konnten wir so die Identität des Mannes herausfinden, der mit Seidler in die dunkle Gasse verschwunden war. Als ich zwanzig Minuten später vor dem mit einer regenbogenfarbenen Leuchtreklame gekennzeichneten Lokalität stand, fühlte ich mich absolut fehl am Platz. Vor der Tür herrschte reges Gedränge und ich wagte es nicht, mich intensiv umzuschauen. Die meisten Männer sahen aus wie ganz normale Pistengänger, wenngleich man schon erkannte, dass auf das Styling sehr viel Wert gelegt wurde. Ich sammelte mich, straffte meine Körperhaltung und versuchte die neugierigen und teilweise sogar anzüglichen Blicke zu ignorieren. Es wurde sich vor der Tür unterhalten, geraucht, gelacht. Pärchen standen Arm in Arm und als ich die Tür öffnete, sah ich aus dem Augenwinkel, wie zwei junge Männer sich die Zungen bis tief in den Hals schoben. Das Ganze wirkte erst mal befremdlich auf mich und ich sah zu, ins Innere des Clubs zu kommen.

Ein Fehler, wie ich bald bemerkte, und ich fragte mich, wie ich auf die dumme Idee gekommen war, hier allein vorbeizugehen. In der dunklen und von buntem Lichtschein durchfluteten Räumlichkeit war es stickig. Dichtes Gedränge herrschte an den Bars und auf der Tanzfläche. An sich nichts, was ich nicht aus anderen Clubs gewohnt war, aber hier gab es nur Männer. Zu dieser fortgeschrittenen Stunde hatten sich die Pärchen für die nächtlichen Abenteuer scheinbar schon gefunden. Es schien niemanden zu stören, dass in den Ecken zielgerichtete Zärtlichkeiten ausgetauscht wurden, während andere nur tanzten, redeten und ihr Bier tranken. Meine Blicke blieben an eng aneinandergeschmiegten Männerkörpern hängen, die mitunter nur leicht bekleidet waren oder in Lederfetisch-Kleidung steckten. Dem ersten Reflex folgend wollte ich mich einfach umdrehen und sofort wieder gehen, aber dann sah ich aus den Augenwinkeln, wie ein Mann im Anzug von rechts auf mich zukam. In der Jackentasche griff ich instinktiv nach meiner Dienstmarke und kaum dass der Anzugträger mich erreicht hatte, hielt ich sie ihm auch schon unter die Nase.

„Polizei, mein Name ist Tom Müller und wer sind Sie?“, kam ich dem Mann zuvor. Ich hatte das Gefühl, mich sofort abgrenzen, Autorität ausstrahlen zu müssen. Meine Dienstmarke stellte ein Stück Sicherheit für mich da, an der ich mich festhalten konnte. In diesen Räumlichkeiten fühlte ich mich unglaublich deplatziert. Das Treiben um mich herum irritierte und verunsicherte mich, stellte irgendwie einen Angriff auf meine eigene Sexualität da. Obwohl mich keiner berührte oder gar bedrängte, fühlte ich mich provoziert.

„Karsten Schmitt, ich bin der Inhaber des ‚Sunrise‘. Wie kann ich Ihnen helfen?“ Der Mann um die Vierzig musste gegen die Lautstärke der wummernden Bässe anschreien und zeigte mit dem Finger auf eine Tür, dann auf sein Ohr. Er bedeutete mir, ihm zu folgen, damit wir uns ruhiger unterhalten konnten. Ich folgte ihm und wenig später standen wir in einem weiß gestrichenen Flur, sperrten die Musik und das sexgeladene Szenario aus. Ich befand mich auf „neutralem“ Boden. Ich denke, dem Inhaber ging es eher darum, einen Gesetzeshüter schnellstmöglich aus dem Bereich zu schaffen, in dem seine Gäste Spaß haben wollten, nicht darum, entspannter reden zu können.

„Ist Ihnen bekannt, was vor circa einer Stunde passiert ist? Am Hinterausgang Ihres Clubs wurde ein Mann verletzt und bewusstlos aufgefunden. Es liegt die Vermutung nahe, dass er eventuell vergewaltigt wurde. Zeugen sagten aus, dass er zuvor hier mit einem Mann getanzt und geflirtet hat. Ich wollte wissen, ob es vielleicht Videomaterial gibt, auf dem wir den anderen Mann sehen könnten.“ Mein Hals kratzte, aber mein Mund war so trocken, dass ich kaum schlucken konnte. Immer noch herrschte Verunsicherung in mir, auch wenn der vor mir stehende Mann durch und durch seriös wirkte. Wenn er diesen Club führte, war er auch sicherlich schwul. Nachdem ich das Treiben im Hauptraum gesehen hatte, störte oder verunsicherte mich diese Tatsache.

Karsten Schmitt wirkte betroffen, nickte aber und erklärte mir, dass er sowohl davon gehört habe als auch über eine Videoüberwachung in seinen Räumlichkeiten verfüge. Daraufhin folgte ich ihm in sein Büro. In dem aufgeräumten Raum konnte man durch eine getönte Scheibe in den Club hineinsehen. Vor der Scheibe stand ein großer Schreibtisch, auf dem alles einen bestimmten Platz zu haben schien. An der anderen Wand befand sich ein modernes Ledersofa, vor dem ein kleiner Tisch stand, auf dem Zeitschriften mit nackten Männern lagen. An der Wand, die jetzt hinter mir lag, standen Regale mit ordentlich beschrifteten Ordnern. Der Inhaber des Clubs mochte es fast pedantisch aufgeräumt, was ihn wiederum sehr sympathisch für mich machte. Ich entspannte mich wieder ein wenig. Die andere Wand des Büros war mit sechs Bildschirmen versehen, auf denen verschiedene Ecken des Clubs zu sehen waren. Der Eingangsbereich, die Tanzfläche, der Vorraum der Toilette, der Launchbereich und die Bar. Ein Bildschirm zeigte einen Raum, in dem wohl eine Nachtsichtkamera installiert war. Was ich sah, trieb mir das Blut schamesrot in die Wangen. Es handelte sich um einen sogenannten Darkroom und die Männer hatten dort echten Sex. Ich drehte mich schnell um, wusste nicht mehr, was ich eigentlich fragen, sagen oder tun wollte. Noch nie hatte ich Männer miteinander beim Sex gesehen und obwohl sich der Sex im Grunde nicht von dem mit einer Frau unterscheidet, sah ich trotzdem etwas ganz anderes. Etwas, bei dem ich mir noch nicht im Klaren war, was ich davon halten sollte. Mein Körper reagierte jedenfalls mit einem Ziehen in den Lenden darauf, was mir nicht gefiel und Zorn oder Unwillen in mir hervorrief. Dann versuchte ich mich zu beruhigen. Der Anblick von Geschlechtsorganen rief nun mal solche Empfindungen hervor. Näher darüber nachdenken wollte ich nicht. Meine Arbeit stand im Vordergrund, sollte sie zumindest. Meine Befangenheit gegenüber homosexuellen Sexualpraktiken hatten hier keinen Platz.

„Okay, das sieht nach umfassender Überwachung aus. Ich brauche die Aufnahmen der vergangenen 2 Stunden. Ist das möglich?“, äußerte ich knapp mein Anliegen. Ob es zulässig war, den Darkroom zu filmen? Ich wollte die Bänder mitnehmen und sie auf gar keinen Fall hier sichten. Zum einen stellten sie mögliches Beweismaterial da, zum anderen hatte ich nur noch das Bestreben, diesen Club schnellstmöglich wieder zu verlassen und ihn am besten auch nie wieder zu betreten. Karsten Schmitt nickte, ging zu den Monitoren, unter dem jeweils ein Videorekorder angebracht war. Er nahm die Kassetten heraus und ersetzte diese durch neue. Dann legte er mir fünf Kassetten in einen kleinen schwarzen Plastikbeutel und hielt ihn mir hin. Der Darkroom wurde zwar überwacht, aber es gab dort keine Aufzeichnungen. Ich griff schnell zu und bedankte mich für die problemlose Zusammenarbeit.

„Sie können den Club gern durch den Hinterausgang verlassen, wenn Sie möchten“, bot mir der umsichtige Inhaber an. Anscheinend stand mir meine Unbehaglichkeit ins Gesicht geschrieben. Dankbar nahm ich sein Angebot an, folgte ihm den weißen Flur entlang und verließ wenig später den Club durch eine der zwei Hintertüren. Die zweite, die sich direkt neben der ersten befand, war der offizielle Notausgang.

Draußen atmete ich erst mal tief durch, füllte meine Lungen mit frischer, unverbrauchter Nachtluft. Trotzdem fühlte ich mich noch beklommen, was auch daran liegen konnte, dass ich mich wieder in der Gasse befand, in der wir Seidler übel zugerichtet gefunden hatten. Ob er alles gut überstanden hatte? Die Gasse wirkte alles andere als einladend und ich fragte mich, warum er sich überhaupt hier zum Sex hatte überreden lassen, wenn sich im Club ein Darkroom befand. Mein Handy brummte in der Tasche. Anscheinend wurde schon öfter angerufen, aber der Empfang im Club musste wohl extrem schlecht sein. Sowohl das Krankenhaus als auch Kevin hatten versucht mich zu erreichen. Zuerst rief ich das Krankenhaus zurück und erfuhr, dass Seidler die Operation gut überstanden hatte. In der nächsten Stunde wäre er ansprechbar. Ich beschloss mich von Kevin abholen zu lassen und mit ihm gemeinsam zu Seidlers Befragung zu fahren.

Kapitel 3

„Am besten verlassen Sie auf der Stelle das Zimmer. Das Letzte, was der Patient braucht, ist Aufregung. Gehen Sie, alle beide, und kommen Sie mit einer ausgebildeten Fachkraft für Vergewaltigungsopfer wieder. Seien Sie froh, wenn ich Sie nicht bei Ihrem Vorgesetzten melde!“ Die eigentlich zierliche Oberschwester baute sich vor uns auf und wies mit dem Finger zur Tür. Ihr Gesichtsausdruck ließ sogar Kevin sofort verstummen, der sich gerade wie das letzte Arschloch aufgeführt hatte. Ich legte meinem Kollegen die Hand auf die Schulter und nickte der Schwester beschwichtigend zu. Jeremias Seidler lag blass in seinem Bett, drehte das Gesicht zur Wand. Seine Hand, an deren einem Finger ein Messgerät für Puls und Sauerstoffgehalt im Blut befestigt war, beschattete die Augen, damit niemand die Tränen sehen konnte, die ihm wohl aus den Augen liefen. Um meine Brust wurde es eng und ein schlechtes Gewissen machte sich breit, Kevin überhaupt mitgenommen zu haben. Ich hätte wissen müssen, dass er sich wie die Axt im Wald benehmen würde. Vor der Tür des Krankenzimmers fuhr ich ihn auch dementsprechend an.

„Sag mal, tickst du noch ganz richtig? Deine persönlichen Ansichten haben hier nichts verloren. Der Mann ist beinah draufgegangen und du tust so, als habe er selber Schuld. So was kannst du denken, aber nicht aussprechen!“, zischte ich. Die Schwester sah uns böse an und blieb vor der Zimmertür stehen.

„Was hast du dich so? Zum Ficken muss man seinen Arsch hinhalten und der Schwächste scheint er ja auch nicht zu sein. Hast du seinen Bizeps gesehen? Wenn er es härter mag, dann soll er jetzt nicht so tun, als hätte er es nicht gewollt.“ Kevin verstand gar nichts und auch wenn ich an diesem Abend schon ähnliche Gedanken gehabt hatte, sprach ich sie trotzdem nicht laut aus. Jedenfalls nicht vor dem vermeintlichen Opfer.

„Du fährst jetzt ins Revier und holst Bettina her, ist das klar? Ich warte hier!“, wies ich ihn an. Kevins Stirn zerfurchte eine tiefe, grimmige Falte.

„So viel Aufwand, weil sich der Arschficker etwas zu hart hat rannehmen lassen. Was soll das? Bettina ist für weibliche Vergewaltigungsopfer zuständig. Das ist ein Mann!“, konterte Kevin wenig sachlich. Ich verstand nicht, warum er nicht endlich Ruhe gab. Erst als die Schwester nach seiner Dienstnummer und dem Namen seines Vorgesetzten fragte, lenkte er ein, hob abwehrend die Hände und verschwand fluchend den Gang hinunter.

„Entschuldigen Sie, es tut mir leid, dass hier so ein unsensibles Verhalten an den Tag gelegt wurde. Mein Kollege schickt jetzt die Beauftragte für Vergewaltigungsopfer vorbei.“

„Es war ja nicht Ihre Schuld, aber Ihr Kollege ist ein Arschloch. Entschuldigen Sie, aber Polizisten sollten wissen, dass man sich so keinem Opfer gegenüber verhält. Wenn Sie warten wollen, dann können Sie sich hier hinsetzen.“Sie zeigte auf eine Reihe Stühle. Ich nickte ihr dankend zu und setzte mich. Diese Nacht hatte es wirklich in sich. Hätte ich vorher gewusst, was mich erwarten würde, hätte ich sicher nicht zugesagt, die Schicht zu übernehmen.

Die letzte halbe Stunde lief Revue in meinem Kopf ab.
Kevin kam mit dem Streifenwagen, um mich abzuholen, und kaum saß ich im Wagen, begann er schon zu frotzeln.

„Was hast du denn schon wieder in der Tuntenbar gemacht, gefällt dir wohl?“ Scheinbar fand er das witzig, was ich überhaupt nicht so sehen konnte. Ich war hetero und nicht schwul und meine Arbeit führte mich erneut hierher, nichts anderes. Es ärgerte mich, dass er mir unterstellte, dass es mir hier gefiel.

„Spinnst du? Ich war hier, um Beweismaterial zu sichern. Ich habe Videokassetten …!“ Kevin ließ mich nicht mal ausreden, sondern fiel mir feixend ins Wort.
„Du warst in dem Puff? Da bist du hoffentlich eng an der Wand langgelaufen“, höhnte er laut lachend. Immer mehr Ärger staute sich in mir. Der kurze Besuch im Club hing mir immer noch nach und das Gesehene brachte mich nachhaltig durcheinander. Kevins schwulenfeindliche Sprüche machten es nicht besser. Einerseits wollte ich zu meiner Verteidigung ins gleiche Horn blasen, andererseits hielt mich meine eigentlich vorurteilsfreie Behandlung eines jeden Menschen davon ab, genau diese dummen Sprüche zu klopfen.

„Nein, es gab keinen Grund, das zu tun. Keiner dachte, dass ich ein bezahlter Stripper bin, also gib Ruhe. Ich hoffe, die Videobänder geben uns Aufschluss, was passiert ist und wer der Vergewaltiger war.“, versuchte ich das Gespräch wieder in ordentliche Bahnen zu lenken. Aber Kevin hatte nicht vor, damit aufzuhören. Das Thema gefiel ihm scheinbar.

„Hallloooo, wer sagt denn, dass er nicht freiwillig mitgemacht hat? Die ficken doch eh mit jedem rum. Was glaubst du, warum die alle an Aids krepieren?“ Seine Stimme hatte diesen fiesen Unterton, gepaart mit einem beinahe hasserfüllten Gesichtsausdruck. Ich verstand nicht, wo dieser offensichtliche Hass herrührte.

„Sag mal, was ist denn los mit dir? Ist dir mal einer zu nahe getreten oder was?“ Ich war ehrlich erschrocken über seine Äußerungen und vor allem über die Art, wie er sich äußerte.

„Spinnst du? Wenn einer seine Homofinger an mich gelegt hätte, ich schwöre, da hätte ich für nichts garantieren können!“ Allein dieser Satz aus dem Mund eines Polizisten ging überhaupt nicht. Ich schwieg, wusste nicht wirklich, was ich dazu sagen sollte. Eindeutig Stellung beziehen wäre wohl gut gewesen, aber nachher würde ich noch als Schwulenfreund gelten und das wollte ich dann auch nicht. Dass er seinen Mund auch vor dem Opfer nicht würde halten können, hätte ich im Voraus ahnen müssen. Jetzt fühlte ich mich schuldig.

Als wir das Krankenzimmer betraten, lag Jeremias mit geschlossenen Augen in Bett. Erster Bartschatten zeigte sich am Kinn, die Mundwinkel waren blutig und ein Auge blau unterlaufen und dick angeschwollen. Die Stirn zierte ein weißer Verband, unter dem kurzes, dunkelblondes Haar hervorlugte. Die Lippen waren blass und besaßen kaum Farbe und die untere war aufgeplatzt. Die Schwester weckte ihn vorsichtig und bereitete ihn auf unseren Besuch vor. Ob er ein paar Fragen beantworten könne und er nickte, flüsterte ein Ja.

„Maximal 10 Minuten, länger nicht“, warnte die Schwester uns vor und machte den Platz frei. Ich trat vor, zog mir einen Stuhl nah ans Bett und setzte mich. Kurz nannte ich meinen Namen und begann dann mit der Befragung.

„Ist es richtig, dass Ihr Name Jeremias Seidler ist? Wissen Sie, welchen Tag wir heute haben?“ Die ersten beiden Fragen sollten nur sicherstellen, dass er bei klarem Verstand war.

„Ja, der bin ich und es ist Samstag“, antwortete er leise. Das Diktiergerät lief, so musste keiner von uns mitschreiben. Als Nächstes fragte ich ihn, ob er wüsste, was genau passiert war. Jeremias schloss die Lider, so als wolle er sich die Situation noch mal vor Augen führen. Dann räusperte er sich, leckte sich mit der Zunge über die trockenen Lippen.

„Ich kann mich an kaum etwas erinnern. Aber es endete damit, dass ... dass ...!“ Er brach ab, schaute an die Decke.

„Dass Sie Sex mit einem Mann hatten, in der Gasse hinter dem Club. Daran werden Sie sich sicher noch erinnern können, oder?“, preschte Kevin ungeschickt hervor. Ich sah ihn scharf von der Seite an und hoffte, dass er sich zusammenreißen würde. Jeremias verzog das Gesicht zu einer verzweifelten Grimasse. Ein Versuch,

Tränen daran zu hindern, aus den Augen zu laufen. Mein Magen zog sich zusammen, Mitleid stieg in mir hoch und Wut auf meinen empathielosen Kollegen.

„Ja, daran kann ich mich erinnern, aber ich hatte keinen Sex mit ihm. Nur er gegen meinen Willen mit mir!", erklärte Jeremias tonlos. Er sah uns dabei nicht an. Starrte an die Decke.

„Gebückt haben Sie sich aber für ihn schon und anscheinend auch zum Zielen stillgehalten!" Kevins Stimme triefte nur so vor Sarkasmus. Ich verdrehte die Augen und schämte mich für meinen Kollegen. Die Schwester, die in der Ecke stand, zog geräuschvoll die Luft in die Lungen. Jeremias machte einen undefinierbaren Ton, schnaubte verächtlich.

„Ich habe Neingesagt, aber ich konnte mich nicht wehren. Ich kann mich nicht mehr an alles erinnern …", versuchte sich Jeremias zu verteidigen.

„Dann haben Sie das wohl nicht laut genug gesagt, oder es nur gedacht!", konterte Kevin. In diesem Moment platzte der Schwester der Kragen und sie warf uns aus dem Zimmer. Zu Recht, denn Kevin war wirklich ein dummes Arschloch. Und ich, ja ich hatte ihm nicht den Mund verboten. Die Schuld traf mich genauso und diese Erkenntnis zog mir kurz den Boden unter den Füßen weg. Nichts sagen und still hinnehmen ist keinesfalls besser. Hätte Jeremias gewollt, sähe er sicher nicht so demoliert aus. Selbst wenn man es hart mochte, zog man sich selten Platzwunden zu. Ich verstand nicht, was Kevin damit bezweckte, ihn so offen und direkt anzugehen, zumal es keinen Grund gab, ihm nicht zu glauben. Außer Jeremias gab es keinen anderen Geschädigten und nur weil er ein Mann war, musste das ja nichts heißen.

Bei Frauen waren wir mittlerweile geschult, was den Umgang mit Vergewaltigungsopfern anging, und trotzdem passierten immer wieder Fehler, gerieten die Frauen an Männer, die ihnen nicht glaubten oder die ihnen ein offenherziges Outfit als Mitschuld auslegten. Viele brachten einen Missbrauch aus Angst und Scham nicht zur Anzeige. Jeremias' Outfit konnte meiner Meinung nach nicht schuld daran sein. Er trug Jeans und T-Shirt. Ich war nicht schwul und konnte mir keine Meinung darüber erlauben, was bei einem Mann als sexy galt oder nicht. In dem Club hatte ich leicht bekleidete Männer mit engen kurzen Hosen und nacktem Oberkörper gesehen, die aufreizend an Stangen tanzten. Da hätte ich eher eine Provokation vermuten können. Allerdings sollte sich jeder Mensch unter Kontrolle haben, egal wie aufreizend ein Outfit ist. Es gab keine Entschuldigung für einen sexuellen Übergriff. So hatte ich es gelernt und eigentlich sah ich es auch so. Dennoch konnte ich mir vorstellen, dass es Situationen gab, in denen man ein Nein versuchte zu überhören. Als mir dieser Gedanke durch den Kopf ging, musste ich wieder schlucken. Genau bis zu diesem Zeitpunkt hatte ich mich noch nie intensiv mit dem Thema beschäftigt. Dass mich gerade ein männliches Opfer dazu brachte, musste wohl eine Fügung des Schicksals sein.

Das elektronische Summen der Schwingtür kündigte mir das Erscheinen meiner Kollegen an. Kevin und Bettina betraten mit langen Schritten die Station. Bettina machte ein ernstes Gesicht und Kevin schaute ziemlich böse drein.

„Was ist hier vorgefallen?“ Die Kollegin schien noch nicht allzu viele Infos bekommen zu haben und wollte diese nun von mir. Hinter ihr versuchte Kevin mir Zeichen zu geben, bloß die Klappe zu halten, und brachte mich in eine wirklich blöde Situation. Wenn ich Bettina erzählen würde, was er vom Stapel gelassen hatte, hieße das garantiert für ihn, eine Abmahnung zu bekommen. Nichts sagen ging mir gegen den Strich, ihn verpetzen machte meine Situation auch nicht besser, denn er würde mich bei meinen Kollegen anschwärzen. Ich holte tief Luft, wollte Zeit gewinnen, um mir eine Antwort auszudenken, die alles erklären würde, ohne Kevin in die Pfanne zu hauen. Bettina wurde langsam ungeduldig, was man ihrer Mimik entnehmen konnte.

„Also, Kevin hat einfach nicht das nötige Feingefühl für eine solche Befragung und darum hat die Schwester uns gebeten, die Frauenbeauftragte für diese Angelegenheit zu holen.“ Ich hoffte, diplomatisch genug geantwortet zu haben, was Kevin anscheinend nicht so sah, aber er kam nicht dazu, etwas zu erwidern, denn da erschien auch schon die Krankenschwester. Ihr Gesicht sprach Bände und sie hielt auch nicht mit ihrer Meinung hinter dem Berg.
„Sind Sie die Kollegin, die ich angefordert habe? Ich möchte eine Beschwerde gegen Ihren Kollegen hier einreichen, der, der hinter Ihnen so tut, als gehöre er nicht dazu“, fing sie auch sofort an zu schimpfen. Bettina zog die Augenbrauen fragend hoch, drehte sich zu Kevin um, der erst jegliche Farbe aus dem Gesicht verlor, um danach rot anzulaufen. Die Schwester begann zu erzählen, was vorgefallen war, und da Frauen leider über ein sehr gutes Gedächtnis verfügen, gab sie Kevins genauen Wortlaut wieder. Bettina schüttelte nur mit dem Kopf.

„Das wird Konsequenzen haben, Sakowski!“, kündigte sie Kevin an. Der hielt vorsorglich erst mal den Mund. Als sich Bettina wieder der Schwester zuwandte, machte er mir allerdings die Hölle heiß. Mit der Handfläche schnitt er sich symbolisch die Kehle durch und zeigte dann auf mich. Mir wurde schlecht und ein Klumpen bildete sich in meinem Magen. Fehler einzugestehen gehörte wohl nicht zu seinen guten Eigenschaften. Was das nun für mich bedeuten würde, wagte ich mir nicht auszumalen.

„Müller, kommen Sie. Es gehören zwei Personen zu einer solchen Befragung und Sie scheinen hier das kleinere Übel zu sein und werden mich begleiten.“ Sie ging mit der Schwester voran und ich folgte ein wenig unschlüssig, wusste nicht, wie ich mich gegenüber Kevin verhalten sollte. Der grinste mich zynisch an und zischte mir leise ins Ohr:„Dann geh ihm mal den Schwanz lutschen, deinem kleinen Homo, aber glaub ja nicht, dass du ungeschoren davonkommst!“

Erschrocken sah ich ihn an, kam aber nicht dazu, etwas zu erwidern, denn Bettina zog mich am Ärmel weiter mit sich. Wir befanden uns in einem kleinen Raum vor dem eigentlichen Zimmer, in dem Jeremias lag. Man konnte von dort durch eine Scheibe sowohl in das Krankenzimmer als durch eine andere auf den Flur schauen, auf dem Kevin immer noch mit angesäuertem Gesichtsausdruck und verschränkten Armen stand. Die Schwester zog die Vorhänge zu und versperrte ihm die Sicht.

„Der Mann ist nicht tragbar und sollte bei solchen Fällen auf keinen Fall mehr hinzugezogen werden!“, wiederholte sie noch einmal. Dann zog sie die Vorhänge zum anderen Zimmer zu. Aus einer Schublade holte sie die Akte von Jeremias Seidler und klappte diese auf.

„Damit Sie sich ein Bild von den Verletzungen des Mannes machen können. Das hier war eine mehr als brutale Tat. Die Ärzte mussten ihn wieder zusammenflicken. Er muss sehr hart und rücksichtslos penetriert worden sein.“ Es waren Bilder zu sehen, die ich wohl so schnell nicht werde vergessen können. Bis jetzt hatte ich mich mit der männlichen Anatomie nicht wirklich beschäftigt. Zwar war ich selbst ein Mann, aber Sex übte ich nur mit meinem Penis aus, mein Arsch hatte bis jetzt nie eine Rolle darin gespielt. Analverkehr hatte ich bis dahin auch noch mit keiner Frau praktiziert und kannte diesen nur aus Pornofilmen. Was ich auf den Bildern zu sehen bekam, glich einem Gemetzel. Auf der Straße im Dunkeln hatte es nicht so verheerend ausgesehen. Die Hoden waren geschwollen und blau, der Damm war eingerissen und mit ein paar Stichen genäht. Die Oberschenkel wiesen große Hämatome auf, die sich auch auf dem Rest des Körpers wiederfanden. Meine Kehle war wie zugeschnürt und Entsetzen packte mich. Kevins Drohung rückte erstmal angesichts dieser Bilder in den Hintergrund. Auch Bettina war vollkommen sprachlos und schluckte schwer. Für mich war klar, dass Jeremias auf jeden Fall nicht freiwillig mitgemacht hatte.

„Sie halten sich im Hintergrund, Müller. Lassen Sie mich das machen, wenn wir da gleich hineingehen.“ Dann fragte sie die Schwester, ob man Sperma sichergestellt hätte. Daran hatte ich überhaupt nicht gedacht. Die Schwester nickte. Anscheinend waren die Ärzte mit dem Prozedere bestens vertraut. Dann begaben wir uns in das Krankenzimmer. Jeremias schlief wieder und die Schwester weckte ihn erneut vorsichtig. Sie redete ihm gut zu und erklärte, dass nun eine Polizistin anwesend sei, die ihn zu der Sache befragen würde.

Ich stand still hinter meiner Kollegin, die sich einen Stuhl neben das Bett geschoben hatte. Auf dem Schoß hatte sie das Diktiergerät, einen Block und einen Stift. Jeremias starrte an die Decke und vermied jeglichen Blickkontakt zu uns. Er sah irgendwie noch erbärmlicher als noch vor einer halben Stunde aus. Die Augen waren gerötet, wahrscheinlich von den Tränen, die er vergossen hatte. Wegen Kevin und auch wegen mir. Mein Magen begann zu schmerzen und ein unangenehmes Gefühl machte sich darin breit. Schuld, schlechtes Gewissen, Mitleid, irgendein Mischmasch aus allem. Mein Mund wurde trocken und die Handflächen begannen zu schwitzen. Obwohl noch nicht ein Wort gefallen war, stresste mich die ganze Situation ungemein. Gerade in dem Moment wäre ich lieber auf einer Demonstration mit Steinewerfenden linken Chaoten gewesen als hier in diesem Raum, zusammen mit Jeremias Seidler. Bettina räusperte sich und begann mit denselben Standardfragen wie ich.

„Das habe ich doch bereits beantwortet!“ Auch wenn er leise sprach, hörte man an seiner Stimmlage, dass er im Gegensatz zu vorher irgendwie dichtmachte. Bettina akzeptierte vorerst seine Weigerung, sich erneut mündlich auszuweisen.

„Ich weiß, dass Sie zu diesem Zeitpunkt oder auch überhaupt nicht gern auf meine Fragen antworten möchten, aber es ist wichtig, dass Sie uns jetzt, wo die Eindrücke noch frisch sind, möglichst viel von dem berichten können, was vorgefallen ist. Meinen Sie, Sie sind in der Lage, mir ein paar Fragen zu beantworten?“, begann sie vorsichtig und um einiges feinfühliger, als ich oder natürlich Kevin vorgegangen waren. Jeremias antwortete erst mal gar nicht, aber seiner Mimik war anzusehen, dass er mit sich kämpfte. Schließlich begann er stockend zu erzählen.

„Alles, was ich sagen kann, ist, dass ich das ich nicht wollte, was passiert ist. Ich kann mich nicht an alles erinnern, ich habe große Lücken ...“, brach er zwei Sätze später schon wieder ab, fuhr sich fahrig mit der Hand über die Augen.

„Haben Sie an diesem Abend Alkohol getrunken? Wissen Sie, wer das mit Ihnen gemacht hat?“, versuchte es Bettina erneut mit sanfter Stimme. Ich fragte mich, warum er nicht sofort damit herausplatzte, wer es gewesen war. Das Schwein musste doch eine Strafe dafür erhalten. Jeremias’ Lippen bebten. Die Hand überschattete immer noch seine Augen und auch die zitterte vor Anspannung.

„Ich hab ein paar Bier getrunken, nicht besonders viel. Ich kenne nur seinen Vornamen ...“ Der letzte Satz war kaum zu hören. Bevor sich ein vorschnelles Urteil in meinem Kopf festsetzte, erinnerte ich mich an Karneval vor drei Jahren, als ich auch mit einer Frau in einer Toilette alkoholisiert Sex gehabt hatte. Außer ihrem Vornamen kannte ich auch keine weiteren Details ihrer Identität und auch sie hatte nicht nach meinem Nachnamen gefragt. Bettina machte sich ein paar Notizen. Ich linste über ihre Schulter und las, was sie sich aufgeschrieben hatte. Zum einen wollte sie die Ärzte nach dem Promillewert im Blut des Mannes fragen und außerdem, ob eventuell Spuren von K.-o.-Tropfen gefunden wurden. Die eventuellen Lücken im Gedächtnis könnten von der Vergewaltigungsdroge stammen. Auch dass er nicht in der Lage gewesen war, sich zu wehren, könnte daran gelegen haben. Sie bemerkte meine Blicke und schrieb unter die Notizen, dass ich mich leise entfernen und den diensthabenden Arzt danach fragen solle. Ich nickte und verließ auf leisen Sohlen den Raum. Die Schwester folgte mir und ich fragte sie nach den gesuchten Werten, worauf sie verschwand. Irgendwie war ich froh, kurz den Raum verlassen zu können. Jeremias tat mir wirklich leid. Zu sehen, wie er mit sich kämpfte, war nur schwer zu ertragen. Draußen auf dem Flur tigerte noch immer Kevin hin und her, aber auf den wollte ich im Moment nicht treffen. Seine Drohung bereitete mir schon Bauchweh genug. Was hatte er vor? Warum konnte er nicht einfach seinen Fehler einsehen und auch dafür geradestehen? Zum wiederholten Mal an diesem Tag wünschte ich mir die Schicht nicht übernommen zu haben oder einen Zeitsprung zum Anfang des Tages, um das zu verhindern.

Kapitel 4

Die Fahrt zurück ins Revier gestaltete sich sehr zäh. Alle schwiegen und hingen ihren eigenen Gedanken nach. Bettina wirkte bedrückt aufgrund des Gehörten. Jeremias hatte erzählt, dass er den Täter mit dem Namen Silvano im „Sunrise“ das erste Mal gesehen hatte. Er sah toll aus und schien auch auf Anhieb Interesse an ihm gehabt zu haben. Die beiden hätten geflirtet und getanzt, zusammen getrunken. Dann wären sie sich näher gekommen. Silvano hätte ein beachtliches Tempo vorgelegt und wollte mit ihm in den Darkroom, was Jeremias aber ablehnte. Er mochte diese Räumlichkeiten nicht besonders. Daraufhin hätten sie eben so ein wenig weiter rumgemacht und gefummelt. Aber der vermeintliche Täter ließ nicht locker und drängte immer wieder auf Sex, was Jeremias dann langsam auf den Keks gegangen sei. Er wäre dann auf die Toilette gegangen und danach wüsste er nur noch Bruchstücke. Die er auch am liebsten sofort vergessen würde. Er berichtete von Schwindel und dass sie durch die Hintertür hinaus in die Gasse gegangen wären, dann würde alles wie ein Albtraum in seinem Kopf hin und her schwirren. Schläge, das Herunterreißen seiner Hose. Der Kopf wäre an dem kleinen Mauervorsprung angestoßen, er lag mit dem Oberkörper über der Laderampe des Clubs und Silvano hätte ihn grob und hart genommen, sein Nein ignoriert und keine Rücksicht auf seine Schmerzensschreie genommen. Er hätte versucht sich zu wehren, aber die Kraft reichte nicht, der Schmerz lähmte ihn. Die Befragung verlief zäh, denn mit den meisten Dingen rückte er nur mit Widerwillen heraus. Immer wieder weinte er. Das Aussehen des Täters beschrieb er uns recht genau und so hoffte ich auf den Videobändern den Täter wiedererkennen zu können. Schließlich mahnte die Schwester, dem Patienten jetzt die nötige Ruhe zu geben, sich zu erholen. Sie spritzte Jeremias ein Beruhigungsmittel und wir gingen gemeinsam in den angrenzenden Raum.

„Das Labor hat die Blutwerte durchgegeben. In seinem Blut befanden sich 0,6 Promille Alkohol und Spuren eines Betäubungsmittels“, erklärte sie uns. Die Spermaproben würden sich noch hinziehen, aber sobald man sie ausgewertet hätte, bekämen wir Bescheid. Im Revier würden wir das Videomaterial auswerten, um weitere Erkenntnisse zu erlangen. Kevin, der den Wagen fuhr, sah verbissen auf die Straße. Seine Gedanken drifteten bestimmt in eine ganz andere Richtung. Was hatte sein Verhalten für Konsequenzen für ihn und der leicht verschlagene Ausdruck deutete darauf hin, dass er überlegte, wie er mich mit hineinreißen könnte.

In meinem Kopf wirbelten die Gedanken nur so hin und her. Die Bilder der langsam zu Ende gehenden Nacht liefen vor meinem inneren Auge ab. Jeremias in der Gasse, blass und zerschunden in dem Krankenbett, und die furchtbaren Fotos seiner Verletzungen wollten mich auch nicht mehr loslassen. Immer wieder stellte ich mir vor, wie brutal er missbraucht worden war. Dann kamen andere Bilder, küssende Männer, die ihre Körper in einem eindeutigen Rhythmus aneinanderrieben, andere, die im Darkroom heißen Sex miteinander hatten. Und dann erschien Kevins hasserfülltes Gesicht in meinem wirren Szenario. Mein Kopf begann zu schmerzen. In diesem Moment sehnte ich mich nach Paula und einem gemütlichen Abend zu zweit. Diese Situation, der ich eigentlich normalerweise gern entfloh, um es gegen die tägliche Gewalt auf unseren Straßen einzutauschen. Warum eigentlich? Warum zog ich den Dreck der Straßen einem gemütlichen Zuhause und einer kuscheligen Person an meiner Seite vor? Diese Art Gedankengang konnte ich so ganz und gar nicht gebrauchen. Die Kopfschmerzen nahmen zu und der Wunsch, alles einfach beiseitezuschieben und in Alkohol zu ertränken, wurde fast übermächtig. Aber meine Schicht war noch lange nicht zu Ende. Ein Haufen Papierkram wartete darauf, bearbeitet zu werden. Ich musste möglichst schnell alles protokollieren, was an diesem Abend geschehen war. Außerdem brannte noch eine gewisse Neugier in mir, die ich in diesem Moment hasste, aber die befriedigt werden wollte. Bevor ich nicht einen Blick auf die Videobänder genommen hätte, würde ich definitiv nicht schlafen gehen können. Wer war der Mann, der Jeremias Seidler so zugerichtet hatte? Ich musste es wissen.

Bis ungefähr fünf Minuten bevor wir das Revier erreichten, schwieg Kevin, dann fragte er Bettina endlich, was ihm unter den Nägeln brannte.

„Was passiert denn nun? Bekomme ich eine Abmahnung? Und wenn, warum denn bitte? Ich hab nichts Schlimmes getan.“ Kevin versuchte sich rauszureden, aber sein Tonfall entsprach nicht dem, was er vielleicht ausstrahlen wollte. Reumütig hörte sich das ganz und gar nicht an. Vielmehr beleidigt und angriffslustig wie ein trotziges Kind. Statt einzuräumen, dass er einen Fehler gemacht hatte, beharrte er darauf, sich nicht falsch verhalten zu haben. Dementsprechend hart fiel Bettinas Antwort auch aus.

„Sakowski, nach dem, was mir die Schwester berichtet hat, haben Sie sich ziemlich danebenbenommen. Wir sind Polizisten, und Opfer müssen wertfrei behandelt werden. Es interessiert niemanden, ob Sie ein Problem mit Homosexualität haben, schon gar nicht den Geschädigten. Sie vertreten das Gesetz und haben sich dementsprechend zu verhalten. Ist Ihnen das klar? Mir scheint, Sie verstehen nicht, um was es geht, und darum werde ich Sie melden!“ Ganz sicher war es nicht das, was Kevin gerne hören wollte und sein wütendes Schnauben spiegelte seine Laune deutlich wider. Er murmelte ein undeutliches „Weiber!“. Sollte Bettina es gehört haben, so ging sie nicht darauf ein.

„Und was ist mit Tom? Weshalb bekommt der nicht auch eine Abmahnung?“, versuchte es Kevin erneut. Ich kam mir vor wie im Kindergarten. Nur war Kevin nicht mehr klein und weitaus gefährlicher. Bettina verdrehte die Augen und holte tief Luft. Der

Wagen hielt vor dem Revier und mit der Hand am Türgriff gab sie ihm auch noch eine Antwort auf seine Frage, bevor sie ausstieg.

„Weil Tom sich im Griff hat und sich keine Schnitzer gegenüber dem Geschädigten erlaubt hat. Darum! Ich frage mich auch ganz ehrlich, warum Sie versuchen ihn mit hineinzureißen. Nicht sehr kollegial!“ Damit stieg sie aus und ließ den wütenden Kevin einfach sitzen. Wie ich mich jetzt verhalten sollte, wusste ich nicht so recht. Alles, was sie gesagt hatte, stimmte und sein Verhalten ärgerte mich auch ziemlich. Allerdings kannte ich Leute wie Kevin noch aus meiner Schulzeit. Er gehörte zu dem Schlag Mensch, die die Schuld immer bei den anderen sucht und nie bei sich selbst. Bekamen sie kein Recht, dann nahmen sie es in die eigene Hand. Angedroht hatte er mir das schon und ich hoffte, dass er es nicht wahr machen würde.

„Kevin ...!“, versuchte ich es, obwohl ich es besser hätte wissen sollen, denn der Angesprochene fiel mir ins Wort.

„Halt’s Maul ... Ich lass mir nicht ans Bein pissen wegen dem Arschficker, ist das klar? Weder von der frigiden Kuh noch von dir. Vermutlich bist du selbst ein Hinterlader, sonst würdest du dich sicher nicht so für den ins Zeug legen. Und jetzt steig aus, bevor ich mich vergesse!“ Seine Ansprache war mehr als deutlich und ich zu perplex, um darauf angemessen zu reagieren. Ich stieg aus, ohne ein Wort und gab klein bei. Damit hatte er genau das erreicht, was er wollte, und ich gab ihm quasi einen Freifahrtsschein, mit mir zu machen, was er wollte. In meinem Büro angekommen warf ich mich erst mal auf den Stuhl, stützte den Kopf in die Hände und atmete tief durch. Der Tag verlief beschissen und er war noch lange nicht vorbei. Ich schrieb Paula einen Text, dass es wie üblich länger dauern würde. Und diesmal trödelte ich nicht mal, denn der Schreibkram lag mir nicht besonders und würde länger dauern, als mir lieb war. Die Sichtung des Videomaterials konnte sich auch hinziehen. Aber ich wollte alles erledigt haben, möglichst schnell hinter mich bringen, um dann zur Tagesordnung übergehen zu können. Das hier war nur ein Fall von vielen. Abhaken und gut! Natürlich wusste ich, dass ich mich selbst belog. Das hier war kein normaler Fall und schon lange hatte mich nichts so beschäftigt wie Jeremias Seidler. Bettina klopfte wenig später an und steckte den Kopf durch die Tür.

„Kann ich dir helfen?“, fragte sie freundlich. Ich schwitzte über den Formularen und ohne Schmerztablette hatte ich gar nicht erst begonnen. Langsam bekam ich aber einen Überblick und ich konnte den Rest auch ein paar Stunden später erledigen. Ich schüttelte den Kopf und bat sie hereinzukommen. Die Sache mit Kevin beschäftigte mich immer noch. Ob ich ihr von den Drohungen

erzählen sollte, oder machte ich es womöglich noch schlimmer damit?
„Was meinst du, soll ich das Videomaterial jetzt noch sichten?“, fragte ich sie, statt sie auf Kevin anzusprechen. Aus dem Bauch heraus entschied ich mich, das Thema erst mal ruhen zu lassen. Vielleicht verflog Kevins miese Laune ja auch und er besann sich darauf, sich für das, was er gesagt hatte, zu verantworten. Bettina überlegte und zuckte mit den Schultern.

„Das musst du entscheiden. Wenn du sowieso nicht abschalten kannst, bevor du einen Blick darauf geworfen hast, dann mach es.“ Sie sprach genau meine Gedanken und Gefühle aus und ich nickte.

„Ja, ich muss einfach wissen, wer ihm das angetan hat. Das geht mir irgendwie nicht aus dem Sinn. Je eher eine Fahndung nach dem Kerl rausgeht, desto besser“, erklärte ich ihr.

„Ich dachte mir so was schon. Ich hab eine Menge Vergewaltigungsopfer gesehen. Aber ich gewöhne mich nie daran. Und Männer hatte ich bis jetzt nur sehr wenige. Die meisten bringen so etwas nicht zur Anzeige. Was glaubst du, wie viele Männer von Frauen genötigt werden. Die Rechtsprechung ist sich da auch nicht einig. Kann man einen Mann vergewaltigen? Justitia meint nein!“, erklärte sie mir. Das war ein Thema, mit dem ich mich noch nicht wirklich hatte auseinandersetzen müssen. Sie versprach mir später Infomaterial vorbeizubringen, erhob sich und verabschiedete sich dann.

Ich sortierte meine Unterlagen, schickte an Paula eine Sprachnachricht, dass es noch länger dauern würde, und verschwand dann mit den Videokassetten in einemspeziell dafür vorgesehenen Raum. Mit gemischten Gefühlen schob ich eine der Kassetten in den Rekorder. Diese zeigte Aufnahmen von der Bar und der Tanzfläche. Wieder wurde ich mit Bildern konfrontiert, die ich normalerweise so nicht zu Gesicht bekam. Sicherlich begegnete einem mal das ein oder andere schwule Paar auf der Straße und auch da schaute man hinterher oder eben weg. Ich muss gestehen, dass das in dem Fall nicht damit zusammenhing, dass ich es abstoßend fand, wenn Männer sich küssten. Ungewohnt vielleicht, aber daran lag es nicht, wenn ich meinen Blick bisweilen abwandte. Es hing damit zusammen, wer sich wie küsste. War das Paar hübsch oder entsprach es nicht dem, was ich mir gern ansah. Auch Hetero-Paarungen stießen mich bisweilen ab, wenn hemmungslos oder eher zum Fremdschämen in der Öffentlichkeit geknutscht wurde.

Im „Sunrise“ konnte man aber nun das Balzverhalten von schwulen Männern beobachten und studieren. Schneller als bei den Heteros wurde man sich hier einig und viele verschwanden im Darkroom, nachdem man sich vorher ordentlich eingeheizt hatte. Man unterschied zwischen Sex und Liebe, was ja nicht heißen musste, dass aus dem Sex nicht vielleicht Liebe werden konnte. Ich sah zielgerichtete Zärtlichkeiten, die mich nicht kalt ließen. Es gefiel mir nicht, dass ich darauf reagierte, und noch weniger, dass ich das Geschehen genau nach diesen Handlungen absuchte. Mein Unterleib kribbelte und halbsteif drückte sich mein Schwanz gegen die Hose. Ich ertappte mich, wie ich mich durch die Hose manipulierte. Am besten ausschalten und nach Hause zu Paula verschwinden, aber ich schaute weiter, spürte die Erregung ziehend in den Lenden. Das ging so lange, bis Jeremias auf der Bildfläche erschien.

Irgendwie kam ich mir wie ein Spanner vor, denn ich spionierte Jeremias' Leben aus, beobachtete ihn und suchte nach eventuellem Fehlverhalten. Die Erregung wich erst einmal und machte Neugier Platz. Soweit ich das als Mann beurteilen konnte, war Jeremias ein gut aussehender Mann in meinem Alter. Sehr gepflegt und vom Kleidungsstil sportlich. Er trug Jeans, die eher leger saßen, dafür aber ein enges, tief ausgeschnittenes T-Shirt, welches seinen sehnig muskulösen Oberkörper gut zur Geltung brachte. Ich selbst hatte auch einige solcher Shirts im Schrank und Paula mochte sie besonders an mir. Seine Bewegungen waren geschmeidig und als er tanzte, konnte man erkennen, dass er Rhythmus im Blut hatte. Die kurzen dunkelblonden Haare waren in dem im Moment angesagten Sidecut geschnitten und mit Pomade frisiert. Der gepflegte Dreitagebart gab ihm ein markantes, männliches Aussehen, wobei man seine eher weichen Gesichtszüge noch erkennen konnte. Von Anfang an sah man, dass er auf der Suche war. Mit ein paar Männern unterhielt er sich, trank ein Bier. Dann schien er jemanden entdeckt zu haben, denn sein Blick haftete an einem Mann, der eigentlich keine wirkliche Schönheit war, aber durch seine Größe, Statur und sein dominantes Auftreten auffiel. Plötzlich erschien, wie er es schon bei der Befragung erwähnt hatte, Giuseppe neben Jeremias. Die beiden begrüßten sich. Ich sah sofort, dass sie sich bereits kannten. Küsschen rechts, links und auf den Mund, ein kurzes In-den-Arm-Nehmen, aber Jeremias' Blick ging immer wieder zu dem anderen Mann und der Italiener merkte schnell, dass er dieses Mal nicht landen konnte. Wenig später verabschiedete er sich und besuchte die Tanzfläche. Jeremias ging zum Angriff über und begab sich zu dem großen Mann. Als der sich ein Mal direkt der Kamera zudrehte, hielt ich das Video an und fotografierte den Bildschirm ab. Ab jetzt spulte ich langsam vor. Man sah die beiden miteinander sprechen, etwas trinken und sich langsam annähern. Hier eine Berührung, da ein Lächeln, dort ein tiefer Blick. Und dann der erste Kuss. Jeremias war zwar kleiner und weniger muskulös als der andere Mann, aber er wirkte nicht wehrlos. Hingebungsvoll ließ er sich küssen, schien es zu genießen, dass seine Eroberung ihn tief küsste und die Hände über seinen Körper gleiten ließ. Aber irgendwann kippte das Gefüge. Warum Jeremias die sehr zielgerichteten Zärtlichkeiten plötzlich nicht mehr genoss, konnte man auf dem Video nicht erkennen. Nur, dass er die Hände zur Abwehr auf die Brust seines Gegenübers gelegt hatte. Irgendwann verschwand er Richtung Toilette. Der Mann blieb dort. Man konnte nicht erkennen, ob er eventuell das Glas von Jeremias mit K.-o.-Tropfen manipulierte. Wenig später erschien Jeremias wieder, versuchte aber, keine Nähe mehr aufzubauen. Dann schien ihm schwindelig zu werden, denn er hielt sich den Kopf und taumelte leicht. Der andere Mann stand ihm sofort „hilfreich" zur Seite. Dann verschwanden beide in Richtung des Notausgangs. Ob sie gemeinsam hinausgingen, konnte ich nicht mehr erkennen, aber mit ziemlicher Sicherheit war der Mann auf dem Video der Vergewaltiger von Jeremias Seidler.

Als ich an diesem Tag nach Hause kam, fühlte ich mich wie vom Bus überrollt. Zu viele neue Eindrücke, erschreckende Erkenntnisse und ungute Gefühle. Zu viel von allem und zu viel, um darüber nachdenken. Nach einer Dusche, bei der ich versuchte alle schlechten Gedanken einfach den Ausguss hinunterzuspülen, krabbelte ich zu Paula ins Bett. Sie murmelte etwas im Schlaf, ließ sich aber gern in meine Arme ziehen. In diesem Moment brauchte ich tatsächlich die Nähe eines vertrauten warmen Körpers, der sich eng an meinen schmiegte. Der Schlaf übermannte mich, nachdem ich eine Weile grübelte und die Eindrücke des Tages noch in meinem Kopf widerhallten. Aber während ich jemanden an meiner Seite hatte, der mir half in den Schlaf zu finden und alles zu verarbeiten, traf mich die Erkenntnis, dass Jeremias allein in einem Krankenhausbett lag und mit viel schlimmeren Dingen allein klarkommen musste.

Als Paula die Wohnung verließ, schlummerte ich noch und so würden wir uns auch diesen Tag kaum zu Gesicht bekommen. Ein Umstand, der ihr sehr zu schaffen machte, aber meinem Drang nach Selbstbestimmung sehr entgegenkam. So musste ich mich nicht erklären oder ihren fragenden Blicken ausweichen. Nur selten redete ich über meine Gefühle oder Gedanken, was es oft schwer für sie machte, mit mir umzugehen. Wenn wir wieder einmal deshalb stritten, wusste ich, dass sie recht hatte, aber über meinen Schatten springen konnte ich trotzdem nicht. Mit gemischten Gefühlen brach ich dann ins Revier auf, nicht wissend, was mich dort erwartete.

Kapitel 5

Kaum dass ich mich umgezogen und meinen Arbeitsplatz betreten hatte, wurde ich auch schon mit neuen Nachrichten und Aufträgen beauftragt.

„Tom, da du gestern mit dem Fall, Seidler' bereits angefangen hast und Kevin abgezogen wurde, sollst du ihn auch weiter bearbeiten. Die Zeugen, die sich heute melden sollten, sind da und warten bereits. Ich schick sie dir einen nach dem anderen. Wenn du damit fertig bist, dann musst du dich noch mal ins Krankenhaus bemühen, um mit dem Opfer zu reden, zwecks Täterbeschreibung", erklärte mir ein Kollege.

„Ich habe doch schon gestern ein Foto in die Fahndung gegeben", erwiderte ich fragend.

„Ja, aber bevor das nicht vom Opfer bestätigt wurde, nehmen die die Suche nicht auf. Also sobald du hier fertig bist, bitte gleich ins Krankenhaus." Herbert Matusek koordinierte alles oder delegierte die Arbeit.

„Kann das nicht jemand anderes machen?", versuchte ich einen erneuten Krankenhausbesuch abzuwälzen. Jeremias saß mir immer noch in den Knochen und nachdem ich gestern per Video in seinem Leben herumgeschnüffelt hatte, war es irgendwie komisch, ihm gegenüberzutreten.

„Nein, Bettina ist wegen einer Vergewaltigung in einem anderen Bezirk und sie hat dich vorgeschlagen, weil du dich als sehr tauglich bewiesen hast. Sie meinte, für ein männliches Opfer wärst du sowieso besser geeignet", erwiderte Herbert. Bildete ich mir das nur ein oder hatte der circa fünfzigjährige Mann mit der Glatze gerade anzüglich gegrinst? Ärger stieg in mir hoch, aber da erschien auch schon der erste Zeuge in meiner Tür und ich musste meine Gedanken schnell auf das Verhör lenken und nicht darauf, ob mein Kollege mich verhöhnte.

Die drei Zeugen, die Kevin aufgetrieben hatte, beschäftigten mich eine Weile. Zuerst erschien Timo in meinem Büro. Stockschwul, also das, was man „klischeeschwul" nennen würde. Wenn in einem Film oder einer Serie jemand schwul ist, dann sieht er garantiert so aus wie Timo und benimmt sich auch so. Timo verkörperte das, was allgemein üblich als schwul bezeichnet wird. Kleidungsstil extravagant mit Hang zum Femininen. Frisur ebenso ausgefallen und perfekt gestylt. Gezupfte Augenbrauen und Kajalstift. Handtasche samt abgespreiztem kleinem Finger. Hüftschwingend betrat er mein Büro und setzte sich affektiert mit übereinandergeschlagenen Beinen auf dem etwas unbequemen und verschlissenen Stuhl. Auf alle meine Fragen antwortete er mit hohem Stimmchen in einem nicht enden wollenden Singsang ziemlich ausführlich. Wobei mich die meisten Informationen nicht im Geringsten interessierten. Na ja, interessant waren sie schon, aber sie trugen nicht zur Lösung des Falles bei. Ich wusste am Ende, wer sich aus welchem Grund gerade von wem getrennt hatte und darum im „Sunrise“ nach einem neuen Lover Ausschau hielt. Ich kannte die Schwanzlänge vom Barkeeper und wusste, dass der Besitzer vom „Sunrise“ etwas mit seinem Gogotänzer hatte und diesem regelmäßig nach Feierabend die Seele aus dem Leib vögelte. Alles Informationen, die bunte Bilder in meinen Kopf projizierten, denn die Art, wie Timo mit ausladenden Gesten und ausgeprägter Mimik erzählte, ließ mich schmunzeln und lenkte mich kurz von meinen schlechten Gedanken ab. Zum Fall trug er nur wenig bei. Das Einzige, was sich durch deine Aussage bestätigte, war, dass Jeremias und der Fremde gemeinsam durch den Hinterausgang verschwunden waren und dass Jeremias angeschlagen und wackelig wirkte. Ich bedankte mich, nahm Timos Visitenkarte, die ich zu der Akte packte. Timo war Friseur, womit er auch das letzte Klischee erfüllte, denn alle Schwulen sind Friseure, wenn sie nicht Modedesigner oder Flugbegleiter sind. Timo verabschiedete sich nur, weil Gerald an meine Tür klopfte. Er hätte es eilig, müsste zur Arbeit und wollte gern schnell seine Aussage machen.

Gerald stellte so ungefähr das glatte Gegenteil des „Klischee-Schwulen“ dar. Ziemlich männlich, Marke Bodybuilder oder Bauarbeiter, oder beides. Er war fünfundvierzig Jahre alt und lebte in einer eingetragenen Beziehung mit einem fünfunddreißigjährigen Banker. Gerald selbst war Personal Trainer. Zusammen besuchten sie das „Sunrise“ und er hatte Jeremias im Klo mit einem anderen Mann reden hören. Sie hatten sich über Jeremias’ Aufriss unterhalten. Jeremias wollte diesen Mann loswerden, denn er verhielt sich sehr aufdringlich und wollte unbedingt Sex. Allerdings hätte Jeremias Angst vor dessen enormen Maßen und dessen Hang zur Dominanz. Die Information war zwar hilfreich und erklärte, warum er nach dem Toilettenbesuch auf Abstand gegangen war, aber das Wissen über einen Schwanz in besonderer Größe ließ wiederum einen Film in meinem Kopf laufen, den ich nicht sehen wollte. Wahrscheinlich waren die schweren Verletzungen genau auf das große Genital zurückzuführen oder auf nicht sachgemäßen Umgang damit.

Der Dritte im Bunde war als Einziger nicht schwul, ein Pizza-Fahrer, der meinte, Rufe gehört zu haben, aber als er den Helm abnahm, um noch mal genauer zu horchen, wäre es still gewesen. Als er eine Viertelstunde später erneut an der Gasse vorbeigekommen war, befand sich schon die Menschentraube dort und er wusste, dass er sich nicht verhört hatte. Alles in allem fügte sich ein Zahnrad ins andere. Fehlte nur noch Jeremias' Abnicken. Ich druckte das Bild aus und bereitete noch ein paar Formulare vor, dann meldete ich mich bei Herbert ab.

„Na, dein Morgen war ja schwülwarm“, ärgerte er mich, „sieh zu, dass du dich nicht ansteckst, wenn du zu lange an dem Fall arbeitest!“ Provozierend sah er mich an und wartete auf eine Reaktion von mir. Dem ersten Reflex widerstehend brauste ich nicht auf, sondern klimperte mit den Augen.

„Ich sag's dir, Süßer. Du kannst ja dein Bett schon mal anwärmen!“, konterte ich und jetzt war es Herbert, der mich perplex anblickte und dann aber lachte. Bevor ich aufbrach, drückte mir Herbert noch einen Umschlag in die Hand, den Bettina für mich abgegeben hatte. Im Streifenwagen schaute ich hinein. Es handelte sich um Info-Material über Selbsthilfegruppen und Psychologen, die einem halfen, wenn man Opfer einer Gewalttat geworden war.

Ich fuhr los und merkte erst jetzt, dass ich glücklicherweise Kevin noch nicht über den Weg gelaufen war. Eine gewisse Angst vor dieser Begegnung lag mir im Magen. Dazu gesellte sich Ärger, dass ich überhaupt Angst vor einer Begegnung mit Kevin hatte. Was war los mit mir und warum bot ich dem Kerl nicht einfach Paroli? Warum erlaubte ich ihm, mir zu drohen und somit Einfluss auf meinen Gemütszustand zu nehmen? Mit Erschrecken stellte ich fest, dass „Neinsagen“ anscheinend doch nicht so einfach war, wie ich es bei Jeremias vorausgesetzt hatte. Es gab viele Gelegenheiten, bei denen man klar Stellung beziehen könnte, aber Gründe findet, gar nichts zu sagen oder nur ausweichend handelt. „Neinsagen“ ist egoistisch und unbequem. Auch beim Sex ist ein Nein für einen von beiden nicht schön und der, der es ausspricht, will oft nicht den Partner vor den Kopf stoßen und macht vielleicht mit, obwohl er nicht wirklich Lust hat. Ein Nein kann man aber auch an der Körpersprache erkennen. Auf dem Video war für mich deutlich zu sehen, dass Jeremias keinen sexuellen Kontakt mehr wollte. Ich nahm mir vor, Kevin gegenüber nicht so passiv zu bleiben, sondern ihm seine Grenzen aufzuweisen.

Normalerweise sollte ich mich freuen, meinen ersten eigenen Fall zu haben. Das hier war Neuland für mich, aber es forderte eine ganz andere Seite von mir. Mit Menschen direkt zu kommunizieren gehörte zu den Dingen, die ich eigentlich vermied, aber anscheinend lag es mir, denn auch mit den drei Zeugen hatte ich an diesem Tag keine Probleme gehabt. Jeremias gleich wiederzutreffen bereitete mir dagegen schon etwas Bauchweh. Ich wusste nun Dinge, die im Grunde sehr privat waren, und ich hatte ihn in der Nacht zuvor in einem furchtbaren Zustand gefunden. Sicher war ihm das auch unangenehm. Die Fahrt ins Krankenhaus zog sich wie Kaugummi, denn es herrschte wie immer reger Verkehr. Ich stellte das Radio an, denn Musik lenkt einen ja bekanntlich ab. Irgendwie funktionierte es diesmal nicht und es kroch nur noch mehr Aufregung in meinen Gedärmen hoch. Zum Glück entfiel das nervige Parkplatzsuchen, denn mit dem Streifenwagen konnte ich bequem einfach vor dem Portal parken. Bewaffnet mit meiner Aktentasche machte ich mich auf den Weg. Noch einmal tief Luft holend begab ich mich auf die Station, in der Jeremias gestern noch gelegen hatte. Die Schwester erkannte mich auch gleich und erklärte mir, dass man den Patienten verlegt hatte, und nannte mir Station und Zimmernummer. Außerdem gab sie mir einen Bericht über die Spermaproben.

„Jeremias hatte sowohl eigenes Sperma als auch fremdes an seinem Körper", erklärte sie mir. Überrascht zog ich die Augenbrauen hoch. Mit eigenem Sperma hatte ich nun nicht gerechnet. Wenn man so zugerichtet wird, hat man eigentlich keinen Spaß an der Sache.

„Das muss nichts heißen, Herr Müller. Sie müssten doch Ihre körperlichen Vorgänge am besten kennen. Es kann sich auch um Vorejakulat handeln, dass scheiden sie aus, wenn sie sexuell erregt sind", erklärte mir die Schwester, ohne rot zu werden. Mir schoss gerade sämtliches Blut in den Kopf. Eine Frau erklärte mir, wie ein männlicher Körper funktionierte. Wie peinlich war das denn? Noch dazu hatte sie natürlich recht. Ich war wieder einmal voreingenommen an die Sache herangegangen, dabei hätte ich nach Sichtung des Videomaterials von selbst darauf kommen können. Die beiden hatten ordentlich miteinander rumgemacht. Sicherlich hatte Jeremias das nicht kalt gelassen.

„Außerdem kann Sperma auch durch die Reizung der Prostata austreten. Der Patient ist vergewaltigt worden. Es muss ihm keinen Spaß machen, um solche Reize im Körper auszulösen. Beachten Sie das bitte, wenn Sie gleich zu Herrn Seidler gehen. Sein Zustand ist körperlich stabil, aber ansonsten steht er neben sich und braucht Beruhigungsmittel." Ihr Blick sprach Bände. Strenge mir gegenüber und Mitleid mit dem Opfer spiegelten sich darin. Ich nickte, nahm den Bericht, dankte ihr für die Informationen und verabschiedete mich in Richtung Aufzug. Prostata, über das Organ wusste ich nicht besonders viel, bis darauf, dass es im Alter oft krank wurde wegen Krebsbefall. Am Rande hatte ich mal mitbekommen, dass man es stimulieren konnte und der Orgasmus sensationell sein soll. Darüber wollte ich aber überhaupt nicht intensiver nachdenken, schon gar nicht auf dem Weg zu Jeremias Seidler. Eine Textnachricht kam herein. Bettina schrieb mir, dass

Herbert Matusek dummes Zeug geredet hätte. Die Fahndung hätte sie bereits beantragt, denn es gab einen Geschädigten. Selbst wenn das Opfer keine Anzeige stellen würde, müsse es verfolgt werden und zur Staatsanwaltschaft. Außerdem hätte Jeremias bereits gesagt, dass der Geschlechtsverkehr nicht einvernehmlich gewesen wäre und eine Droge wurde ebenfalls verabreicht. Genügend Gründe, um eine Fahndung nach dem Kerl einzuleiten. Kurz überlegte ich umzudrehen und mir den Besuch bei Jeremias zu ersparen, aber dann entschied ich mich dagegen. Irgendwie interessierte es mich dann doch, ob es ihm besser ging. Ich hatte einfach das Gefühl, noch einmal nach ihm sehen zu müssen. Nennen wir es Anstand, aber das war es nicht wirklich, denn es handelte sich eher um ehrliches Interesse an dem Mann. Meine erste Weigerung, ins Krankenhaus zu fahren, hing damit zusammen, dass ich mich überfordert fühlte mit einer solchen emotionalen Situation. Nachdem ich den Morgen mit den Zeugenaussagen gut gemeistert hatte, fühlte ich mich auch einem Gespräch mit Jeremias gewachsen.

Zwei Stationen höher suchte ich die Zimmernummer und sammelte mich mental. Als auf mein Klopfen an der Tür niemand reagierte, öffnete ich sie vorsichtig und steckte den Kopf durch den Spalt. Das Zimmer war abgedunkelt und Jeremias lag im Bett. Leise schloss ich die Tür hinter mir und ging langsam auf das Bett zu, indem Jeremias zusammengerollt wie ein Baby lag. Er trug immer noch das Krankenhausnachthemd und die Haut seines Rückens leuchtete im Halbdunkel. Was sollte ich denn nun tun? So wie er da lag, wusste ich nicht mal, ob er überhaupt wach war. Zuerst legte ich meine Tasche auf den kleinen Tisch ab, zog meine Jacke aus und hängte sie an die kleinen Haken an der Wand. Dann rückte ich mir einen Stuhl ans Bett. Ich hoffte, dass er durch die Geräusche aufwachte, aber nach wie vor rührte er sich kein bisschen. Da saß ich nun und wusste nicht, was ich tun sollte. Weder Blumen noch sonst irgendetwas deuteten darauf hin, dass eventuell Besuch von Freunden oder Verwandten hier gewesen wäre. Entweder hatte er keine Freunde oder er hatte niemanden informiert.

Wenn ich es recht bedachte, verstand ich es sogar. Bei den Eltern oder Freunden anzurufen, um ihnen zu sagen, dass man vergewaltigt wurde, ist sicher nicht so einfach und zieht einen wahrscheinlich noch mehr runter. Eine Weile saß ich nur da, starrte auf den nackten Rücken von Jeremias, auf dem sich auch einige blaue Flecken und Abschürfungen befanden. Sollte ich ihn ansprechen?

„Hallo, Herr Seidler ... sind Sie wach?“, fragte ich vorsichtig in die Stille. Keine Reaktion! Unwohl rutschte ich auf dem Stuhl hin und her und versuchte es ein zweites Mal.

„Ich bin es. Tom Müller. Ich bin hier, um Ihnen noch ein paar Fragen zu stellen.“ Eine unwillige winzige Bewegung ging durch seinen Körper, aber weder antwortete er noch drehte er sich mir zu. Hilflos und ein wenig wütend saß ich da. Dann legte ich vorsichtig die Hand an seine Schulter, um ihn dazu zubewegen, sich zu mir umzudrehen. Wie von der Tarantel gestochen zuckte er zusammen, drehte sich um und rückte so weit, wie er konnte, weg von der Kante des Bettes an die Wand. Schmerzerfüllt stöhnte er auf, kniff die Augen kurz zusammen und starrte mich dann mit einer Mischung aus Angst und Wut mit weit aufgerissenen Augen an.

„Niemand fasst mich an, okay …!“, zischte er und zog die Decke bis unter das Kinn.

Kapitel 6

Erschrocken zog ich die Hand weg und starrte Jeremias an. Mit einer solchen Reaktion hatte ich nicht gerechnet, auch wenn sie sicher nicht ungewöhnlich nach einer Tat wie dieser war.

„Schsch … Entschuldigen Sie … Ich wollte nicht … es tut mir leid!“, stammelte ich, fuhr mir mit der Hand durch das Haar und versuchte mich zu sammeln. Der verängstigte Mann vor mir brachte mich völlig aus dem Gleichgewicht. Was sollte ich jetzt tun? Jegliche Annäherung lehnte er ab, aber selbst wenn nicht, in den Arm nehmen kam nicht infrage. Okay, Kevin war nicht anwesend, aber trotzdem wäre ich für eine tröstende Umarmung wohl zu befangen. Über so etwas nachzudenken war aber müßig, denn Jeremias zitterte unter seiner Bettdecke und kalter Schweiß stand ihm auf der Stirn. Irgendwie sah das verdammt nach einer Panikattacke aus. Ich betätigte den Klingelknopf, damit eine Schwester oder ein Arzt sich das ansehen konnte. Binnen weniger Sekunden stürzte auch schon eine Schwester herein, sah erst mich und dann Jeremias fragend an. Schnell erkannte sie, was das Problem war, wollte regieren. Ich hielt es für sinnvoll, sie vorzuwarnen.

„Er will nicht angefasst werden!“, erklärte ich, woraufhin sie nickte und den Raum verließ. Wenig später erschien sie mit einem Arzt an ihrer Seite. Beruhigend redeten sie auf den panisch wirkenden Jeremias ein. Stellten ihm die Wahl zwischen Tabletten, die er selber einnehmen würde, oder einer beruhigenden Spritze in Aussicht. Es dauerte eine Weile, die Jeremias mit sich kämpfte. Er war kurz davor zu hyperventilieren, aber dann wurde er langsam ruhiger.

„Ich … Ich will keine Medikamente, ich beruhige mich wieder“, stammelte er. Der Arzt nickte, stellte den kleinen Becher mit dem Medikament aber auf dem Nachttisch ab. Nur zur Vorsicht, wie er meinte. Ich nickte der Schwester zu. Irgendwie hatte ich das Gefühl,das allein mit ihm zu schaffen. Die beiden verließen das Zimmer wieder und ich gab Jeremias noch eine Weile, um zu sich zu kommen. Irgendwann wurde seine Atmung ruhiger und er zitterte nicht mehr.

„Möchten Sie ein Glas Wasser?“, fragte ich ihn. Als Antwort nickte er und ich stand auf, nahm das leere Glas, welches auf dem Nachttisch stand, um es in dem kleinen Bad mit Wasser zu füllen. Die kurze Unterbrechung tat mir gut, half mir mich zu sammeln und zu überlegen, wie ich am besten weiter vorgehen sollte. Auf jeden Fall sollte ich im Laufe des Gesprächs das Informationsmaterial ins Spiel bringen, welches mir Bettina extra vorbeigebracht hatte. Als ich zurückkehrte, hatte sich Jeremias aufgesetzt. Mit schmerzverzerrtem Gesicht lehnte er an der Wand. Ohne zu nah an ihn heranzukommen, reichte ich ihm das Glas, welches er mit zittrigen Fingern ergriff und an die Lippen setzte. Hastig trank er es in einem Zug aus und reichte es mir wieder. Betretenes Schweigen herrschte im Raum. Blickkontakt wurde vermieden. Dann räusperte sich mein Gegenüber.

„Ich bin keine Memme!“, stellte er leise klar, schaute mich dabei verstohlen an.
„Das hat auch keiner behauptet!“ Was anderes fiel mir gerade nicht ein.
„Es kommt sicher so rüber, als ob …“ Jeremias kniff die Augen zusammen, versuchte aufsteigende Tränen wegzublinzeln. Es misslang und kleine silbrige Tropfen lösten sich aus den Augenwinkeln. Ich sprang auf, lief zurück in das Bad und kam mit Einmalhandtüchern wieder, die ich ihm reichte.
„Zum Naseputzen!“ Dankbar nahm er sie entgegen und schnäuzte sich erst einmalgeräuschvoll.

„Tut mir leid …!“, entschuldigte er sich.
„Das muss es nicht, wirklich …“, erwiderte ich und versuchte verständnisvoll auszusehen, um ihn zu beruhigen. Solche Situationen mied ich und hasste sie auch bei Paula. Weder erklärte ich mich gern noch wusste ich die richtigen Worte Paula gegenüber zu finden, wenn sie etwas auf dem Herzen hatte. Unsicherheit packte mich und ich hatte keine Ahnung, wie ich den Bogen spannen sollte, um erneut das anzusprechen, was er am liebsten vergessen wollte. Ich versuchte den Kloß, der in meinem Hals festsaß, hinunterzuschlucken.
„Sie wollen mir sicher noch Fragen stellen, oder?“, Jeremias sah mich fragend an und ich nickte, kramte in der Aktentasche umher

und förderte schließlich das Bild und die Formulare zutage. Ungeschickt hantierte ich mit den Unterlagen und zeigte ihm als Erstes das Bild. Wie nicht anders zu erwarten, zuckte Jeremias zusammen. Seine eigentlich schön geschwungenen Lippen wurden zu einem schmalen, farblosen Streifen. Er nickte nur und schaute dann weg. Das war mir Bestätigung genug. Ich rückte den Stuhl zu dem kleinen Tisch und füllte die Formulare aus, die ich ihm zum Unterschreiben reichte.

„Was ist das?“, fragte er nach.
„Sie bestätigen, dass es sich um den vermeintlichen Täter handelt.“
„Und wenn ich das nicht bestätige?“ Mit Widerstand hatte ich bereits gerechnet.
„Ändert es nichts daran, dass nach dem Täter gesucht wird. Wir haben Videoaufnahmen, die Sie beide zeigen und es liegt ein Gewaltverbrechen vor“,erklärte ich ihm. Seinem Gesichtsausdruck nach zu urteilen gefiel ihm nichts von dem, was ich gerade gesagt hatte. Eine Mischung aus Trotz und Verzweiflung spiegelte sich in seiner Mimik.

„Ich will das alles hinter mir lassen. Ich will dem Kerl nicht mehr über den Weg laufen …“, nuschelte er und sah mich dabei nicht an. Einerseits verstand ich ihn ganz gut, andererseits würde ich doch handeln und dem Kerl das Handwerk legen wollen, wenn er mir so etwas angetan hätte. Mein Hass auf ihn wäre sicherlich unermesslich groß. Genau das versuchte ich in Worte zu fassen.

„Aber Herr Seidler, zum einen müssen sie dem Täter nicht persönlich gegenübertreten. Das passiert hinter einer Scheibe. Er wird sie nicht sehen können. Zum anderen verstehe ich Sie nicht. Warum wollen Sie den Kerl nicht hinter Gittern sehen? Da gehört er hin. Wer das ein Mal macht, der macht es sicherlich wieder, und Sie möchten doch sicher nicht, dass er das noch anderen Männern antut, oder?“ Ich musste mich zügeln meine Stimme nicht zu erheben und ruhig zu bleiben. Ich verstand nicht, weshalb er sich so zierte und nicht froh war, dass wir alles tun würden, den Kerl hinter Schloss und Riegel zu bringen.

„Genau, Sie verstehen mich eben nicht und ich kann es Ihnen nicht erklären, warum. Ich weiß ja selbst nicht, warum …“ Ein kurzes Schluchzen ließ Jeremias’ Körper zucken. Hilflos hob und senkte er die Schultern und sah dabei irgendwie verloren und verletzlich aus. Ein eigenartiges Gefühl kroch meinen Rücken empor und ich schüttelte mich, um es loszuwerden.

„Was machten wir jetzt?“ Unsicher sah ich ihn an. Ich wollte Jeremias nicht unter Druck setzen, keine Entscheidung erzwingen.

Weil er gezwungen wurde, saß er jetzt in dem Dilemma. Jeremias holte tief Luft, schloss die Augen.

„Er wird doch wissen, dass ich ihn verraten habe. Was, wenn er nicht verurteilt wird, was, wenn ich ihm über den Weg laufe?“ Seine Stimme klang atemlos, gepresst vor Angst. Alles Fragen, die ich auch nicht beantworten konnte. In der Regel hatten die Opfer nichts mehr zu befürchten, wenn erst mal eine Anzeige vorlag, aber jeder Fall war anders, man konnte in keinen Täter hineinschauen.

„Bei der Beweislast kann ich mir nicht vorstellen, dass er nicht verurteilt wird.“ Ich wusste, dass ich nicht so überzeugend klang, wie ich wollte oder sollte. Jeremias schüttelte den Kopf.

„Ich muss darüber nachdenken ... okay?“ Bittend sah er mich an. Was hätte ich anderes machen können, als ihm Bedenkzeit zu gewähren? Der Blick traf mich mitten ins Herz, appellierte an das pochende Organ, welches für unsere Gefühlswelt verantwortlich war. Ich fühlte mich wie ein Verbündeter, oder ein Beschützer. Die Uniform, die ich trug, hatte gerade etwas Ritterliches. Darum hatte ich Polizist werden wollen, um denen Schutz zu gewähren, die ihn brauchten. Die schwächer waren. Jeremias brauchte gerade diesen Schutz. Im Moment war es Zeit, die er benötigte. Nicht viel, was ich tun konnte, und zu spät außerdem. Niemand war da gewesen, um die Tat zu verhindern. Jetzt war ich für die Schadensbegrenzung da.
„Okay, ich komme morgen wieder und ich bitte Sie gut nachzudenken. Niemand sollte das durchmachen, was Sie ertragen mussten. Wer weiß, mit wem er schon dasselbe gemacht hat?“, gab ich zu bedenken. Jeremias nickte.
„Danke, Tom!“, flüsterte er, nannte mich bei meinem Vornamen, machte es dadurch persönlicher und band mich emotional irgendwie stärker mit ein. Ich fühlte mich verantwortlich für ihn. Ein merkwürdiges Gefühl, weder gut noch schlecht. Ich bündelte die Formulare, legte sie mit dem Stift und dem Informationsmaterial zusammen auf seinen Nachttisch und erhob mich. Ich musste raus aus dem abgedunkelten Zimmer, in dem mir irgendwie trotz zwei Metern Abstand zu viel Nähe herrschte.

Ich verließ das Krankenhaus trotz unverrichteter Dinge mit einem guten Gefühl. Das erste Mal seit Übernahme dieses Falles sagte mir meine innere Stimme, alles richtig gemacht zu haben. Meine Ritterrüstung glänzte, ohne dass ich sie mit einem Kampf aufwerten musste. Menschlichkeit und das Gespür für Jeremias' Gemütszustand hatten mich die richtigen Entscheidungen treffen lassen, denn in meinem Magen herrschte kein unruhiger Aufruhr von bösartigen Schmetterlingen. Es flogen die guten, netten darin herum, die einem ein Hochgefühl geben. Aber lange währte die

Freude nicht. Das Lied im Radio mitpfeifend fuhr ich zurück ins Revier, wo mir dann ein verschlagen grinsender Kevin einen guten Morgen wünschte. Wieso war mir nie aufgefallen, was für ein blödes Arschloch Kevin war? Wahrscheinlich, weil ich bis jetzt nie in seinen Negativ-Fokus geraten war und er nichts gegen mich hatte. Jetzt jedenfalls verdarb er mir mein Hochgefühl binnen Sekunden. Obwohl er mir nur einen guten Morgen wünschte, war es seine Stimmlage und seine Mimik, die mir sofort Bauchweh verschafften. Ich antwortete nicht darauf, sondern nickte nur und verzog mich sofort in mein Büro. Was führte er im Schilde? Abgehakt war die Sache für ihn auf jeden Fall noch nicht. Eine offene Konfrontation seinerseits wäre mir lieber als dieses Abwarten und nicht wissen, ob oder wann er etwas plante. Sicher hätte ich ihn einfach ansprechen können, aber zu dem Zeitpunkt war ich einfach nicht so weit, wollte keine schlafenden Hunde wecken, obwohl er mir ja schon Konsequenzen angedroht hatte.

Während meiner Abwesenheit hatte Bettina anscheinend den Zeugen Giuseppe P. vernommen und alles protokollarisch festgehalten. Die Akten lagen ordentlich auf meinem Schreibtisch und ich heftete sie zu den anderen. Die Videokassette, die den vermeintlichen Täter zeigte, packte ich ebenso zu der Akte „Jeremias“. Die anderen fünf wollte ich dann später zurück in den Club bringen und steckte sie in meine Aktentasche. Meine Schicht neigte sich dem Ende zu und ich war zum wiederholten Male froh nach Hause zu kommen. Normalerweise war es eher andersherum. Als ich meine Uniform in den Spind hängte und meine Straßenkleidung anzog, legte ich auch meine Autorität ab. Vielleicht war es das, was ich an meinem Beruf liebte. Die Uniform verlieh mir etwas, das ich normalerweise nicht besaß. Ich bekam Respekt entgegengebracht und hatte Selbstbewusstsein. Kevin brachte mich das erste Mal in die Situation, mich selbst in meiner Uniform klein und wertlos zu fühlen.

Kapitel 7

„Was ist los mit dir, Tom?“, Paula sah mich prüfend an, als sie das Wohnzimmer betrat. Sie hatte ein Tablett dabei, auf dem unser Abendessen stand. Gelegentlich aßen wir lieber auf dem Sofa vor dem Fernseher. Einerseits wollte ich gern alles loswerden, was mich bedrückte, andererseits aber auch wieder nicht. Eigentlich stand mir der Sinn danach, abzuschalten. Das Fernsehprogramm sollte mich berieseln, damit ich Abstand bekam. Das Thema „Schwul“ und „Vergewaltigung“ sollte mir nicht auch noch den Feierabend versauen. Das Sprichwort „Aus Fehlern wird man schlau oder lernt man“ gilt für mich nicht. Obwohl ich wusste, dass es nichts bringt, es in mich hineinzufressen, verfiel ich immer wieder in dasselbe Schema. Was man nicht ausspricht, existiert nicht.

„Nichts, du weißt doch, wie das ist. Der Job ist eben nicht nur Zuckerschlecken. Und die Kollegen auch nicht. Hatte ’nen schlechten Tag, mehr nicht!“, redete ich mich raus.

„Ganze drei Sätze für nichts … ist schon viel bei dir. Also wenn du drüber reden willst, du weißt, ich hab ein offenes Ohr.“ Paula reichte mir meinen Teller und küsste mich zärtlich. Sie wusste, dass es nicht viel brachte, mich auszuquetschen. So was endete nur im Streit. Und im Gegensatz zu mir hatte sie aus Fehlern gelernt. Einträchtig saßen wir nebeneinander und aßen, was Paula gezaubert hatte. Sie kochte genau nach meinem Geschmack. Nicht zu fettig und trotzdem herzhaft. Sehr viel Vegetarisches, aber auch mal Putenfleisch. Nachdem wir beide fertig gegessen hatten, kuschelte sie sich an mich und gemeinsam schauten wir fern. Aufgrund meiner Arbeit kam es nur selten zu solchen Kuschelstunden. Am heutigen Tag half mir ihre Anschmiegsamkeit, den Stress zu vergessen. Allerdings nur so lange, bis wir ins Bett gingen. Mit der Dunkelheit und der Ruhe kam auch das Grübeln. Bis in den Schlaf verfolgten mich die wirren Bilder der letzten 48 Stunden.

Paula verließ am nächsten Morgen vor mir die Wohnung. Meine Schicht begann erst am Nachmittag. Ich schlief bis zehn, frühstückte ausgiebig und überlegte mir dabei, vor der Arbeit zu Jeremias ins Krankenhaus zu fahren. Nach der Schicht wollte ich dann die Videokassetten zurück in den Club bringen. Wir benötigten nur die, wo man Jeremias und den vermeintlichen Täter identifizieren konnte, als Beweismittel. Danach hätte ich den Fall soweit bearbeitet, dass ich zur Tagesordnung übergehen konnte. Ruhe würde in meinen Alltag zurückkehren und auch Kevin hätte dann keinen Grund mehr, mich mit dummen schwulenfeindlichen Sprüchen vollzutexten. Zufrieden mit meinen Überlegungen duschte ich und machte mich, diesmal in ziviler Kleidung, auf den Weg ins Krankenhaus. Als ich unten am Kiosk vorbeikam, entschied ich spontan, Jeremias ein paar Pralinen mitzubringen. Kranken brachte man etwas Süßes mit, weil Schokolade glücklich macht. Gut gelaunt lief ich die Treppe hinauf, statt mit dem Fahrstuhl zu fahren. Als ich am Schwesternzimmer vorbeikam, winkte mir die Oberschwester zu. Ich wartete, bis sie mich erreicht hatte.

„In Zivil habe ich Sie beinah nicht erkannt, Herr Müller. Ich wollte Sie nur vorwarnen. Der Patient ist nicht in bester Laune und außerdem leidet er nachts unter Schlafstörungen, bedingt durch Albträume. Also wundern Sie sich nicht, wenn er nicht gut drauf ist.“

Sie zwinkerte mir zu und ich nickte und bedankte mich für die Warnung. Ich klopfte an der Tür und wartete, ob Jeremias mich hereinbitten würde, aber drinnen blieb es still. Erneut klopfte ich und erhielt natürlich keine Reaktion. Ich öffnete die Tür und steckte den Kopf vorsichtig durch den Spalt. Drinnen war es wie tags zuvor abgedunkelt und ich konnte Jeremias im Bett erkennen. Er lag auf dem Rücken und starrte an die Decke. Langsam trat ich ein und schloss die Tür hinter mir.

„Hallo, Herr Seidler ...!“, begann ich, aber erwartete nicht wirklich eine Antwort. Der Angesprochene lag weiterhin schweigsam auf dem Bett, bewegte sich nicht und zeigte auch sonst keine Reaktionen, die einem signalisierten, dass er die Anwesenheit überhaupt bemerkt hatte. Ich zog mir den Stuhl neben das Bett und setzte mich. Jeremias trug immer noch ein Krankenhausnachthemd. Die nackten Beine hatte er angewinkelt aufgestellt und die Arme hinter dem Kopf verschränkt. Das Haar sah am dritten Tag seines Aufenthalts im Krankenhaus dementsprechend ramponiert aus. Noch mehr Bartschatten hatte sich gebildet, aber er sah nicht so aus, als wolle er sich rasieren. Ich holte tief Luft, betrachtete im fahlen Licht sein Gesicht. Er hielt jetzt die Augen geschlossen, atmete durch den Mund, der leicht geöffnet war. Lange Wimpern warfen Schatten auf seine Wangen. Dann schluckte er und sein Adamsapfel sprang hoch und runter. Irgendwie fühlte ich mich nicht wie ein Polizist, der eine Opferbefragung vornehmen wollte. Meine zivile Bekleidung und die Pralinen, das dämmrige Licht und Jeremias‘ Zustand, überhaupt die eigenartige Stimmung, die in diesem Raum herrschte, ließen die Grenzen zwischen Beruf und Privatleben verschwimmen. Jeremias’ verletzliches Aussehen weckte genau wie am Tag davor einen Beschützerinstinkt in mir.

„Das, weshalb Sie gekommen sind, liegt unterschrieben auf dem Nachttisch.“ Seine plötzliche Äußerung ließ mich erschreckt zusammenzucken. Er sprach seltsam tonlos und trotzdem, oder gerade deshalb, wusste ich, dass er nicht gern unterschrieben hatte. Ich nickte, obwohl er das nicht sehen konnte. Dann krächzte ich ein „Danke“. Meine Stimme wollte mir nicht richtig gehorchen. Irgendwie wusste ich nicht, ob er richtig gehandelt hatte oder nicht, oder ob ich ihn nicht hätte drängen sollen. Mein Bauch sagte mir, dass nur so weitere Männer vor demselben Schicksal bewahrt werden konnten, aber sollte der Täter geschnappt werden, stand Jeremias noch eine Menge bevor. Ich hoffte, er war stark genug. Jeremias öffnete die Augen und drehte den Kopf in meine Richtung, blickte mich an. Ich hielt dem Blick stand, auch wenn ich am liebsten weggesehen hätte, denn die Frage, die er mir stellte, konnte ich nicht beantworten, jedenfalls nicht so, wie er es gern gewollt hätte.

„Können Sie für meine Sicherheit garantieren?“
„Nein, das kann keiner ... Haben Sie die Broschüren gelesen?“, versuchte ich abzulenken. Er nickte und zuckte mit den Schultern. Das Thema Sicherheit war erst mal vom Tisch.

„Ich weiß nicht, ob ich zu einem Gehirnklempner gehe. Was soll das bringen?“ Er strich sich erst durchs Haar, dann über die Augen, die schon wieder verdächtig wässrig schimmerten.

„Ich weiß nicht, aber vielen hilft es ...“ Sicher gehörte ich nicht zu den Menschen, die Überzeugungsarbeit leisten konnten. Trotzdem erschien ein leichtes Schmunzeln auf seinen Mundwinkeln.

„Psychologie haben Sie nicht studiert, oder?“ Jetzt klang er sogar halbwegs amüsiert. Ich schüttelte den Kopf und lachte zurück. Die Anspannung zwischen uns ließ langsam nach. Die Pralinen fielen mir wieder ein. Ich hatte sie unter meinen Stuhl gelegt. Ich holte sie hervor und hielt sie Jeremias vor die Nase.

„Pralinen?“ Umständlich richtete er sich auf und setzte sich an die Wand, wie beim letzten Mal, und sah mich mit hochgezogener Augenbraue fragend an. Dann öffnete er die Schachtel. Ich hielt die Hand auf, um die Folie entgegenzunehmen, stand auf und warf sie in den Mülleimer. Als ich zurück zum Stuhl ging, beobachtete ich, wie er sich eine der schokoladigen Köstlichkeiten in den Mund steckte.

„Auch eine?“ Fragend sah er mich an und hielt mir die Schachtel entgegen. Ich nickte, suchte mir eine aus und stellte dann die Schachtel aufs Bett zwischen uns. Die nächsten Minuten war nichts zu hören außer leisem Schmatzen. Wir beobachteten uns gegenseitig beim Essen und grinsten uns schließlich an.

„Sind lecker!“, nuschelte ich mit vollem Mund.
„Ja, danke ... fürs Mitbringen“, erwiderte er und schob sich die nächste in den Mund. Auf die Art und Weise leerten wir gemeinsam die Hälfte der Schachtel. Schweigsam, nur verstohlene Blicke austauschend.

„Heute nicht in Uniform?“ Fragend sah er an mir hoch und runter, zog sein hochgerutschtes Nachthemd ein Stück nach unten. Im selben Moment wurde er sich wohl erst seines Outfits bewusst und griff nach der Decke, um sie sich schützend über Beine und Unterkörper zu ziehen.

„Ja, ich bin auf dem Weg ins Revier und ziehe mich dort um“, erklärte ich ihm. Nahm die Schachtel, bevor sie vom Bett fiel und legte diese auf den Nachttisch.

„Ganz anders, so ohne!“ Seiner Stimme war nicht zu entnehmen, ob er es besser oder schlechter fand.

„Weniger respekteinflößend“, versuchte ich das Ganze ins Lächerliche zu ziehen.
„Das auf jeden Fall, aber es gefällt mir.“ Er lächelte. Ich spürte Hitze in meinen Kopf steigen. Rotwerden war so ungefähr das Letzte, was ich gerade wollte, und ich fragte mich, warum ich so reagierte.

„Danke, dann haben wir wohl denselben Geschmack.“ Ich versuchte ein unverfängliches Grinsen. Es konnte mir im Grunde egal sein, ob Jeremias mein Outfit gefiel oder nicht. Aber natürlich lag es in der Natur des Menschen, anderen Menschen gefallen zu wollen. Es entstand ein Schweigen und ich überlegte fieberhaft, wie man das Gespräch wieder in Gang bringen könnte, ohne schwierige Themen anzuschneiden.

„Wissen Sie, wann Sie das Krankenhaus verlassen können?“, fragte ich deshalb. Falsche Frage! An seiner Mimik erkannte ich sofort, dass es ihm anscheinend missfiel, das Krankenhaus zu verlassen. Ich vermutete, dass es mit seinen Panikattacken zusammenhing.

„Ich denke, in ein, zwei Tagen ... aber ich fühle mich noch nicht wirklich fit“, antwortete er mir.
„Hmmm ... ist jemand da, den sie für die ersten Tage um Hilfe bitten können?“ Ebenfalls keine sehr geschickte Frage, aber jetzt war es eh egal. Jeremias’ Blick verschloss sich und er schüttelte mit dem Kopf, starrte auf die Bettdecke.
„Ich bin erst vor ein paar Monaten hierhergezogen. Meine Familie lebt dreihundert Kilometer entfernt. Freunde habe ich noch keine, nur Kollegen.“ Jeremias ließ sich langsam in die liegende Position gleiten und zog die Bettdecke noch etwas höher.

„Noch ’ne Praline?“ Ich griff nach der Schachtel und hielt sie ihm unter die Nase. Der liegende Mann griff zu und steckte sich eine Vollmilchpraline in den Mund. Ich selbst verspürte auch gerade Lust, die traurige Situation mit etwas Schokolade zu versüßen. Das hier war eigentlich nicht mein Problem, aber irgendwie fühlte ich mich dafür zuständig. Erst recht, weil Jeremias scheinbar keinen hatte, mit dem er sich austauschen konnte. Einer spontanen Eingebung folgend, griff ich in die Jackentasche und förderte eine Visitenkarte zutage, die ich vor Jeremias auf das Bett legte.

„Rufen Sie mich an, wenn es nach Hause geht. Ich werde Sie persönlich dort hinbringen.“ Schon als ich es ausgesprochen hatte, bereute ich es sofort. Auf diese Art und Weise würde ich den Fall sicher nicht abhaken und zu den Akten legen. Ganz im Gegenteil. Jeremias' Gesicht hellte sich auf und zwischen Erstaunen mischte sich Freude und Dankbarkeit. Mein Magen rumorte unruhig und reagierte auf seine Mimik.

„Danke ...!“, murmelte er und streckte mir seine Hand entgegen. Ich nickte, ergriff sie und erwiderte den festen Druck.

„Müller, gut, dass Sie da sind. Der Zeuge Giuseppe war gerade da. Er meint den Täter in einem anderen Schwulen-Club gesehen zu haben. Sie und Gundlach werden da heute Abend aufschlagen und nach ihm suchen. In Zivil!“ Herbert Matusek freute sich scheinbar diebisch, mir diesen Auftrag übergeben zu können. Zum Glück konnte ich mit Thorsten zusammen gehen. Eigentlich hatte ich die Videokassetten ins „Sunrise“ bringen wollen und nun hieß es, in Zivil mit meinem Kollegen einen anderen homosexuellen Treffpunkt aufsuchen. Keine schützende Uniform, die uns die Kerle vom Leib hielt.

„Weiß Thorsten schon davon?“ Ich versuchte mir den Unwillen über die Situation nicht anmerken zu lassen und auch sein anzügliches Grinsen zu übersehen.
„Ja, der freut sich schon besonders!“, antwortete mein Vorgesetzter, lehnte sich in seinem Stuhl zurück und faltete die Hände selbstgefällig über seinem dicken Bauch.

„Ich hoffe, wir finden das Schwein!“, rutschte es mir heraus.
„Nana, so redet man nicht über Tatverdächtige, Müller!“, tadelte mich Matusek. Der hatte es gerade nötig, mir eine Standpauke über Verhaltensweisen zu verpassen. Seine Art, mich extra aufzuziehen, gehörte sich auch nicht. Ich biss die Zähne zusammen, um ihm nicht eine passende Antwort zu geben. Matusek teile gerne aus und steckte ungern ein und weil er ein Vorgesetzter war, spielte er seine Trümpfe aus.

„Sie wissen doch gar nicht, ob er wirklich ein Täter‘ ist. Vielleicht war es ja einvernehmlich? Bei den Schwulen kenn ich mich nicht aus.“ Er grinste und glaubte einen lustigen Witz gemacht zu haben, aber damit war er jetzt wirklich an der falschen Adresse. Noch vor drei Tagen hätte ich wahrscheinlich auch darüber gelacht, aber jetzt nicht mehr. Die Sache mit Jeremias zeigte mir, dass derartig leicht daher gesagte Dinge dazu führten, dass viele sich gar nicht erst trauten eine Vergewaltigung zur Anzeige zu bringen. Noch dazu vorverurteilte er eine Gruppierung.

Sätze wie Vielleicht hat sie ja doch Ja gemeint, auch wenn sie Neingesagt hat oder So wie sie sich kleidet, muss sie sich nicht wundern sind es, die das Opfer erneut vergewaltigen, ohne Hand anzulegen. Ein Nein ist ein Nein, egal ob hetero oder schwul. Und genau das sagte ich Matusek dann auch. Entgeistert starrte er mich an, zuerst sprachlos und dann nickte er.

„Es ist ein Prediger an dir verloren gegangen, wie es ausschaut. Reg dich ab und pass auf, dass jeder dein Nein heute auch versteht, wenn du und Thorsten eure Ärsche an der Wand vorbeischiebt.“ Wieder sein süffisantes Grinsen, das ich diesmal nur mit einem bösen Blick beantwortete und mich vorerst in mein Büro verzog. Scheinbar war ich von Idioten umzingelt. Kevin, Matusek, alles engstirnige und dumme Proleten. Wenigstens meinem Vorgesetzten gegenüber hatte ich Farbe bekannt und nicht wieder alles in mich hineingefressen. Dieser schien sich nicht sicher, ob er mich duzen oder siezen sollte. Eigentlich verwendete er gerne einen Mischmasch aus Nachnamen und Du. Aber die neue Feindseligkeit, die er an den Tag legte, ließ ihn seit Neuestem öfter ins Sie umschwenken. Gegen Nachmittag schneite Thorsten in mein Büro und verdrehte theatralisch die Augen.

„Da haben wir ja heute eine tolle Aufgabe. Ich hab null Bock, in den Tuntenladen zu gehen, das kannst du mir glauben!“, ätzte er und warf sich auf den Stuhl vor meinem Schreibtisch. Ich nickte. Lust hatte ich auch keine, aber ich hoffte, den Vergewaltiger dort wahrhaftig anzutreffen und in Gewahrsam nehmen zu können. Der Typ befand sich sicher schon auf der Suche nach einem neuen Opfer. Es wäre toll, Jeremias beim nächsten Aufeinandertreffen berichten zu können, dass wir den Mann gefunden hatten. Aber dazu mussten Thorsten und ich erst einmal in Zivil diesen Club besuchen.

„Ach das wird schon werden. Hauptsache, der Kerl ist auch da und wir können das endlich abhaken“, versuchte ich ihn zu beruhigen und mich selbst auch ein wenig. Wir besprachen, wann wir uns wo treffen wollten, um gemeinsam in den Club zu gehen.
„Was zieht man denn da an? ... Ich meine, wenn man angeblich schwul ist.“ Thorsten sah mich unsicher an. Und ich zuckte mit den Schultern.
„Was du magst und in was du dich wohl fühlst. Es gibt kein schwules Outfit. Na ja, schon, wenn man es auf die Spitze treibt, aber zieh dich an, als ob du weggehen wolltest, fertig!“ Jeden Tag stellte ich fest, wie viel Vorurteile oder voreingenommenes Denken über Homosexualität bestand. Sowohl bei mir als natürlich bei meinem Umfeld. Unbefangen redete keiner über homosexuelle Liebe. Immer wurden kleine Seitenhiebe verteilt. Meist, wie bei mir, aus Unsicherheit. Die wenigsten hatten schwule Freunde, kannten Schwule nur aus dem Fernsehen. Demnach nahm man an, dass die meisten auffällig gekleidete Tunten oder in Leder gekleidete Bodybuilder waren. Jeremias gehörte weder zu der einen noch zu der anderen Sorte. Er war der Mann von nebenan. Der, den niemand auf den ersten Blick als schwul bezeichnen würde. Womit ich wieder darin bestätigt wurde, dass es nicht „den Schwulen“ gibt. Zeit für mich, umzudenken, mein kleines beschränktes Wissen zu erweitern und die Erkenntnis darüber weiterzugeben, um vielleicht für etwas mehr Akzeptanz zu sorgen. Selbst in meinem Kopf hatte

sich ja schon einiges bewegt und das, obwohl ich Jeremias erst seit ein paar Tagen kannte. Aber genau deshalb spürte ich eben, wie viel Dinge im Argen lagen. Man hält sich immer für wahnsinnig tolerant und merkt nicht, wie wenig man wirklich weiß, wie viel Vorurteile man hat. Dieser Fall brachte mich das erste Mal dazu, mir Gedanken zu machen.

Als ich am späten Nachmittag das Revier verließ, begegnete ich Kevin, der scheinbar nur einen Gesichtsausdruck kannte, nämlich verschlagen grinsend. Wenigstens hielt er sein Schandmaul. Wenig später befand ich mich auf dem Heimweg. Paula traf fast zeitgleich mit mir ein und begrüßte mich mit Kuss und einer innigen Umarmung. Sie würde über die zusätzliche Nachtschicht nicht sehr erbaut sein. Ich erwiderte ihre Zärtlichkeiten, mehr um sie milde zu stimmen, als dass ich mich hätte wirklich darauf einlassen können. Mit meinen Gedanken war ich viel zu sehr beim heutigen Abend. Der Besuch in dem Club wirbelte meine Gefühlswelt auf. Einerseits wollte ich den Täter finden, andererseits mich nicht weiter in die Schwulenszene hineinziehen lassen. Diese für mich fremde Welt wirbelte mein Leben zu sehr auf, brachte mich durcheinander und mein Job verlief auch nicht mehr in den geordneten Bahnen, die mir Sicherheit gaben. Mit Jeremias Seidler hatte sich eine Unruhe in mein Leben geschlichen und irgendetwas sagte mir, dass es noch eine Weile unruhig bleiben würde.

„Was ist los mit dir, Tom? Ich merke doch, dass dich etwas bedrückt. Musst du wieder arbeiten?“, Paula schloss die Tür auf und drehte sich nach mir um. Warum konnte ich nichts vor dieser Frau geheim halten? Sie schien sich häufig besser in mir auszukennen als ich selbst. Untrüglich spürte sie, dass mich etwas beschäftigte, ohne dass ich etwas sagen musste. Ich nickte zur Bestätigung.

„Thorsten und ich müssen eine zusätzliche Schicht einschieben. Es tut mir leid“, gab ich geknickt zu. Die Tür fiel hinter mir ins Schloss und ich lehnte mich mit dem Rücken dagegen, sah Paula dabei zu, wie sie die Jacke an den Haken hing und die Schuhe ins Regal stellte.

„Das ist doch aber nicht das erste Mal. Bist du sicher, dass es nur das ist? Du kommst mir in den letzten Tagen überhaupt sehr angespannt vor“, stellte Paula mit ihrem verständnisvollen Tonfall fest. Eigentlich bewunderte ich sie für ihre emphatische Art, aber im Moment störte es mich gewaltig, dass sie mich zu analysieren versuchte. Trotzdem schluckte ich meinen Unwillen hinunter und versuchte mich zu erklären.

„Eben, genau weil es nicht das erste Mal ist und ich weiß, dass es dich belastet ... Darum bin ich so."
Ich hoffte, ihr reichte die Erklärung und sie hakte nicht weiter nach. Weder hatte ich Lust über den bevorstehenden Abend zu reden noch über den ganzen Fall. Ich kickte die Schuhe von den Füßen und versuchte geschäftig zu wirken, damit sie nicht auf die Idee kam, weitere Fragen zu stellen, und Gott sei Dank ging meine Strategie auf. Wenig später saßen wir gemütlich gemeinsam auf dem Sofa, tranken Kaffee und aßen Kuchen. Paula versicherte mir, dass sie auch diesen Abend ohne mich aushalten würde. Dann erzählte sie von ihrem Arbeitstag, ihren Kollegen und an was sie gerade arbeitete. Ich hörte zu, fragte höflich ein paar Mal nach und kraulte sie im Nacken. Das mochte sie besonders. Dann schlummerte ich ein, traumlos und tief. Paula weckte mich zärtlich, indem sie mir am Ohrläppchen saugte. Ein Kribbeln fuhr durch meinen Körper direkt in meinen Unterleib. Der kleine, weiche Hautlappen gehörte zu einer meiner erogensten Stellen. Überhaupt das Ohr reagierte intensiv auf Reize. Flüstern oder Hauchen reichte schon aus, um mir ein Ziehen in den Lenden zu bescheren. Mein Erschauern wurde von Paula sofort registriert und mit einem sanften Saugen quittiert. Ich zog sie in meine Arme, suchte ihre Lippen und enterte ihren Mund. Es war schon eine Weile her, dass wir miteinander geschlafen hatten und ihrer spielerischen Annäherung konnte und wollte ich nicht widerstehen. Mit fliegenden Fingern entledigten wir uns unserer Kleidung, unterbrachen uns nur, um heiße Küsse auszutauschen. Einmal angefangen merkte ich erst jetzt, wie sehr mein Körper ausgehungert war. Ich brannte darauf, nackte Haut an meiner zu spüren. Paula lag willig unter mir mit gespreizten Beinen und hieß mich willkommen. Schon als ich in sie eindrang, wusste ich, dass ich nicht lange würde durchhalten können. Schon jetzt spürte ich, wie mein Körper sich nach höchstens vier Stößen anspannte und kurz vorm Kommen war. Ich versuchte innezuhalten oder an was Schreckliches zu denken, aber es half nichts.

„Tom, bitte noch nicht, ich bin nicht so weit ...", stöhnte Paula unter mir, aber da war es auch schon zu spät. Mein Becken ruckte ein paar Mal kräftig nach vorn, es kam mir heftig. Schwer atmend kam ich auf ihr zum Liegen. Beschämt, dass ich es nicht hatte zurückhalten können. Paula drehte den Kopf zur Seite und konnte ihre Enttäuschung nicht verbergen. Auch wenn sie mir im gleichen Augenblick versicherte, dass es nicht so schlimm sei.

„Du bist keine Maschine, sondern ein Mensch", versuchte sie mich zu beruhigen. Ich fühlte mich schlecht, weil ich versagt hatte und sie mich deshalb auch noch tröstete.

„Es tut mir leid, Paula ... wirklich“, stammelte ich und küsste ihre Stirn.
„Das braucht es nicht ... Du kannst ja nichts dafür. Wird wohl am Stress liegen ...“ Sie versuchte, verständnisvoll zu klingen, aber wer sie so gut wie ich kannte, der merkte ihr an, dass sie leicht verstimmt war. Sicher hätte ich sie auch mit anderen Mitteln befriedigen können, aber die Stimmung war dahin, denn sie verspannte sich unter mir. Beklommen suchten wir unsere Sachen zusammen und zogen uns an. Selbst wenn ich Druck abgebaut hatte, war mir jetzt mehr als unwohl zumute. Ich verschwand im Bad, um der unangenehmen Situation zu entkommen. Sowieso musste ich mich langsam fertig machen, wenn ich pünktlich zum vereinbarten Treffpunkt erscheinen wollte. Thorsten liebte es pünktlich und ich gehörte ebenfalls zu der Fraktion, die zur vereinbarten Zeit auch wirklich auftauchte. Ich machte mich notdürftig frisch, stylte meine Haare, zog mir eins der engen Shirts an und warf mir dann nur noch meine Lederjacke über. In der Innentasche steckten Handschellen und Dienstmarke. Paula lag auf dem Sofa, die kuschelige Decke bis unter die Nasenspitze gezogen. Der Fernseher lief und sie sah mich mit großen Augen an. Mir tat alles total leid und mein Magen rumorte. Ich wollte nicht gehen, ohne dass wir uns vertragen hatten. Na ja, eigentlich lag ja gar kein Streit vor, aber der verpatzte Sex stand immer noch zwischen uns.

„Ich muss los ...“, begann ich. Paula nickte.
„Wann ich zurück bin, kann ich nicht sagen. Zivileinsatz!“ Noch hatte ich Paula nicht erzählt, an welchem Fall ich arbeitete. Meinen Job hielt ich außen vor. Je weniger sie über die bösen Buben wusste, desto besser. Im Gericht bekam sie schon genug davon mit. Wieder nickte sie und ich konnte erkennen, dass sie nach Worten suchte, aber nicht die richtigen fand. Paula, die eigentlich immer wusste, was sie sagen sollte. Mit drei Schritten war ich bei ihr, kniete mich hin und küsste sie einfach.

„Noch mal, es tut mir leid ... okay, auch dass ich jetzt gehen muss.“ Ich küsste sie noch mal und sie sah mich mit leicht feucht schimmernden Augen an und schluckte schwer. Das hier war zu viel für mich. Schnell verließ ich den Raum, griff mir den Schlüssel und war jetzt sogar erfreut über den Besuch im Club. Inbrünstig hoffte ich den Täter zu fassen. Zimperlich würde ich garantiert nicht mit ihm umgehen.

Kapitel 9

Dass ein Fall in der Lage war, einem das Leben komplett auf den Kopf zu stellen, bewies dieser eine, in den ich hineingeschlittert war. Nur weil ich mal wieder nicht hatte Neinsagen können. Zum wiederholten Male ärgerte ich mich deshalb, aber ganz egal, es war zu spät und ich saß mitten in der Misere. Wertvorstellungen wurden über den Haufen geworfen, Grenzen zum wiederholten Mal eingerissen und Denkweisen neu erstellt. Ich sah meinen Beruf als Berufung und mich als modernen Ritter, der für die Schwachen die Kämpfe ausfocht. Für die, die sie selber nicht kämpfen konnten. Aber die letzten Tage hatten mir gezeigt, dass alles anders war, dass ich selbst nicht so ritterliche Ansichten hatte und andere Vertreter des Rechts noch viel weniger. Der Fall Jeremias Seidler zeigte mir, dass nicht alle Menschen gleich waren, dass Vorurteile, Halbwissen und Dummheit immer wieder Gruppierungen ausgrenzten, sich über sie erhoben und sich dabei auch noch im Recht fühlten. Schwule, Behinderte, Landstreicher, Ausländer, Hartz-IV-Empfänger, alles Gruppierungen, denen ein negatives Image anhaftete und die man schnell vorverurteilte. Seit Jeremias in mein Leben getreten war, beobachtete ich mich und meine Umwelt viel genauer. Spitzte die Ohren und hörte zu. Erschrocken stellte ich fest, wie oft abwertende Sprüche fielen. Nicht immer bewusst und mit dem Willen, jemanden zu diskriminieren, aber der alltägliche Sprachgebrauch schloss vieles einfach mit ein.

„Ich bin doch nicht dein Ben."
„Sag mal, bist du behindert?", hörte ich oft Jugendliche rufen.
„Hier sieht's aus wie bei den Zigeunern", pflegte meine Oma immer zu sagen, wenn mein Zimmer nicht aufgeräumt war.
„Warmer Bruder", „Vom anderen Ufer sein", nur weil „Mann" vielleicht nicht typisch männliche Verhaltensweisen an den Tag legte. Auf die Schnelle fielen mir nicht alle Dinge ein, aber wenn man sich wirklich hinterfragte, kam eine Menge zusammen. Erst durch Jeremias fiel mir auf, dass nicht nur die Hetze gegen Schwule stattfand, sondern man eben nicht alle Menschen gleich behandelte. Würden ein Ausländer und ein Deutscher verdächtigt werden, etwas geklaut zu haben, ginge ich jede Wette ein, dass 70 Prozent den Ausländer in Verdacht hätten, nicht den Deutschen. Und genauso wurde es gehandhabt. Ich nahm mich nicht aus der Rechnung heraus und stellte mich plötzlich selbst an den Pranger. Aber vielleicht sollte ich erst mal erzählen, wieso ich mich und mein Umfeld immer mehr in einem anderen Licht zu sehen begann.

Immer noch ziemlich aufgewühlt verließ ich am Abend Paula und unsere Wohnung, um mich mit Thorsten zu treffen. Der wartete mit einem zivilen Fahrzeug in der Nähe des Clubs auf mich. Ich selbst nahm die U-Bahn. Auf dem Weg dorthin brummte mein Handy. Eine WhatsApp Nachricht von Unbekannt war eingegangen.

„Hallo … Ich bin es, Jeremias. Ich weiß, ich sollte Sie nicht um Hilfe bitten, aber ich habe niemanden, den ich fragen könnte. Also … Ich werd morgen entlassen, können Sie mich nach Hause bringen? Bitte!!!“

Da saß ich in der U-Bahn mit dem Handy in der Hand und las die Nachricht wieder und wieder. Mein Magen flatterte und der Hals schnürte sich zu. Ich sah Jeremias bildlich vor mir, wie er in seinem Krankenhausnachthemd verloren auf dem Bett saß. Diesen Blick drauf, der mir jedes Mal an die Nieren ging. Dieses „Bitte“ mit drei Ausrufezeichen ließ keinen Zweifel offen, dass er meine Hilfe dringend benötigte, meinen Beistand brauchte. Ich selbst hatte es angeboten, also sollte ich auch keinen Rückzieher machen; auch wenn ich wieder den Drang verspürte, schnell ganz weit weg zu laufen und Abstand zu dem verletzlich wirkenden Mann zu bekommen. Bevor ich ins Grübeln verfiel, tippte ich schnell eine Antwort.

„Um wie viel Uhr soll ich da sein?“ Eine Frage, klar und deutlich formuliert, hielt ich für die beste Antwort. Lange brauchte ich nicht auf eine Erwiderung warten. Wenige Sekunden später brummte es erneut in meiner Hand.
„Gegen 12:00 … Ich warte einfach. Danke!“ Ich drückte auf sein Profilbild und sah es mir näher an. Das Bild zeigte einen fröhlich lachenden Jeremias, der auf einer Mauer balancierte. Er trug Jeans, ein rotes, leicht verwaschenes T-Shirt und weiße Leinenturnschuhe. Ein Outfit, wie es Millionen andere Männer tragen. Kevin oder auch ich hätten ihn niemals als schwul ausmachen können und selbst wenn er es dick aufs Shirt gedruckt hätte, sollte es keinen Unterschied machen, ob er es war.

„Ich werde da sein, versprochen!“, tippte ich und ehe ich es mir anders überlegte, hatte ich auch schon auf Senden gedrückt. Mein Herz klopfte plötzlich ein wenig schneller als sonst und als ein lachendes Smiley von Jeremias zurückkam, stoben ein paar vorwitzige Schmetterlinge in meinem Bauch umher. Ich steckte das Handy schnell in die Jackentasche, schaute mich hektisch um. Niemand saß in meinem Abteil und sowieso konnte keiner auf mein Handy schauen. Und wenn schon. Das war doch total albern. Ich löste nur ein Versprechen ein, das war schließlich kein Verbrechen. Ich schüttelte den Kopf über mich und versuchte mich zu sammeln. Schnell wurde ich abgelenkt, denn neue Fahrgäste stiegen zu. Eine Mutter mit zwei Kindern. Eins lag in der Karre und schlief, das andere hing an ihrer Hand und nörgelte herum. Die junge Frau sah abgespannt aus und tat mir leid. Kinder standen ganz gewiss erst einmal nicht auf meiner Liste. Obwohl ich das Gefühl hatte, dass Paula vielleicht schon darüber nachdachte. Ich fühlte mich aber noch viel zu jung dafür. Angesprochen hatte sie es noch nicht. Aber ab und zu wies sie mich auf besonders süße Babys hin und bekam so einen verträumten Ausdruck in den Augen. Ich ging darauf nicht ein, aber irgendwann würde sie das Thema ganz bestimmt auf den Tisch bringen. Als der Schaffner die nächste Station ansagte, musste ich auch schon aussteigen. Die Fahrt war schneller vergangen als erwartet und ich hatte über alles Mögliche nachgedacht, nicht aber über den bevorstehenden Besuch im Club. Wahrscheinlich war das auch besser so. Warum sich aufregen, wenn eigentlich nichts Schlimmes passieren würde. Thorsten war auch dabei und zusammen würden wir das Kind schon schaukeln.

„Da bist du ja endlich!", schimpfte Thorsten. Er saß im Auto und erschreckte sich fürchterlich, als ich von außen an das Fenster klopfte. Ich stieg zu ihm und er verstaute hastig sein Handy in der Tasche. Ich grinste ihn an, denn ich hatte gesehen, dass er vorher auf einer Seite des Clubs gesurft hatte, den wir gleich besuchen würden. Er sah ebenso ertappt aus wie ich, als ich Jeremias' Nachricht beantwortet hatte. Selbst im Dunkeln konnte ich sehen, wie leichte Röte sein Gesicht überzog.

„Also, ich hab noch mal nachgedacht, wie wir jetzt vorgehen, und ich glaube, es ist nicht gut, wenn wir zusammen auftauchen. Besser, wir betreten den Club in einem Abstand von zwanzig Minuten und tun so, als würden wir uns nicht kennen und erst dort kennenlernen. Die merken sonst, dass wir Polizisten sind." Thorsten fuhr sich durchs gestylte Haar. Ich wunderte mich, wie viel Mühe er sich mit seinem Outfit gegeben hatte. Seinen Überlegungen konnte ich nur zustimmen. Vielleicht würde das miese Schwein ja auch versuchen einen von uns anzugraben.

„Okay, die Idee ist gut. Wir sollten eine Weile so tun, als würden wir uns nicht kennen, vielleicht will der Kerl uns angraben. Wenn er denn da ist!", antwortete ich meinem Freund und Kollegen. Der nickte und dann spielten wir „Schnick-Schnack-Schnuck" und bestimmten so, wer zuerst in den Club gehen musste. Ich verlor, denn Schere fällt in den Brunnen. Ich hasste das Spiel, denn meist verlor ich gegen Thorsten. Tief Luft holend öffnete ich die Tür und setzte einen Fuß aus dem Auto.

„Wir bleiben über Handy in Kontakt, aber unauffällig, okay?", rief mir Thorsten noch zu, bevor die Tür hinter mir ins Schloss fiel. Ich hielt den Daumen hoch und machte mich auf den Weg. Zwei Blocks weiter befand sich der Club. Die kalte Nachtluft half mir, mich zu sammeln und zu fokussieren. Das hier musste klappen. Ich wollte Jeremias' Peiniger unbedingt schnappen.

Kapitel 10

Thorsten schien die Sache trotz Unlust viel professioneller anzugehen als ich. Er wirkte nicht angespannt oder nervös. Als ich mich dem Eingang näherte, merkte ich sofort, wie mein Puls in die Höhe schnellte. Meine Handflächen wurden nass und die Schmetterlinge in meinem Bauch flogen unruhig umher. Ich wollte nicht hinein und andererseits schien es mich magisch anzuziehen. Das Gefühl beschlich mich, dass jeder sofort erkennen würde, dass ich Polizist war und nicht schwul. Aber scheinbar interessierte es erst mal niemanden. Ich bezahlte meinen Eintritt, wurde kurz gemustert und begab mich dann ins Innere. Der Club sah aus wie jeder andere auch und meiner Information zufolge besaß dieser auch keinen Darkroom. Gut besucht, tummelten sich schon etliche Männer auf der Tanzfläche und auch die Bars konnten sich nicht über mangelnde Kundschaft beschweren. Etwas steifbeinig suchte ich mir einen Platz an der Bar, von dem ich alles im Blick hatte und trotzdem nicht unmittelbar auf dem Präsentierteller saß. Nach zehn Minuten ließ die erste Anspannung ein wenig nach. Das Gefühl, angestarrt zu werden, verschwand. Vielmehr stellte ich fest, dass ich mich zusammenreißen musste, nicht alle anderen anzustarren. Die sich küssenden Pärchen zogen immer wieder meine Blicke an und ich ärgerte mich über mich selbst. Von Jeremias' Peiniger hatte ich noch nichts gesehen. Ein Blick auf die Uhr verriet mir, dass bald auch Thorsten auftauchen würde. Ich hielt Ausschau nach ihm. Als ich das Handy aus der Tasche fischte, um nach einer eventuellen Nachricht zu schauen, stellte ich fest, dass null Empfang vorhanden war. Keine guten Voraussetzungen für eine gute Zusammenarbeit. Mein Blick blieb auf den Eingangsbereich gerichtet, hoffend entweder Thorsten oder unseren Tatverdächtigen zu sehen. Aber es kam alles anders. Zuerst wurde die Musik lauter und der DJ kündigte ein paar, wie er sagte, „Heiße Go-go-Boys“ an. Kaum ausgesprochen kamen von links ungefähr sechs sehr leicht bekleidete junge Männer herein. Mehr als einen weißen, sehr eng anliegenden Slip, unter dem man mehr sehen als verbergen konnte, und einer weißen Federboa trugen sie nicht. Ihr Erscheinen wurde mit lauten Pfiffen und Jubeln begleitet. Sie tanzten sich durch die Menge, oder versuchten es zumindest, denn unterwegs wurden ihre durchtrainierten Körper von der Menge aufgehalten. Keiner schien sich daran zu stören, dass gierige Hände über ihre Körper strichen. Ich wurde ein paar Minuten von dem Spektakel abgelenkt und als ich meinen Blick von den zugegeben sehr nett anzusehenden Go-go's abwendete, sah ich Thorsten. Er stand am Eingang und ließ seinen Blick suchend durch die Menge gleiten, dicht gefolgt von unserer Zielperson.

In meinem Magen formte sich ein harter Klumpen und sofort versetzte sich mein Körper in Anspannung. Jetzt nur nichts falsch machen, cool bleiben, den Kerl nicht aus den Augen lassen und trotzdem nicht auffällig wirken. Ob Thorsten bereits gemerkt hatte, dass der Gesuchte direkt hinter ihm stand? Ich vermutete, nicht. Leider konnte ich ihn auch nicht durch eine Textnachricht darüber in Kenntnis setzen. Die Go-go's kamen gerade direkt an mir vorbei und einer der Männer warf mir Kusshände zu. Ich lächelte reflexartig und versuchte in dem Gedränge weder Thorsten noch den Vergewaltiger aus den Augen zu verlieren, leider bewegten sich die beiden in unterschiedliche Richtungen und Thorsten schien mich immer noch nicht entdeckt zu haben. Kein Wunder, denn die Go-go-Tänzer verteilten sich jetzt strategisch auf den Boxen und in die dafür vorgesehenen Gitterkäfige und begannen ihre heiße Tanzshow. In einem Käfig platzierten sich sogar zwei, die sofort mit eindeutigem Posing begannen. Auch unseren Tatverdächtigen schien das zu interessieren. Er spazierte direkt an mir vorbei, streifte mich fast. Selbst durch die stickige Luft konnte ich sein Aftershave wahrnehmen. Er roch gut, besser als er sollte; sah auch nicht aus wie jemand, der einem K.-o.-Tropfen ins Getränk tun und einen dann heimtückisch krankenhausreif vögeln würde. Normalerweise hatte er das gar nicht nötig. Seine große, dominante Figur und sein markantes Gesicht machten es ihm garantiert leicht, willige Männer kennenzulernen. Schon jetzt folgten ihm interessierte Blicke, die er aber ignorierte. Er sah sich eine Weile die tanzenden Go-go-Boys an, die mittlerweile dabei waren, sich die spärliche Kleidung vom Leib zu pellen. Dabei steckten ihre Zungen bis zum Anschlag im Mund ihres Gegenübers. In meiner Hose wurde es gegen meinen Willen eng und ich schämte und ärgerte mich über diesen Zustand. Warum tat mein Körper mir das an?

Thorsten hatte mich oder den Mann immer noch nicht entdeckt. Er bestellte sich gerade ein Bier und unterhielt sich mit der Bedienung. Scheinbar hatte er keine Anpassungsschwierigkeiten und amüsierte sich bestens. Ich überlegte, wie ich weiter verfahren sollte. Abwarten und ihn auf frischer Tat ertappen, wenn er wieder K.-o.-Tropfen in fremde Gläser verteilte, oder gleich die Handschellen an seinen Gelenken klicken lassen?

Sofort verhaften wäre sicherer, aber mit Beweisen wäre besser. So entschied ich mich dafür, ihn noch eine Weile zu beobachten. Kurz schaute ich hinüber zu Thorsten, der jetzt sein Bier in der Hand hielt und die Menge nach mir absuchte. Gerade als sich sein Kopf in meine Richtung drehte, stellte sich ein breitschultriger Mann direkt vor ihn, sodass er mich wieder nicht sehen konnte. In dem Käfig schräg vor mir war man zu oralen Freuden übergegangen, was für noch mehr Enge in der Hose und Ärger in meinem Kopf sorgte. Ich stand auf, konzentrierte mich auf das, was meine Aufgabe war, und nicht auf die Männer, die zur Belustigung aller eine heiße Show abzogen. Ich drängte mich in der Menge dichter an mein Observationsziel heran. Ihn nur nicht aus den Augen verlieren, hieß die Devise. Der Kerl hatte genau wie alle anderen Umstehenden den Blick auf den Käfig gerichtet, wo einer der Go-go's gerade mindestens zwanzig Zentimeter im Hals des anderen versenkte. Das hier war Live-Sex und kein Tanz. Als ich endlich neben ihm stand, war ich erstaunt, wie groß der Kerl in echt war. Auf dem Video hatte er nicht so riesig gewirkt. Ich musste den Kopf leicht in den Nacken legen, um ihm ins Gesicht schauen zu können, und klein war ich mit meinen ein Meter neunundachtzig nun wirklich nicht. Der Mann hatte mich bemerkt und warf mir einen recht lüsternen Blick zu. Meine Eingeweide zogen sich zusammen. Wenn ich daran dachte, was das Schwein Jeremias angetan hatte, musste ich mich arg zusammenreißen, ihn nicht bei den Eiern zu packen und daran durch den Laden nach draußen hinter mir her zu schleifen. Ich bemerkte erst jetzt, dass viele sich die Show nicht tatenlos ansahen, sondern ihre Schwänze ausgepackt hatten, um sich selbst zu befriedigen. Verdammt, in was war ich hier nur hineingeraten. Ganz so normal war der Club anscheinend doch nicht, jedenfalls nicht für mich. Auch unser Observationsobjekt öffnete neben mir seine Hose und heraus sprang ein Penis, auf den wohl jeder Mann neidisch gewesen wäre. Dennoch verstand ich auf Anhieb, warum Jeremias bei den Abmessungen lieber einen Rückzieher gemacht hatte. Meine vor Schreck weit aufgerissenen Augen gefielen dem Mann wohl und er rückte etwas näher zu mir heran. Übelkeit stieg in mir hoch. Bilder flogen in meinem Kopf umher, die ich nicht sehen wollte und die Wut in mir hervorbrechen ließen. Bilder von Jeremias, blutend auf der Straße liegend.

Stolz schob sich der Kerl seinen Ständer durch die enge Faust und grinste mich dabei an. Mit diesem harten Stück Fleisch hatte er Jeremias beinahe umgebracht. Von Thorsten sah ich immer noch nichts und länger konnte ich das Ganze nicht mehr ertragen. Alles ging plötzlich recht schnell und trotzdem wie in Zeitlupe. Die beiden Go-go's verspritzen ihre Sahne. Einer im Rachen des anderen, der andere verteilte sie im Publikum und auf seiner Hand. Ich sah in die vor Lust verzerrten Gesichter, hörte das laute Gejohle der Umherstehenden, die die beiden anfeuerten. Mein Kopf dröhnte und fühlte sich gleichzeitig an, als wäre er in Watte gepackt. Ich griff in die Innentasche meiner Jacke und spürte das kalte Metall der Handschellen unter meinen Fingern. Von hinten tippte mir jemand auf die Schulter. Es war Thorsten, der die Situation schnell erfasst hatte und mir zunickte. Der Kerl wichste sich immer noch und so zog ich die Handschellen blitzartig aus der Tasche und ließ sie an seinem Handgelenk zuschnappen, während ich die andere an meinem eigenen Gelenk befestigte. Sein überraschter Gesichtsausdruck gehörte fotografiert und eingerahmt. Schnell wechselte sein Ausdruck zu einer wütenden Grimasse und er versuchte sich loszureißen. Die eben noch pralle Manneskraft fiel in sich zusammen. Seine zur Faust geballte Hand sah ich wie in Slomo kommen, konnte aber nicht mehr ausweichen. Mit Wucht krachte sie an mein Kinn, ließ mich straucheln, sodass ich beinahe hinfiel. Durch mein Taumeln zog ich ihn mit mir und so wären wir fast beide gestürzt. Aber da war Thorsten auch schon zur Stelle. Nach einem kurzen Handgemenge hatten wir den Mann unter Kontrolle. Ein Kreis hatte sich um uns gebildet. Neugierig wurden wir gemustert und mit Genugtuung registrierte ich die spöttischen Blicke, weil bei unserem Verhafteten der mittlerweile schlaffe Schwanz aus der geöffneten Hose hing. Mit Kabelbindern hatten wir dem Mann die Hände auf dem Rücken fixiert und meine Handschellen gelöst. Neugierig wurden wir angestarrt, aber wir nickten nur, packten uns den Mann und folgten dem mittlerweile aufgetauchten Geschäftsführer der Lokalität ins Büro.

Als sich hinter uns die Tür schloss und wir den gefesselten Mann auf einen der Stühle verfrachtet hatten, waren Thorsten und ich komplett außer Atem. Der Geschäftsführer machte ein grimmiges Gesicht, während der Tatverdächtige immer wieder versuchte aufzustehen. Thorsten drückte ihn an den Schultern hinunter und hielt ihn so in Position. In mir brodelte es und meine Hand zuckte, denn am liebsten hätte ich dem Kerl eine verpasst. Meine Lippe blutete von dem Schlag, den ich hatte einstecken müssen. Schuldiger konnte man sich gar nicht benehmen. Hätte er die Tat nicht begangen, wäre er ganz anders aufgetreten. Überraschung und nicht Aggression wären die erste Reaktion gewesen.

„Was ist hier los? Wer sind Sie? Und wen haben Sie hier festgenommen, denn danach sieht es mir aus?“, fragte der Geschäftsführer, der sich als Sebastian Siebrecht vorstellte und ungefähr Mitte vierzig war. Während Thorsten dem Festgenommenen seine Rechte vorlas, versuchte ich Herrn Siebrecht zu beruhigen und erklärte ihm mit wenigen Sätzen den Grund unseres Auftauchens und auch der Festnahme des Mannes. Danach hatte der eigentlich smarte Mann noch mehr Zornesfalten im Gesicht und schielte über die Schulter hinweg zu dem immer noch aggressiven Mann herüber. Ich holte tief Luft und begab mich nun auch zu Thorsten.

„Ich bitte Sie, mir jetzt Ihren Namen und die Personalien zu nennen. Wenn Sie mir nicht freiwillig Auskunft geben, werde ich Ihre Taschen durchsuchen.“ Möglichst viel Autorität ausstrahlend stand ich breitbeinig vor dem Mann. Der lachte nur verächtlich und antwortete mir nicht. Ohne ihn ein weiteres Mal aufzufordern, beugte ich mich vor und begann seine Jacke zu öffnen.

„Was soll das, nehmen Sie Ihre Finger da weg!“, bellte er mir entgegen.

„Ich habe Sie einmal aufgefordert, mir Ihren Namen zu nennen und wir sind hier nicht im Kindergarten. Jetzt handele ich und suche das, was Sie mir nicht freiwillig sagen wollen." Ohne weiter auf seine Proteste einzugehen, suchte ich in den Innen- und Außentaschen nach einem Personalausweis oder irgendetwas, dass mir Namen und Adresse verriet. Dabei fielen mir noch andere Gegenstände in die Hände. Ein Schweizer Taschenmesser, ein Streichholzbriefchen aus dem "Sunrise", in dem er Jeremias vergewaltigt hatte, und eine kleine Flasche K.-o.-Tropfen. Triumphierend hielt ich sie in die Höhe.

„Was haben wir denn hier, schau an, schau an. Wen wollten Sie denn diesmal außer Gefecht setzen und dann übel vergewaltigen?" Thorsten nickte und der Mann, dessen Namen ich gerade in seinem Ausweis fand, kniff die Augen zusammen und sagte nichts mehr. Gregor Riemenschneider, so lautete der Name des Täters, und ich war mir zu hundert Prozent sicher, dass eine DNA-Probe ihn zweifelsfrei überführen würde. Ich rief im Revier an und orderte einen Streifenwagen. Aus meiner Innentasche fischte ich einen kleinen Plastikbeutel hervor, in dem ich das Streichholzbriefchen und die K.-o.-Tropfen verschwinden ließ.

„Mein Kollege wird Ihnen jetzt kurz die Arme lösen, damit Sie sich bedecken können. Niemand hat Interesse daran, noch länger auf Ihr Tatwerkzeug zu schauen. Danach legen wir Ihnen die Fesseln wieder an. Wagen Sie es nicht, auf die Idee zu kommen abzuhauen!" Gregor errötete tatsächlich und ich half Thorsten dabei, die Fesseln zu lösen und den Mann angemessen zu fixieren. Er versuchte keinen weiteren Fluchtversuch, zog sich an und verstaute seinen Totschläger dahin, wo er hingehörte. Danach legten wir ihm die Fesseln wieder an. Zwanzig Minuten später begleiteten wir den Mann unter den angewiderten Blicken der Clubbesucher hinaus zum Einsatzfahrzeug. Aber erst, als ich im Büro saß und den Bericht tippte, fiel die Anspannung langsam von mir ab und ich ließ mir den Abend noch einmal durch den Kopf gehen.

Eigentlich war alles gut verlaufen, die kleinen Pannen mit der Handyverbindung und dem Sichtkontakt mal nicht mitgezählt. Wir hatten den Kerl geschnappt und sein Verhalten inklusive dem, was wir in seinen Taschen gefunden hatten, ließen keinen Zweifel darüber aufkommen, dass wir den Richtigen erwischt hatten. Jeremias würde uns das hoffentlich bei einer Gegenüberstellung bestätigen. Begeisterung über diese Maßnahme brauchte ich ganz sicher nicht von ihm verlangen. Am morgigen Tag würde ich ihm neben den eigentlich guten Nachrichten eben auch gleich etwas sehr Schwieriges abverlangen. Thorsten erschien im Büro, schloss die Tür, schmiss sich auf den Stuhl vor meinem Schreibtisch und legte die Füße auf die Tischplatte.

„Na, Alter ... Alles okay? Tut die Lippe noch weh?“ Fragend sah er mich an, griff nach einer Heftklammer und spielte damit herum. Irgendwie machte er mich nervös.

„Ja, alles klar. Kiefer tut noch weh und die Lippe. Der Kerl hat einen ganz schönen Schlag drauf!“, murrte ich und rieb mir das Kinn. Thorsten nickte und verzog das Gesicht.

„Nicht nur das, der hat auch einen Totschläger in der Hose. Mannomann!“ Gespieltes Entsetzen zeigte sich auf seinem Gesicht. Ich konnte nicht mitlachen, denn ich wusste, was er damit angerichtet hatte.

„Er hat damit auch jemanden beinah umgebracht“, bemerkte ich leise und klappte die Akte laut zu. Thorsten erschreckte sich und zuckte zusammen.

„Der Fall geht dir ganz schön nah, nicht wahr?“ Ehrliche Anteilnahme lag in seinem Blick, und so versuchte ich, nicht zu schauspielern und nickte. Ich fuhr mir über die Augen und dann mit gespreizten Fingern durchs Haar.

„Keine Ahnung, warum, aber das Opfer war übel zugerichtet und ich war noch nie so nah dran an einer Vergewaltigung. Das Ganze hier, mit dem Milieu, also mit der Schwulenszene und mit Kevin und so, das setzt mir echt zu.“ Keine Ahnung, ob es schlau war, vor Thorsten all das zu offenbaren, aber in diesem Moment kamen die Worte einfach über meine Lippen. Ebenso mein schlechtes Gewissen, denn normalerweise sollte ich mit Paula über so was reden. Thorsten holte tief Luft, bevor er mir antwortete.

„Mach dir mal nicht so einen Kopf, auch nicht über Kevin. Klar versucht er im Moment dich bei allen anzuschwärzen, aber die meisten gehen nicht darauf ein.“ Ich dachte, ich hätte mich gerade verhört. Das Schwein schwärzte mich hinter meinem Rücken an?

Kapitel 11

Eigentlich hatte ich mir ja so etwas schon gedacht, aber es aus Thorstens Mund zu hören, brachte mich dann doch auf hundertachtzig. Ich überlegte, ob ich dagegen angehen oder es weiterhin ignorieren sollte. Zu einer Entscheidung kam ich nach wie vor nicht. Zu viele Gedanken auf einmal wirbelten in meinem Kopf umher. Und alle drehten sich irgendwie um einen Mann namens

Jeremias Seidler. Die Misere im Job und der daraus resultierende Stress zu Hause, alles hing mit diesem Mann zusammen. Der morgige Tag lag mir schwer im Magen. Jeremias treffen, ihn zwingen zu müssen dem Mann gegenüberzutreten, dem er nicht mehr begegnen wollte. Selbst wenn der ihn hinter der Scheibe nicht sehen konnte. Jeremias in seine Wohnung zu begleiten bescherte mir auch Magengrummeln. Zu wissen, wo und wie er wohnte, schaffte erneut noch ein Stück mehr Intimität, die es mir unmöglich machte, ihn nur als reinen Fall zu betrachten. Schon jetzt sorgte ich mich irgendwie persönlich um ihn. Das gefiel mir nicht, aber ändern konnte ich es auch nicht. Ich beschloss nach Hause zu fahren. Eigentlich auch eher widerwillig, denn mit Paula stand eventuell auch noch ein unangenehmes Gespräch bevor.

Eigentlich war es nichts Schlimmes, mal zu schnell zu kommen, aber gerade in der Situation wäre es schöner gewesen, wenn wir beide unseren Höhepunkt erreicht hätten. Das Thema Sex wollte ich auch nicht im Kopf weiterspinnen. Die heißen Go-go-Boys aus dem Club drängten sich wieder in meine Gedanken. Dieser Live-Sex war so ganz anders, als ich es gewohnt war. Ein Mann, der einem anderen den Schwanz in den Mund steckte, sah man als Hetero nicht jeden Tag. Eigentlich wollte ich so etwas gar nicht sehen und dennoch staute sich bei dem Gedanken daran sofort das Blut schmerzhaft in meinem Unterleib. Die Selbstverständlichkeit, mit der die Zuschauer einfach onanierten, wirkte gleichzeitig befremdlich wie faszinierend auf mich.

Thorsten hatte das auch bemerkt. Bevor er nach unserem kurzen Gespräch mein Büro verließ, meinte er lachend:„ Ach Tom, also ich will ja nichts sagen, aber was da in den Schwulenclubs so abgeht, sollte auch mal bei uns Heteros so sein. Heiße Showeinlage, muss ich schon sagen!“ Er lachte noch auf dem Flur, während ich mit offenem Mund einfach dasaß. Thorstens Gelassenheit wunderte mich und ich fragte mich, warum ich mich dann so anstellte und ein flaues Gefühl im Magen hatte. Wenig später war ich auf dem Weg nach Hause. So leise es ging, schlich ich durch den Flur, machte mich fertig und legte mich vorsichtig ins Bett neben Paula. Sie murmelte etwas und schmiegte sich dann an mich. Lange konnte sie mir nie böse sein. Trotzdem konnte ich mich nicht entspannen, konnte ihre anschmiegsame Nähe nicht genießen. Wie immer nahm ich meine Arbeit mit ins Bett und dachte daran, am Morgen Jeremias im Krankenhaus abzuholen. Wie würde er die Nachricht von der Verhaftung aufnehmen, wie würde ich mich ihm gegenüber verhalten? Irgendwann schlief ich dann doch ein, aber in meinen Träumen verarbeitete ich die Eindrücke des Tages.

Paula verließ die Wohnung zu meinem Glück vor mir. Meine Nerven waren so oder so bis zum Zerreißen gespannt, wegen des

Aufeinandertreffens mit Jeremias und natürlich auch seinem Vergewaltiger. Ein klärendes Gespräch mit Paula hätte ich nicht verkraftet. So schlich ich unter die Dusche und versuchte den Kopfschmerz, den ich schon beim Erwachen verspürte, mit kaltem Wasser zu bekämpfen. Tatsächlich erfrischt saß ich wenig später in der Küche bei einem Kaffee. Der Versuch, die Tageszeitung zu lesen, scheiterte, denn ich konnte mich beim besten Willen nicht konzentrieren. Die Buchstaben ergaben keinen Sinn und statt zu lesen, zog ich das Handy aus der Tasche und öffnete WhatsApp. Bei Jeremias' Profilbild blieb ich dann hängen. Nachdem ich mich noch mal der Uhrzeit des Treffens versichert hatte, starrte ich auf das Bild. Er hatte es geändert. Eine Schwarz-Weiß-Fotografie, vermutlich in einem Studio aufgenommen, war nun statt des Schnappschusses zu sehen. Ein sehr ausdrucksstarkes Bild, auf dem er nicht fröhlich, sondern eher nachdenklich bis melancholisch wirkte. Nur die Augenfarbe hatte der Fotograf nicht entfernt. Grüngrau leuchteten sie einem entgegen. Eingerahmt in dichte lange Wimpern. Ich machte einen Screenshot und hinterlegte das Bild in der Kontaktinfo. Ich hoffte, die Situation würde für den sensiblen Mann nicht zu strapaziös werden. Gegen elf Uhr machte ich mich auf den Weg, denn auf keinen Fall wollte ich Jeremias verunsichern, indem ich zu spät kam.

Je näher ich dem Krankenhaus kam, desto nervöser wurde ich. Warum zum Teufel konnte ich nicht lockerer mit der Situation umgehen? Normal war das nicht. Ich hatte doch bei Weitem alles in meinem Leben gemeistert, wovor man Angst haben konnte. Prüfungen, Vorstellungsgespräche, gefährliche Einsätze. Da fragte ich mich wirklich, wie ein Mann es schaffen konnte, mich dermaßen aus dem Konzept zu bringen. Ich hatte das zivile Fahrzeug vom Abend mitgenommen und parkte dennoch mit einem Schein in der Scheibe direkt vor dem Krankenhaus. Ich trug meine Uniform, denn wir würden noch auf das Revier müssen. Außerdem vermittelte mir meine Dienstkleidung irgendwie das Gefühl, dass das hier meine Arbeit war und nicht eine privat abgesprochene „Verabredung" oder wie auch immer man das nennen sollte. Gefallen, ja ich tat Jeremias einen Gefallen, einen, der mir ein ruhiges Gewissen verschaffte. Wenn jemand Hilfe braucht, sollte man diese anbieten. Als ich mit dem Fahrstuhl hinauf auf Station fuhr, hatte ich mich einigermaßen beruhigt. Das hielt solange, bis ich den Gang hinunter und schließlich aufgeregt vor Jeremias' Zimmertür stehen blieb. Bevor ich noch lange grübeln konnte, wie ich mich verhalten sollte, klopfte ich an und hörte dann auch das erste Mal ein „Herein".

Vorsichtig steckte ich den Kopf durch die Tür und erspähte im Halbdunkel Jeremias. Er saß wie üblich auf dem Bett. Diesmal trug er aber seine Straßenkleidung und nicht mehr das Krankenhausoutfit.

„Hallo … Da bin ich …!“, begrüßte ich Jeremias etwas atemlos. Der Angesprochene lächelte mich an, sah aber trotzdem nicht besonders begeistert aus.

„Hallo … Tom. Danke, dass Sie gekommen sind“, antwortete er in einer Tonlage, die darauf hindeutete, das ein Aber in der Luft hing.

„Aber?“, fragte ich dann auch gleich, schloss die Tür hinter mir und lehnte mich von innen dagegen. Jeremias sah mich nicht an, zupfte nur unruhig mit den Fingern imaginäre Fusseln vom Bett. Ich ahnte, dass er eigentlich das Krankenhaus nach wie vor nicht verlassen wollte. Die Nachricht von der Gegenüberstellung würde ihm ganz und gar nicht behagen.

„Nichts aber … Aber na ja, ich hab kein gutes Gefühl. Und schon gar nicht in diesen Klamotten.“ Er sah an sich hinunter und zog verächtlich an dem Shirt. Irgendwie kam mir das Outfit bekannt vor. An meiner begriffsstutzigen Grimasse erkannte er, dass ich nicht wusste, was daran falsch war.

„Das Krankenhaus hat die Kleidung waschen lassen. Ich trug es an dem Abend, als … als …“ Er brach ab und ich verstand jetzt das Problem.

„Okay, ich verstehe. Dann sollten wir schnellstens das Krankenhaus verlassen und zu Ihnen fahren, um etwas anderes anzuziehen.“

„Das hört sich so an, als würden wir dort nicht bleiben?“ Der Tonfall verriet, dass Unwillen in ihm hinaufkroch. Mein Puls begann zu steigen. Jetzt hieß es Ruhe bewahren und diese auch auszustrahlen. Bloß nicht aufbrausen oder die Stimme erheben. Ich nickte zur Bestätigung und öffnete den Mund, um ihm zu erklären, welche unangenehme Situation sich ergeben hatte. Seine Miene änderte sich von unwillig zu ängstlich, obwohl ich noch nicht ein Wort gesagt hatte. Mit der Distanz von vier Metern zwischen uns traute ich mich nicht, ihm reinen Wein einzuschenken. Ich ging hinüber, zog mir den Stuhl nah an das Bett heran, auf dem Jeremias jetzt wie ein Häufchen Elend saß. Sein Blick hielt meinen fest. Grüngraue Augen, die mich jetzt mutlos ansahen, brachten mich total aus dem Konzept.

„Gestern folgten mein Kollege und ich einem Hinweis und führten eine verdeckte Observation durch. Der Mann, der Ihnen das angetan hat, wurde in einem anderen Club gesehen und dort konnten wir ihn gestern festnehmen. Sie müssen ihn heute bei einer Gegenüberstellung identifizieren, Jeremias. Es tut mir leid, Ihnen das zumuten zu müssen, aber daran führt kein Weg vorbei.“ Ich hatte, ohne es bewusst zu merken, nach seinen Händen gegriffen und sie zwischen meine genommen. So was hatte ich oft genug gesehen, wenn Seelsorger Angehörigen über den Tod ihrer Liebsten berichteten. Je mehr ich erzählte, desto mehr begannen Jeremias' Hände zu zittern.

„Sie müssen keine Angst haben, denn der Kerl wird Sie nicht sehen. Er sitzt hinter einer Scheibe, die nur zu einer Seite durchlässig ist. Für ihn ist es ein Spiegel und nur Sie können hindurchschauen“, erklärte ich ihm, aber das beruhigte ihn nicht im Geringsten.

„Ich weiß, wie so was abläuft. Kann man ja in jedem Krimi sehen. Trotzdem!“, seine Stimme klang wenig überzeugt und ich konnte ihn verstehen.

„Ich bin dabei und bleibe auch bei Ihnen, versprochen“, versuchte ich, beruhigend und überzeugend auf ihn einzuwirken. Schon wieder gab ich ein Versprechen ab, das mit Jeremias' Wohlergehen zusammenhing. Bittend sah ich ihn an, obwohl mich der intensive Blick, mit dem er mich scannte und versuchte zu beurteilen, ob er meiner Bitte Folgeleisten wollte oder nicht, doch immer mehr aus dem Konzept brauchte. Wir saßen voreinander, für meinen Geschmack viel zu dicht und irgendwie auch beinahe vertraut. Kurz drückte ich seine Hände, bevor ich sie losließ. Ich brauchte Abstand und erhob mich. Aber dann entschied ich mich dazu, ihm nicht die Wahl zu lassen. Stattdessen griff ich erneut nach seiner Hand und zog ihn sanft nach oben. Viel zu dicht stand er vor mir und versuchte meinen forschenden Blicken auszuweichen.

„Schaffen Sie das, Jeremias? Es dauert nicht lang. Wir müssen es leider so machen. Wir brauchen Ihre Bestätigung, dass es sich um den Täter handelt. Bitte nehmen Sie all Ihre Kraftreserven zusammen und kommen Sie mit mir.“ Ich hoffte, dass er zustimmen würde.

Kapitel 12

Mit Wucht krachte meine Faust gegen die Tür des Spinds. In mir brodelte die Wut. Wut auf Kevin, auf meine anderen Kollegen und am meisten die Wut auf mich selbst. Weil ich nicht angemessen reagiert hatte, oder eigentlich zu angemessen. Wieder mal nur nach Vorschrift und nicht danach, was Kevin eigentlich verdient hätte. Die Knöchel schmerzten und die Haut war ein wenig aufgeplatzt. Normalerweise hätte diese Faust an Kevins Kinn krachen sollen, aber ich schwieg mal wieder und schluckte meine Wut hinunter. Sicherlich aus gutem Grund. Jeremias' Wohl stand vor meinem Wunsch, den blöden Idioten für seine Machenschaften sofort zu bestrafen. Es siegte die Vernunft und es gab bessere Wege, die viel wirkungsvoller waren als Gewalt. Ich war bei der Polizei, um genau das zu verhindern, und so wie ich das sah, gehörte Kevin nicht hierher. Sollten sie sich nur alle lustig machen. Okay, das dachte die eine Seite in mir, die andere grübelte ständig darüber nach, was sich wohl in den Köpfen meiner Kollegen abspielte. In meinem spielte sich gerade eine Menge ab. Zu viel, um einen klaren Gedanken zu fassen

Jeremias hatte nach langem Zögern eingewilligt mit zum Revier zu kommen und die Gegenüberstellung zu machen. Ich rief deshalb meine Kollegen an und bat sie alles vorzubereiten. Vorher wollte ich noch mit Jeremias nach Hause fahren, damit er sich umziehen konnte. Das Laufen tat immer noch weh und Jeremias gab ein wirklich klägliches Bild ab, wie er neben mir herhumpelte. Die Fahrt verlief schweigsam, aber nicht unbedingt unangenehm. Jeder hing seinen Gedanken nach und versuchte sich auf das, was folgen würde, vorzubereiten. Nachdem er mir seine Adresse genannt hatte, versuchte ich mich möglichst geschickt durch die verstopften Straßen zu bewegen. Obwohl mir seine Adresse schon eher bekannt gewesen war, hatte ich diese nicht wirklich registriert. Jeremias wohnte relativ zentral in einem kleinen Einzimmerappartement. Seine IT-Firma hatte ihm die Wohnung besorgt, an die man sonst nicht dran kam. Das erzählte er mir, während wir die vier Etagen mit dem Fahrstuhl hinauffuhren. Für Berliner Verhältnisse war sogar der Flur des Altbaus in einem guten Zustand, weiß gestrichen und sah einladend aus. Nur der Fahrstuhl benötigte dringend eine Wartung. Er dröhnte laut und das Licht flackerte die ganze Zeit. Irgendwie war es seltsam, zusammen mit Jeremias in seine Wohnung zu gehen. Auch meine Dienstkleidung verschaffte mir nicht den nötigen Abstand, den ich brauchte. Irgendwie war mir das Ganze zu privat, aber ändern konnte ich nichts daran. Die Kleidung sollte er schon wechseln dürfen, um sich ein bisschen wohler in seiner Haut zu fühlen. Um zum Eingang seiner Wohnung zu gelangen, durchquerten wir einen auch sehr schlecht beleuchteten Flur, an dem nicht alle Lampen leuchteten. Die über Jeremias' Eingangsbereich funktionierte, aber die wenigen Watt sorgten nur für gedämpfte Helligkeit. Ganz am Ende des Flurs befand sich ein Fenster, durch das spärliches Sonnenlicht fiel. Ich betrat hinter Jeremias, der einen halben Kopf kleiner als ich war, die Wohnung. Wir standen in einem winzigen Flur, von dem links eine Tür zum Bad abging und geradeaus betrat man den Wohnschlafraum mit Küchenzeile. Der Raum war recht großzügig gestaltet, mit drei Fenstern und einer Terrassentür, über die man einen kleinen Balkon erreichte. Jeremias bat mich herein und öffnete sofort die Fenster. Mehrere Tage war nicht gelüftet worden und darum roch es etwas stickig. Der Wohnraum war modern, aber trotzdem warm eingerichtet und aufgeräumt. Nur über dem recht dominanten Boxspringbett, welches in Grau gehalten war, hingen ein paar Kleidungsstücke.

„Setzen Sie sich doch, möchten Sie etwas zu trinken, Tom?" Jeremias zeigte auf die gemütliche Sitzecke und begab sich zu der Küchenzeile, die aus weißen Hochglanzschränken und einer Edelstahlfläche bestand.

„Ein Wasser wäre nicht schlecht." Neugierig sah ich mich um, fühlte mich wie ein Fremdkörper. Jeremias holte ein Glas aus dem Schank und eine Flasche Wasser aus dem Kühlschrank. Wenig später kam er wieder auf mich zu und reichte mir das Getränk.

„Ich beeile mich, versprochen …" Eindringlich sah er mich an, wollte, dass ich ihm Glauben schenkte. Ich nickte, damit er schnell verschwinden würde und mich endlich nicht mehr mit diesen sanften grüngrauen Augen ansah. Eine Minute später hörte ich Wasser rauschen aus dem Bad. Zeit, mich umzusehen, ungestört einen Einblick in Jeremias' Leben zu nehmen. Das hört sich an, als hätte ich in seinen Schubladen gewühlt, aber nichts dergleichen habe ich getan. Ein paar Bilder, die umherstanden, und ein paar Zeitschriften verrieten auch so eine Menge über ihn. Auf einer Kommode entdeckte ich ein gerahmtes Bild. Es zeigte Jeremias, anscheinend mit seinen Eltern und eventuell mit seiner Schwester. Die junge Frau sah ihm jedenfalls sehr ähnlich. Ein typisches Bild, im Garten an einem gedeckten Kaffeetisch. Alle lächelten brav in die Kamera. Sonst gab es keine Fotos von ihm, aber eins von einem Hund und eins von einem Auto, einem VW-Bus. Ein altes Modell, ziemlich gut restauriert in Hellblau und Altweiß lackiert. Auf dem Wohnzimmertisch lag ein Männermagazin, eins für schwule Männer. Ich warf keinen Blick hinein, obwohl es mich interessierte, auf welchen Typ Mann er sich einen runterholte. Auf dem Nachttisch entdeckte ich eine Packung Kleenextücher. Wofür er die brauchte, konnte ich mir lebhaft vorstellen, wollte aber besser keine Bilder darüber vor meinem inneren Auge. Aus dem Bad ertönte der Fön. Schnell verzog ich mich zurück auf das Sofa. Kurze Zeit später erschien Jeremias wieder auf der Bildfläche. Er trug nichts als ein Handtuch um die schmalen Hüften. Anscheinend besuchte er regelmäßig ein Fitnessstudio, denn sein Oberkörper war erstaunlich gut definiert. Immer noch konnte man Spuren der Gewalttat erkennen. Kratzer, Blutergüsse und Schrammen hoben sich deutlich von seiner ansonsten recht hellen Haut ab. Entschuldigend und ein wenig beschämt kramte er in seinem Kleiderschrank und verzog sich dann schnell wieder ins Bad. Ich hatte nicht gewagt, genau hinzusehen, so unangenehm war mir die Situation, und auch er schien froh zu sein, sich in einen anderen Raum zurückziehen zu können. Lange musste ich nicht mehr warten, bevor Jeremias das Bad fertig angezogen und erfrischt verließ. Die Haare, die nach dem mehrtägigen Aufenthalt langsam fettig geworden waren, frisch frisiert und mit etwas Wachs in Form gebracht, die Kleidung von figurbetont auf sportlich weit gewechselt, sah er schon ganz anders aus. Rasiert hatte er sich noch nicht und ein dunkelblonder, leichter Bart kaschierte die Mundwinkel, die etwas eingerissen waren. Die Platzwunde am Kopf wurde von einem Pflaster verborgen. Unsicher stand er vor mir.

„Geht das so?“, fragte er leise. Wieder dieser Blick, dem ich nicht gewachsen war. Sowas kannte ich nicht, wenn mich Männer anschauten. Vielleicht lag es einfach daran, dass er schwul war und man selbst in einer anderen Dynamik dazu stand, sich ständig fragte, ob sein Gegenüber einen nur als Mensch oder als Sexualobjekt sah. Aber Jeremias baggerte mich nicht an, also musste es an mir liegen und der Art, wie ich gedanklich falsch mit der Situation umging.

„Ja, alles okay. So können Sie mitkommen. Die Hauptsache ist, dass Sie sich wohler fühlen. Haben Sie genug Lebensmittel, müssen wir nachher noch einkaufen?“ Diese Eingebung kam mir gerade in dem Moment. Ganz sicher wäre Jeremias froh, wenn er ein paar Tage die Wohnung nicht verlassen müsste. Überrascht sah er mich an, mit dem Anflug eines kleinen Lächelns.

„Sie überraschen mich immer wieder, Tom. Ein Einkauf wäre nicht schlecht und ich hätte nicht daran gedacht. Vielen Dank für Ihre Weitsicht, aber jetzt lassen Sie uns aufbrechen, bevor ich es mir anders überlege und lieber hierbleibe …“ Jetzt lächelte er wirklich und es erreichte sogar seine Augen. Schon setzte er sich in Bewegung und ich folgte ihm.

Etwas später im Auto schwiegen wir wieder, hörten Musik und sahen uns nur ab und zu von der Seite an. Je näher wir dem Revier kamen, desto nervöser wurde er neben mir. Mich wunderte es, dass er mich nicht fragte, wo und unter welchen Umständen wir seinen Peiniger festgenommen hatten. Entweder interessierte es ihn nicht, oder er wollte schlicht nichts wissen, was mit diesem Mann zusammenhing. Kurz überlegte ich, einfach das Thema anzuschneiden, aber dann hielt ich doch meinen Mund. Ich hoffte einfach, dass alles glattlief und wir das Revier schnell wieder verlassen konnten. Aber da hatte ich die Rechnung ohne den Wirt gemacht. Wieder einmal.

Kapitel 13

Wie ich vier Jahre so blind hatte durch die Gegend laufen können, wusste ich nicht. Nie war mir auch nur ansatzweise aufgefallen, wieviel kleingeistige Kollegen ich hatte. Jetzt, wo ich hier mit blutenden Fingerknöcheln in der Umkleide vor meinem Spind saß, wirbelten mal wieder hundert wirre Gedanken auf einmal durch meinen Kopf. Obwohl Eile geboten war, brauchte ich eine Weile mit mir allein, um meine Gedanken zu sortieren. Wie sollte ich verfahren, was sollte ich tun, um Kevin angemessen zu bestrafen? Und wenn ich das tun würde, welche Konsequenzen hätte das für mich? Mir wurde mit einem Schlag klar, wo das Problem lag. Konsequenz hieß das Zauberwort. Konsequenz im Denken, aber auch im Handeln. Die meisten Menschen waren nicht in der Lage, so konsequent zu handeln. Würde ich es sein und warum forderte mich gerade dieser Fall, gerade diese Situation dazu, konsequent zu sein?

Würde ich konsequent handeln, dann hieße es, Kevin erneut disziplinarisch zu melden. Genau nachweisen konnte ich ihm sein Handeln gegen die Vorschriften nicht, aber da es innerhalb kurzer Zeit das zweite Mal war, würde er ganz sicher eine Abmahnung bekommen. Ganz sicher würde ich dann aber auch die Auswirkungen zu spüren bekommen, und nicht nur von ihm. Scheinbar hatte er eine Menge Freunde im Revier. Eine Menge engstirnige und scheinbar homophobe Idioten, die keinerlei empathische Gefühle besaßen und nicht in der Lage waren, sich auszumalen, welche Auswirkungen das Ganze bei Jeremias haben könnte. Neben der Sorge um Jeremias sorgte ich mich aber auch um mein eigenes Wohlergehen. Konsequent sein oder nicht ... ich musste mir schnell klar werden, was ich wollte. Ich hörte Schritte die Treppe herunterkommen und wappnete mich innerlich gegen das, was da auf mich zukommen würde, aber es war nur Thorsten, der da kurze Zeit später um die Ecke bog.

„Hier steckst du. Bettina sagt, du sollst einen Zahn zulegen und Jeremias hier wegschaffen. Außerdem soll ich dir sagen, dass sie Kevin melden wird. Sie hofft, dass du sie unterstützt." Thorsten blieb vor mir stehen und sah mich komisch an. Erleichterung darüber, dass Bettina Kevin auf jeden Fall melden würde, machte sich in mir breit. Und im gleichen Augenblick schämte ich mich, auch nur einen Gedanken ans „Schwanzeinziehen" verschwendet zu haben. Einem spontanen Impuls zufolge stellte ich Thorsten eine Frage.

„Okay, ich bin gleich soweit ...Thorsten, darf ich dich was fragen", druckste ich herum. Ich wollte wissen, wie er zu der Angelegenheit stand. Thorsten nickte und fuhr sich durchs Haar.

„Auf welcher Seite stehst du?“, fragte ich ihn geradeheraus. Er kratzte sich am Kinn und überlegte kurz, bevor er mir mit festen, wohl überlegten Worten antwortete.

„Ich steh auf der Seite des Gesetzes, darum bin ich Polizist geworden, genau wie du. Was Kevin da verbockt hat, geht überhaupt nicht ,und wie sich die anderen verhalten haben, gefällt mir ebenfalls nicht. Wir sind Polizisten geworden, um den Schwächeren zu helfen und nicht, um sie in die Grube zu treten.“ Erleichterung machte sich in mir breit. Ich stand auf und umarmte Thorsten spontan. Etwas konsterniert sah er schon aus, erwiderte dann aber meine Umarmung.

„Schon gut, Alter. Ist ’ne doofe Situation ...!“, meinte er. Gerade als wir uns voneinander lösten, kam Steffan die Treppe herunter. Ein süffisantes Grinsen erschien auf seinem Gesicht. Mit verschränkten Armen stand er da.

„Mann, ist es hier schwülwarm. Scheint ansteckend zu sein. Thorsten, von dir hätte ich das nicht erwartet!“ Seine Stimme triefte nur so vor Häme. Ein Zucken lief durch Thorstens Körper und kurz sah ich den Ärger in seinen Augen aufblitzen. Aber er holte tief Luft und verhielt sich ruhig, drehte sich zu Steffan um und sah ihn an.

„Ich von dir allerdings auch nicht, Schneider. Ich dachte, du wärst mit Hirn geboren worden, aber es scheint wohl doch nicht der Fall zu sein.“ Die Antwort saß und ließ das Grinsen um Steffans Lippen erstarren. Unsicher geworden drehte er sich weg und verschwand im angrenzenden Toilettenraum. Ich bewunderte Thorsten für seine Schlagfertigkeit.

„So ein blöder Wichser. Ich verstehe nicht, was die für ein Problem haben!“, schimpfte Thorsten. Ich stimmte ihm zu.

„Ich bin froh, dass ich mich in dir nicht getäuscht habe, Thorsten. Aber jetzt muss ich los. Jeremias sollte endlich weg von hier, in seine vertrauten vier Wände. Danke ... bis morgen.“ Ich klopfte Thorsten auf die Schulter und sprang leichtfüßig die Treppe hoch. Dass mein bester Kumpel Thorsten auf meiner Seite stand, ließ einen tonnenschweren Stein von meinem Herzen fallen. Die Blicke der anderen prallten in diesem Moment wie an einem Schutzschild von mir ab und auch das Getuschel ignorierte ich. Ich steuerte geradewegs auf mein Büro zu, in dem sich Bettina mit Jeremias befand. Er musste hier weg und den unangenehmen Zwischenfall schnellstens vergessen. Sobald ich ihn sicher zu Hause abgeliefert hätte, würde ich mich sofort hinsetzen und den Vorfall für die Akten festhalten, um Kevin zu melden.

****

Jeremias saß immer noch verängstigt dreinschauend in meinem Büro und Bettina versuchte ihn zu beruhigen. Als ich das Büro betrat, stand sie hastig auf und nahm mich beiseite.

„Du sollst zur Vernehmung des Täters kommen. Das muss jetzt sofort sein, bevor du Jeremias nach Hause bringst, oder soll ich das für dich erledigen? Ich denke, mir vertraut er auch?“ Wir sahen erst uns und dann Jeremias an.

„Ich bin im Raum, Sie können mich ruhig direkt ansprechen!“ Eine nachvollziehbare Reaktion. Wir sprachen so, als wäre er schwerhörig oder nicht anwesend.

„Also gut. Ich muss den Kerl vernehmen. Keine Ahnung, wie lange das dauert. Ich schlage vor, meine Kollegin bringt Sie nach Hause. Ich komme nachher mit ein paar Einkäufen vorbei!“ Aufmunternd versuchte ich zu lächeln. Jeremias nickte. Ich dankte Bettina und verschwand schnell in Richtung Verhörzimmer. Auf dem Weg dorthin begegnete ich Kevin. Wieder ein verschlagenes Grinsen, wieder Wut in mir, die hinauswollte und von irgendetwas gebremst wurde. Kurz bevor er an mir vorbei war, zuckte meine Hand nach vorn und hielt ihn an der Schulter zurück.

„Wenn du glaubst, du kommst mit dem Scheiß durch, dann hast du dich geschnitten“, zischte ich und blickte ihm direkt in die überraschten Augen. Aber er fing sich wieder.

„Was meinst du? Womit komme ich durch?“, stellte er sich dumm. Wie schnell die Ratte reagieren konnte, war schon bemerkenswert. Aber ich hatte keine Lust auf Diskussionen, die zu nichts führten. In meinem Protokoll würde ich alles genau festhalten und die Kommission würde hoffentlich zu demselben Schluss wie ich kommen, nämlich, dass Kevin den vermeintlichen Täter mit voller Absicht an Jeremias, dem Opfer, vorbeigeführt hatte.

Jeremias und ich betraten das Revier und ich bat ihn, kurz im Flur Platz zu nehmen, um zu warten. Ich wollte nach Thorsten und Bettina suchen, die auch Schicht hatten und die die Gegenüberstellung vorbereiten wollten. Im Teambesprechungsraum traf ich auf alle und wir besprachen kurz das weitere Vorgehen. Wir hatten für den Fall der Fälle immer ein paar Personen, die wir kurzfristig für solche Gegenüberstellungen heranzogen. Diese waren bereits informiert worden und auch zum Teil schon eingetroffen. Kevin befand sich mit den Männern und dem Täter einen Raum weiter. Mir gefiel es nicht, dass Kevin mit

involviert war, und warum, sollte ich bald feststellen. Normalerweise wurde sich erst vergewissert, dass Täter und Opfer nicht aufeinandertrafen. Entweder handelte Kevin fahrlässig oder mutwillig, aber er marschierte mit den sechs falschen und dem einen richtigen Täter direkt an Jeremias vorbei. Mit schwerwiegenden Folgen.
Unser Täter überführte sich zwar selbst, aber er traumatisierte Jeremias ein zweites Mal, indem er sich auf ihn stürzte. Der völlig überraschte Jeremias konnte sich nicht wehren und bis man die beiden trennen konnte, hatte der Täter ihm die Hände um den Hals gelegt und würgte ihn, während er ihn wild beschimpfte.

„Ich hätte dich und die anderen alle plattmachen sollen. Du miese Schwuchtel. Verdient habt ihr es allesamt …!“, brüllte er. Ich war durch Jeremias’ leisen Schrei aufmerksam geworden und aus dem Raum gestürzt. Bettina und Thorsten folgten mir auf den Fersen. Kevin und die falschen Täter versuchten bereits Opfer und Täter zu trennen. Was hatte das alles zu bedeuten? Gab es noch mehrere Opfer und warum beschimpfte er Jeremias als miese Schwuchtel? War er selbst nicht schwul? Fragen über Fragen, auf die es erst mal keine Antworten geben würde. Nachdem wir die Hände von Jeremias’ Hals lösen konnten, kümmerte ich mich um den völlig panischen Mann. Erst einmal bildete ich einen Sichtschutz und stellte mich vor ihn. Er hockte auf dem Boden, die Hände abwehrend nach oben haltend. Er weinte und schien verständlicherweise geschockt. Thorsten und Bettina schafften es schließlich, dem tobenden Täter Handschellen anzulegen und ihn in das Zimmer zu schaffen, welches für die Gegenüberstellung vorgesehen war. Und Kevin, der sah sich alles gespielt unbeteiligt an und grinste auch noch anzüglich, als sich Jeremias plötzlich in meine Arme warf.

„Bringen Sie mich hier weg, Tom …!“, flüsterte er mir ins Ohr. Ich nickte nur, überfordert mit der Situation. Jeremias, vor Angst zitternd an meinem Hals hängend, Kevin anzüglich grinsend vor mir und einen tobenden Tatverdächtigen einen Raum weiter.

„Ihr seid ja vertraut, ihr beiden. Bring ihn schnell weg, deinen Lover …!“ Er lachte, winkte die Männer zu sich, die wegen der Gegenüberstellung hergekommen waren, und bat sie ihm zu folgen. Er ließ mich stehen, ohne dass ich reagieren konnte. Aber jetzt ging es nicht um mich, sondern um Jeremias, und darum umfasste ich schnell seine Taille und verfrachtete ihn in mein Büro.

Gregor Hölzel, ein ganz normaler Name, aber vor mir saß die Hölle auf zwei Beinen. Der große Mann mit dem dominanten Auftreten hat trotz Handschellen nichts von seiner Dominanz eingebüßt. Ganz im Gegenteil. Wut oder besser gesagt Hass funkelte in seinen Augen und der grimmige Zug um seinen Mund ließ ihn verhärmt aussehen. Ich musste mich arg zusammennehmen, um ihm professionell zu begegnen, aber das ist mein Job und Thorsten war bei mir, um mich zu unterstützen. Ich tippte unruhig mit dem Kuli auf dem Block, der auf dem Tisch lag. Überlegte die nächste Frage ganz genau. Natürlich lief ein Aufnahmegerät mit und wir hatten den vermeintlichen Täter über seine Rechte aufgeklärt. Er wollte ein Geständnis ablegen, was ich nicht erwartet hatte.

„Wollen Sie allein über den Tathergang erzählen oder ist es einfacher für Sie, wenn wir Fragen stellen?“, versuchte ich einen Anfang zu machen. Nach Schema F vorgehen, schien mir keine gute Idee. Nicht immer konnte man nach Lehrbuch handeln und diese Situation erforderte einiges an Fingerspitzengefühl. Thorsten zog sich einen Stuhl an den Tisch und setzte sich neben mich. Bis jetzt war er im Raum auf und ab gelaufen. Irritiert sah Gregor Hölzel erst mich und dann meinen Kollegen an, bevor er antwortete.

„Ich war es, mehr brauchen Sie doch nicht zu wissen!“, erklärte er knapp.

„Was ich wissen muss, dass müssen Sie wohl schon mir überlassen!“, konterte Thorsten aufgebracht. Unterm Tisch stupste ich ihn mit dem Fuß an, um ihn zu beruhigen. Auf keinen Fall wollte ich, dass es sich unser Gegenüber anders überlegte. Obwohl mir ebenfalls nicht der Sinn nach Diplomatie stand und in meinem Kopf Dinge abliefen, die mich meine Marke kosten würden, blieb ich ruhig.

„Im Grunde haben Sie recht. Ihr Geständnis haben wir festgehalten, aber trotzdem müssen wir den Tathergang mit dem, was das Opfer gesagt hat, abgleichen. Das gehört zu unserem Protokoll. Bitte versuchen Sie in knappen Worten unsere Fragen zu beantworten.“ Innerlich klopfte ich mir auf die Schulter, denn wo die gewählten Worte herkamen, konnte ich auch nicht sagen. Die Brauen von Gregor Hölzel zogen sich noch weiter zusammen, wenn das überhaupt möglich war. Stille herrschte, in der wir beinahe den Atem anhielten und uns gegenseitig anstarrten.

„Ich bin nur in den Club, um einen dieser Schwanzlutscher klarzumachen. Und das notgeile Pack springt ja auch direkt drauf an. Aber nicht mit mir, sag ich nur ...!“ Jetzt, wo er mit Reden begonnen hatte, veränderte sich seine Miene. Er schien mehr mit sich selbst als mit uns zu sprechen. Spie die Worte geradezu heraus. In meinem Kopf arbeitete es. Seine Worte ergaben keinen Sinn für mich, denn immer mehr verfestigte sich der Gedanke, dass hier kein Homo, sondern ein heterosexueller Mann vor mir saß.

„Sie meinen, Jeremias Seidler wollte Sex mit Ihnen?", hakte ich vorsichtig nach. Nur kurz sah er mich an, bevor er vor sich auf den Tisch starrte.

„Kann sein, dass er so hieß. Ich merk mir die Namen von den Bückstücken nicht. Sie kriegen, was sie verdienen, und gut. Und das ist nicht genug. Das ganze verlogene Jammern können sie sich sparen … Dreckspack. Dieser hat annähernd das bekommen, was schon die anderen verdient hätten …!" Er schlug mit der Faust auf den Tisch, sodass Thorsten und ich zusammenzuckten. Das Herz schlug wie wild in meiner Brust. Anscheinend hatte er die Nummer nicht das erste Mal abgezogen, aber uns lagen keine weiteren Anzeigen vor.

„Sie haben also schon mehrere Männer zum Sex gezwungen?", versuchte ich es vorsichtig auszudrücken.

„Sie können ruhig das Kind beim Namen nennen. Ich hab sie vergewaltigt, ihnen den Arsch aufgerissen. Genau das hab ich getan … und ich würde es immer wieder tun …!" Die letzten Worte hatte er ausgespien und jetzt sah er mir wutschnaubend ins Gesicht, bevor er weiterschrie.„Und wenn Sie es genau wissen wollen. Euch Bullenpack sollte man auch mal richtig zeigen, wo der Hammer hängt. Ihr sollt euren Job vernünftig machen und nicht so … so … verdammt, ihr seid alle gleich, ihr Schweine!" Er sprang auf und der Stuhl, auf dem er gesessen hatte, kippte scheppernd um. Thorsten reagierte sofort und war ruckzuck um den Tisch herum, packte den wütenden Mann im Genick und an den Armen, drückte ihn nach vorn auf die Tischplatte.

„Wir beruhigen uns jetzt lieber ganz schnell, bevor es hier sehr ungemütlich wird, Herr Hölzel!", versuchte es Thorsten und ich versuchte ihm zu helfen, denn der Mann dachte gar nicht daran, sich zu beruhigen.

„Lasst mich los, ihr Schweine, lasst mich in Ruhe, niemand hält mich fest, niemand fasst mich an …!", schrie Gregor Hölzel und wollte sich aus unserem Griff lösen. Ich erschrak, denn die Tonfarbe in seiner Stimme hatte sich geändert. Aus Wut und Hass schien Panik geworden zu sein und in seinen Augen spiegelte sich genau diese Gefühlsregung wider. In meinem Kopf blitzte es kurz und es kam mir wie ein Déjà-vu vor. Diesen Blick, diese Aussage hatte ich vor Kurzem schon einmal gesehen, aber bei einem sanften Mann namens Jeremias Seidler. Konnte es sein, dass wir hier ein Vergewaltigungsopfer vor uns hatten, das Vergeltung geübt hatte?

„Wir lassen Sie sofort los, wenn Sie sich beruhigen, setzen Sie sich wieder hin und bleiben Sie ruhig!", versuchte ich den Mann zu beruhigen. Nur langsam schienen die Worte bei ihm anzukommen, hörten die ruckartigen Bewegungen auf, mit denen er sich loszureißen versuchte. Ich hob den Stuhl auf und zusammen mit Thorsten drückten wir Hölzel wieder drauf nieder. Langsam kam er zu sich, wurde ruhiger und blieb schließlich sitzen. Immer noch aufgebracht, aber die Stimmung wechselte von Wut zu Verzweiflung.

„Ihr seid mitschuldig ... ihr könnt euch nicht aus der Verantwortung ziehen. Die Polizei, dein Freund und Helfer ... dass ich nicht lache. Mir habt ihr nicht geholfen. Ihr habt so getan, als wäre es unmöglich für einen Mann, dass so was passiert. Ich hätte mich wehren können ... ich hab mich gewehrt ... das hab ich ... ich bin nicht schwul, aber das war dem Schwein völlig egal ... egal ... völlig egal ...!" Kurz hatte er die Stimme wieder erhoben, aber dann wurde er immer leiser, bis er kaum noch zu hören war. Langsam dämmerte mir, dass die Situation viel komplizierter war, als angenommen. Wieder einmal gab es nicht ein Schwarz oder Weiß, sondern ein Grau. Unser Täter war gleichzeitig ein Opfer. Das rechtfertigte nicht seine Tat und manch einer verstand diese noch weniger. Wieso tat man das jemand anderem an, wenn man selbst so darunter gelitten hatte. Aber leider passierte so etwas ständig. Warum schlagen Eltern ihre Kinder, die selber von ihren Eltern geschlagen wurden; warum missbrauchen sie ihre Kinder, wenn ihnen Ähnliches widerfahren ist?

Den Vorwurf, die Polizei sei mitschuldig, konnte ich nicht entkräften. Mein eigenes und das Verhalten meiner Kollegen hatte mir genug zu denken gegeben. Und sicher waren wir damit kein Einzelfall. Nein heißt Nein und egal ob Mann oder Frau, darf sich niemand über den Willen eines anderen hinwegsetzen. Ignorantes Verhalten hatte in diesem Fall zu einem Verbrechen geführt. Gleiches wurde mit Gleichem vergolten. Zu leiden hatten immer Unbeteiligte. Dieser Mann gehörte in psychologische Behandlung, damit er seine Traumata überwinden und verarbeiten konnte und damit er niemandem mehr Gewalt antat.

Zu viele Ereignisse, zu viele Erkenntnisse, zu viele Emotionen, einfach zu viel von allem und das an nur einem Vormittag. Gregor Hölzel kam in Untersuchungshaft, aber dort erst einmal auf die Krankenstation. Weitere Vernehmungen würden anstehen, um den

Tathergang zu protokollieren und auch das Motiv für die Tat, die zu alldem hier geführt hatte, zu erfahren. Das zuständige Polizeirevier würde ebenfalls mit Konsequenzen rechnen müssen, denn ich beabsichtige nicht, das Ganze unter den Teppich zu kehren. Sowohl Thorsten als auch ich selbst blieben nach der Vernehmung erschöpft und ziemlich konsterniert zurück.

„Was ist das hier für eine verdammte Scheiße, Tom?“, flüsterte mein bester Kumpel und Kollege und sprach damit genau meine eigenen Gedanken aus. Dieser eine Fall brachte eine solche Menge Dreck hervor. Kollegen, die sich nicht wie Polizisten verhielten, und menschliche Abgründe, die sich ständig neu vor unseren Füßen auftaten. Ich schüttelte mit dem Kopf, nicht fähig eine vernünftige Antwort darauf zu geben. In meinem Kopf ging alles drunter und drüber. Ein heterosexueller Mann vergewaltigte schwule Männer. Womit bewiesen wäre, dass es nicht der Körper, sondern die Macht der Situation ist, die zu einer Erektion führt. Macht zu haben und diese auszuspielen. Allerdings hatte ich die beiden auf dem Video auch heftig miteinander rummachen sehen. Vielleicht gab es überhaupt kein hetero oder homo. Einem Körper ist es im Grunde doch ziemlich egal, wessen Hände ihn stimulieren, der Kopf ist das Instrument. Entweder lasse ich mich darauf ein oder ich sperre mich. Unsere Sexualität ist von frühester Kindheit an geprägt, von dem, was wir sehen und was uns vorgelebt wird. Selbst wer früh merkt, dass er dem eigenen Geschlecht mehr zugetan ist, hadert mit sich, weil es eben nicht normal sein kann, wenn alle anderen Vater und Mutter haben. Die Regeln zu brechen, ist in der Gesellschaft nicht so einfach. Die Regeln im Kopf zu brechen, ist vielleicht noch viel schwerer.

Kapitel 15

„Paula, es tut mir leid ... glaub mir, aber hier geht alles drunter und drüber und ich habe die Leitung des Falles, ich kann jetzt nicht weg“, versuchte ich meine Freundin zu beruhigen. Paula reagierte im Allgemeinen immer ruhig und besonnen, wenn ich wieder einmal länger arbeiten musste, aber diesmal nicht.

„Ich weiß nicht, Tom, im Moment nimmt es wirklich überhand. Fast jeden Tag kommst du später und wenn du dann da bist, bist du eigentlich nicht da, sondern immer noch auf dem Revier. Was soll ich sagen? Arbeit geht vor. Bei dir jedenfalls ...!“ Mit diesen Worten legte sie einfach auf. Mein Magen rebellierte sofort und begann zu krampfen. Stress mit Paula fehlte mir jetzt gerade noch. Feierabend war noch lange nicht drin. Eine Menge Papiere mussten noch bearbeitet werden und dann wollte ich noch für Jeremias einkaufen und ihm das Ganze vorbeibringen. Letzteres brachte mich schon jetzt wieder aus dem Konzept. Noch immer lag mir die letzte Situation im Magen, oder vielmehr reagierte dieser sehr unruhig. Erst die Hände von Gregor Hölzel um seinen Hals, die Panik und Angst in seinen Augen, und dann sein emotionaler Ausbruch, in dem er mich einfach umarmte oder sich an mich klammerte. Sein vor Angst zitternder Körper. Kevin, mit seinem typischen Arschlochgrinsen, und dann der Spruch, der überhaupt nicht hierhergehörte. Jeremias war nicht mein Lover, sondern ein Mensch, der Schutz suchte. Sicher war er mittlerweile vielleicht mehr als das. So etwas wie ein Freund, ja, ein Freund. Außerdem hatte ich mal wieder ein Versprechen abgegeben und die brach man nun mal nicht. Das schlechte Gewissen nagte trotzdem an mir. Paula würde sicher wieder eins dieser wichtigen Gespräche führen wollen und sie hatte ja auch recht. Unsere Beziehung gestaltete sich wirklich etwas schwierig im Moment. Aber ändern konnte ich auch nichts daran, jedenfalls nicht wirklich. Ich versuchte meine Gedanken von dem Telefonat zu lösen und wieder auf die Aufgaben, die vor mir lagen, zu konzentrieren. Wenig später war ich vertieft in meine Arbeit und eineinhalb Stunden später legte ich zufrieden den Kugelschreiber zur Seite. Die Beschwerde über Kevin wollte ich sofort selber abschicken, bevor ich es mir anders überlegen würde. Mein Finger betätigte den Knopf zum Abschicken der Email. Eine wirkliche Erleichterung wollte sich aber nicht einstellen. Eigentlich verstärkte sich nur das Rumoren in meinem Bauch.

Bis jetzt hatte meine Arbeit mir immer Spaß gemacht, aber die letzen Tage waren alles andere als Spaß gewesen. Wohin sich das alles entwickeln würde, wusste ich nicht, und eine unterschwellige Angst machte sich in mir breit. Als ich das Revier verließ, sah ich Kevin mit ein paar Kollegen herumstehen. Sie sahen zu mir rüber, stießen sich an und lachten. Ohne eine Reaktion darauf zu zeigen, ging ich einfach weiter und verschwand durch die Tür. Sollten sie sich das Maul zerreißen. So wusste ich wenigstens, wer Freund und wer Feind war. Bettina und Thorsten waren jedenfalls meine Freunde. Und einen weiteren würde ich jetzt besuchen. Mein Magen knurrte und so beschloss ich noch eine Kleinigkeit zum Essen mitzunehmen. Jeremias hatte sicher auch Hunger.

Nachdem ich in einem Supermarkt, der auf dem Weg zu Jeremias' Wohnung lag, ein paar Lebensmittel gekauft hatte, stand ich wenig später an einem chinesischen Fastfood-Stand und bestellte zwei Portionen Nudeln mit Hühnchen. Während ich wartete, dachte ich an den Einkauf, den ich getätigt hatte. Durch einen Supermarkt zu laufen und für einen Fremden einzukaufen war komisch. Ich wusste nicht, was Jeremias gerne zum Frühstück oder zum Abendbrot aß. Ich kaufte also Dinge, die ich mochte, und hoffte, dass er sie ebenfalls mögen würde. Für uns kaufte immer Paula ein. Ich machte mir Gedanken um Jeremias, während sie allein zu Hause saß und auf mich wartete. Wieder kehrte das schlechte Gewissen mit Macht zurück.

Erst als ich mit dem veralteten Fahrstuhl, dessen Licht unruhig flackerte, zu Jeremias hinauffuhr, verstärkte sich das unruhige Gefühl noch, aber diesmal war es Aufregung, die es hervorrief. Welcher Art konnte ich nicht genau sagen, oder wollte ich nicht deuten. Mit der Jutetasche in der einen und der Plastiktasche mit den Nudeln in der anderen stand ich schließlich vor seiner Tür. Tief Luft holend klopfte ich an und wartete nervös darauf, dass mir geöffnet wurde. Als ich hörte, wie sich der Schlüssel im Schloss drehte, spürte ich kurz den Wunsch, ganz schnell wegzulaufen, aber dann war es auch schon zu spät dafür. Jeremias öffnete die Tür und sein scheues Lächeln machte mich sicher, das Richtige getan zu haben. Da standen wir voreinander und starrten uns nur an. Dann kam Leben in ihn und er bat mich rein, trat einen Schritt zur Seite, um mir Platz zu machen.

„Kommen Sie doch rein, Tom. Entschuldigen Sie, dass ich Sie hier stehen gelassen habe." Ich nickte, machte einen Schritt über die Schwelle der Tür, hinein in sein Reich, hinaus aus meiner Komfort-Zone.

****

„Darf ich Ihnen das abnehmen?", Jeremias griff nach der Jutetasche vom Supermarkt und berührte dabei meine Finger. Eine flüchtige Berührung, die dennoch für eine Reaktion in meiner Magengegend sorgte. Wie schaffte er es immer wieder, mich so schnell aus dem Konzept zu bringen, mit ... Nichts ...! Während er zur Küchenzeile ging, die Tasche ausräumte und sich dabei ab und an zu mir umdrehte, entledigte ich mich der Jacke und legte diese über das Sofa. Der Vorfall im Revier wurde mit keinem Wort erwähnt, weder von ihm noch von mir. Ich hatte auch nicht vor, ihn darauf anzusprechen. Schlafende Hunde soll man nicht wecken und im Moment sah er so aus, als würde es ihm ganz gut gehen. Stattdessen brachte ich die Sprache auf den Inhalt in der Plastiktüte.

„Ich hab noch was vom Chinesen mitgebracht. Ich hoffe, Sie mögen Chinesisch und auch die anderen Lebensmittel, die ich besorgt habe. Ich war mir nicht sicher ...", erklärte ich, versuchte schnell eine Unterhaltung in Gang zu bringen. Jeremias unterbrach mich. Er drehte sich um und sah mich ernst an.

„Ich steh schon jetzt bis zum Hals in Ihrer Schuld, Tom. Ich kann das nie wieder gutmachen", zerknirscht sah er zu Boden.

„Das ist mein Job, na ja, nicht alles, aber Sie stehen in niemandes Schuld. Alles okay. Okay?“ Ich redete dummes Zeug und bevor noch mehr davon meinen Mund verließ, öffnete ich lieber die Tüte mit dem Essen und stellte sie auf den kleinen Tisch vor der Küchenzeile. Jeremias lächelte schief, räumte die letzten Lebensmittel in den Kühlschrank und kam dann mit zwei Gabeln zu mir an den Tisch. Wir ließen uns auf gegenüberliegenden Stühlen nieder und ich war froh diese Barriere zwischen uns zu haben, wenngleich sich unsere Knie ab und zu unter dem Tisch berührten.

„Nur weil bei mir niemand auf mich wartet, muss ja bei Ihnen nicht der gleiche bedauernswerte Zustand herrschen. Sie haben bestimmt eine Freundin, oder?“, fragte Jeremias, während er seine Box mit Nudeln öffnete. Ich nickte, während ich mir eine volle Gabel Nudeln in den Mund steckte.

„Paula“, antwortete ich, während ich kaute. Jeremias nahm die Information hin, ohne mich dabei anzusehen. Trotzdem hatte ich das Gefühl, weiterreden zu müssen.

„Wir sind seit fast drei Jahren zusammen. Sie hat es nicht leicht mit mir. Ich arbeite zu viel ...“Ich brach ab, denn mit dieser Aussage würde ich Jeremias nur noch mehr schlechtes Gewissen einreden. Postwendend bekam ich die Antwort.

„Ich wusste es und nun komme auch noch ich daher und sorge dafür, dass der Feierabend wieder nach hinten rutscht. Statt bei ihr sitzen Sie hier bei mir und spielen Kindermädchen. Das tut mir echt leid, Tom. Sie sollten gehen ...“ Ich unterbrach ihn, indem ich reflexartig meine Hand auf seine legte. Sanfte grüngraue Augen musterten mich traurig und sorgten dafür, dass sich mein Magen schmerzhaft zusammenzog.

„Ich hätte zu Hause sowieso keine Ruhe gefunden. Es war mir ein Bedürfnis, persönlich dafür zu sorgen, dass es Ihnen gut geht, okay?“ Schnell hob ich die Hand und hielt meine mittlerweile halb leere Nudelbox fest. Anfassen war nun doch zu persönlich oder vielleicht nur bei ihm. Mein zweideutiges Denken sollte ich wahrscheinlich endlich einstellen. Thorsten berührte ich auch ständig, ohne mir dabei was zu denken. Jeremias sollte da keine Ausnahme bilden, nur weil er schwul war. Allerdings kribbelten bei Thorsten meine Fingerspitzen auch nicht. Wir aßen weiter, schweigend, aber immer wieder Augenkontakt haltend. Schließlich kratzten wir beinahe zeitgleich unsere Boxen aus. Gesättigt lehnte ich mich zurück.

„Das war gut. Ich habe bis auf heute Morgen noch nichts gegessen. Aber wem sag ich das. Ihnen ist es ja nicht anders ergangen. Gibt es eigentlich einen Spitznamen oder eine Abkürzung für Ihren Namen? Jeremias ist ganz schön lang.“ Fragend sah ich ihn an.

„Meine Freunde nennen mich meist Jamie!“, erklärte er mir lächelnd.
„Darf ich Sie so nennen?“, fragte ich vorsichtig. Im gleichen Augenblick wurde mir klar, dass ich ihm damit offiziell meine Freundschaft anbot. Ein kleiner Schwarm Schmetterlinge stob in meinem gefüllten Magen auf, als Jamie meine Hand ergriff und sie schüttelte.

„Ich würde mich sehr freuen, Tom!“, lächelte er und seine grüngrauen Augen leuchteten dabei.

Kapitel 16

Eigentlich hatte ich nach dem Essen verschwinden wollen, aber wir setzten uns dann doch noch kurz aufs Sofa. Jamie stellte zwei Gläser mit Cola vor uns auf den niedrigen Couchtisch. Mehrere Kissen gaben mir genügend Abstand, sodass ich mich tatsächlich entspannte. Mein neuer Freund erzählte von seinem Beruf und wie er sich seine Zukunft in der Branche vorstellte. Ein zwangloses Gespräch, welches mir Jamie wieder etwas näherbrachte. Im Beruf schien er ein sehr strukturierter Mensch zu sein, der rational und zielorientiert handelte. Der Mensch, den ich bis jetzt privat und auch im Krankenhaus erlebt hatte, verhielt sich dagegen sehr emotional und sensibel. Ich hörte ihm zu, stellte Fragen und erfreute mich daran, wie aufgeschlossen er erzählte und gestikulierte. Ich war froh, nicht mehr diesen panischen und ängstlichen Blick in seinen Augen zu sehen. Aber der anstrengende Tag forderte seinen Tribut, denn irgendwann nickte ich einfach ein. Wirre Träume suchten mich heim, aus denen ich vorsichtig von einer sanften Hand, die mich an der Schulter berührte, geweckt wurde. Komplett desorientiert fuhr ich zusammen. Wo war ich? Über meinen Beinen lag eine Decke und die einzige Lichtquelle war eine kleine Stehlampe. Ich befand mich noch immer bei Jamie, der mich gerade besorgt ansah.

„Verdammt, bin ich etwa eingeschlafen?“, nuschelte ich, rieb mir über die Augen und über das Kinn, welches schon wieder einen leichten Bartschatten aufwies. Jamie nickte.

„Ich hab’s nicht übers Herz gebracht dich zu wecken, aber jetzt wird es langsam spät und deine Freundin macht sich sicher Sorgen.“ Seine Antwort klang schuldbewusst und genauso zerknirscht sah er auch aus. Ich schob die Decke zur Seite und erhob mich. Zu schnell, wie sich herausstellte, denn mein Kreislauf war anscheinend noch nicht ganz stabil. Schwindel packte mich und ich griff reflexhaft nach Halt. In diesem Fall war es Jamies Schulter, die ich zu packen bekam, aber ich rutschte ab und bevor ich wieder zurück auf das Sofa plumpste, umfing er meine Taille und hinderte mich mit seinen starken Armendaran zu fallen. Eine kurze Schrecksekunde, gefolgt von einer noch längeren, denn ich hatte nicht damit gerechnet, in seinen Armen zu enden, war nicht auf diese plötzliche Nähe gefasst. Meine Hände ruhten auf seiner Brust, die sich langsam hob und senkte, während in meiner eigenen Aufruhr herrschte. Mein Herz raste, aber auf meiner Brust schien ein Schrank zu stehen, denn auch tiefes Einatmen förderte nicht genügend Luft in meine Lungen. Ein kurzer Augenblick voller Spannung, der von mir hektisch beendet wurde, indem ich meinen Stand schnell korrigierte, um sicher auf zwei Beinen zu stehen. Jeremias ließ mich sofort los, mindestens genauso irritiert wie ich. Ich griff nach meiner Jacke, die über der Lehne hing, nur um irgendetwas zu tun und nicht reden zu müssen. Worte wollten sich gerade nicht in meinem Kopf formen.

„Es tut mir leid ... also ...“, begann Jeremias.
„Was tut dir leid?“, unterbrach ich ihn und schalt mich im selben Augenblick. Wenn man nicht denken kann, sollte man auch nicht reden, aber Jamie sollte sich keine Vorwürfe machen, nur weil er mich hatte schlafen lassen. Meine Frage hätte nur anders lauten müssen, oder ich hätte gar nicht fragen sollen, sondern nur beschwichtigen. Ich brachte schnell ein wenig Abstand zwischen uns.

„Ich weiß nicht ... dass ich dich hab schlafen lassen und dass ich dir vielleicht zu nah getreten bin eben ... war nicht meine Absicht. Du sollst nicht denken, dass ich dich irgendwie angraben will oder so. Also nicht, dass du nicht mein Typ wärst, aber ich weiß, dass du 'ne Freundin hast ...“ Er strich sich durchs Haar, sah mich verstohlen an. Ein Redeschwall, der sicher so nicht beabsichtigt war und der ihm auch vielleicht schon wieder leidtat, denn genauso sah er aus, biss sich auf die Unterlippe und schloss kurz die Augen. Irgendwie niedlich, musste ich in mich hineinlachen. Was sollte ich denn nun antworten? Viel spielte sich immer noch nicht in meinem Kopf ab.

„Jamie ... es ist alles okay, mach dir keinen Kopf. Ich hätte mich gar nicht mehr hinsetzen sollen, dann wäre ich auch nicht eingeschlafen. Und das eben ... ich denke nicht, dass du mich angraben wolltest. Ich hoffe, das sah nicht so aus, als ob ich das dächte. Ich war nur überrascht“, redete ich mich schnell aus der angespannten Situation heraus. Er brauchte ja nicht zu wissen, dass mich das Ganze überforderte. Erleichtert lächelte er mich an. „Dann mach ich mich jetzt mal auf den Weg, sonst denkt Paula noch, ich komme gar nicht mehr nach Hause“, versuchte ich mich zu verabschieden. Jeremias stimmte mir zu und setzte sich in Bewegung, um mich hinauszubegleiten. An der Wohnungstür angekommen hielt er abrupt an, drehte sich zu mir um und versperrte mir so den Weg aus der bereits geöffneten Tür.

„Danke, Tom, ich weiß nicht, wie ich das alles ohne deine Hilfe überstanden hätte.“ Er hielt mir die Hand hin, die ich zögerlich ergriff. Wieder Körperkontakt, wieder viele tausend Emotionen, die im Raum umherschwebten. Ich drückte seine Finger vielleicht ein wenig zu fest und schob mich an ihm vorbei. Ich musste hier raus, so schnell es ging.

„Bitte, aber das hab ich gern getan. Falls irgendwas ist, du hast meine Nummer, das Handy liegt auf meinem Nachttisch. Ich komme morgen und sehe nach dem Rechten!“ Schnell raus und weg, wieder mit einer neuen Verabredung im Gepäck. Ehe er noch etwas antworten konnte, verschwand ich im dunklen Hausflur. Mit langen Schritten den Gang entlang, weg von Jeremias, der mich jeden Tag tiefer in seine Welt hineinzog und meine aus den Angeln hob.

****

Wie weit er sie aus den Angeln gehoben hatte, merkte ich schnell, als ich unsere Wohnung betrat. Sicher es war schon ziemlich spät, aber normalerweise war Paula locker bis 24:00 Uhr wach. Jetzt brannte kein Licht im Flur und es war alles still. Leise schlich ich den kleinen Flur entlang bis zu der Stehleuchte und trat mit dem Fuß den Schalter an. Einen kleinen Augenblick später brannte die Energiesparlampe und wurde langsam heller. Als ich einen Blick auf das Schlüsselboard warf, sah ich sofort, dass Paulas Schlüssel nicht dort hing. Was hatte das zu bedeuten? Mit wenigen Schritten erreichte ich die Schlafzimmertür und öffnete sie schwungvoll.

„Paula?“, fragte ich in die Dunkelheit hinein, aber natürlich hätte ich mir das auch sparen können. Ich wusste auch so, dass sie nicht da war. Normalerweise ging Paula keiner Diskussion aus dem Weg und verschwand einfach, aber diesmal schien sich die Sache anders zu gestalten. Ich kickte die Schuhe von den Füßen, hängte die Jacke an den Haken und überlegte, wo sie wohl sein könnte. Im Wohnzimmer fand ich einen Zettel. Sie hatte es wohl sehr eilig, denn die Buchstaben waren unordentlich geschrieben.

„Bin bei Vanessa, weiß nicht, wann ich wiederkomme …“ stand da. Vanessa war Paulas beste Freundin, mit der sie sich ab und zu traf. Meistens telefonierten sie aber stundenlang und ich fragte mich, wieso diesmal ein echtes Treffen angesagt war. Gestritten hatten wir uns schon öfter, aber nie wirklich schlimm und auch diesen Streit fand ich persönlich nicht so schlimm, dass ich das mit Thorsten hätte ausdiskutieren müssen. Aber Frauen tickten da ja bekanntlich etwas anders. Ich beschloss ins Bett zu gehen, denn der Tag hatte mir wirklich alles abverlangt. Eigentlich passte es mir ganz gut in den Kram, dass sie nicht da war, so blieben mir stundenlange Diskussionen erspart, die so oder so zu nichts führten, denn mein Job würde sich nicht ändern. Gerade als ich bereits mit Schlaf-Shorts bekleidet die Zähne putzte, hörte ich, wie sich der Schlüssel in der Tür drehte und Paula nach Hause kam. Ich vernahm die üblichen Geräusche wie Schlüssel und Jacke an den Haken hängen, Schuhe ausziehen, Tasche wegstellen, aber kein „Hallo Tom, bin wieder da!“,oder überhaupt eine Begrüßung. Der Haussegen hing wohl erheblich schiefer als erwartet. Statt einen Blick ins Bad zu werfen, denn sie konnte anhand des Lichtscheins aus der nicht geschlossenen Tür erkennen, dass ich mich dort befand, verschwand sie anscheinend sofort ins Schlafzimmer.

Wäre sie zehn Minuten später gekommen, dann hätte ich im Bett gelegen und mich schlafend gestellt, aber nun trafen wir aufeinander und einem Gespräch konnte ich nicht mehr aus dem Wege gehen. Wenig später holte ich tief Luft, als ich mich auf den Weg in die Höhle der Löwin machte. Paula zog sich gerade aus und ich schaute ihr dabei zu. Sie drehte mir den Rücken zu und reagierte auch nicht, als ich sie mit Namen ansprach. Erst als sie ihr Nachthemd übergezogen hatte, drehte sie sich zu mir um, mit diesem Gesichtsausdruck, den ich bis jetzt nur ein oder zwei Mal ähnlich an ihr gesehen hatte. Paula war eine harmoniesüchtige Person und darum fuhr mir die Streitsucht, die mir offen entgegenfunkelte, in Mark und Bein.

„Was ist los, Paula?“, fragte ich in der Gewissheit, dass es etwas war, das ich nicht hören wollte.
„Da fragst du noch? Ich hab's irgendwie satt. Du liebst mich, glaub ich, nicht mehr!“, knallte sie mir an den Kopf. Das saß. Das hörte sich ja nach einer Grundsatzdiskussion an. Hilflosigkeit gepaart mit Ärger stiegen in mir hoch. Was sollte ich ihr darauf antworten?

„Was soll das, Paula? Wie kommst du auf die Idee?“ Mein Ärger über ihre Anschuldigung klang deutlich in meiner Frage mit und machte sich auch wahrscheinlich in meiner Körpersprache bemerkbar. Ich verschränkte die Arme vor der Brust und lehnte im Türrahmen. Paula warf die Arme in die Höhe, bevor sie antwortete.

„Das ist so typisch Tom – oder Mann. Statt mir zu sagen, dass du mich liebst, fragst du lieber, wie ich darauf komme. Aber ich sage es dir gern, Tom! Du kommst fast jeden Tag später aus der Arbeit, du bist nur an deinem Spaß beim Sex interessiert und statt heimzukommen, wenn du endlich freihast, besuchst du Opfer zu Hause. Pass bloß auf, dass der dir nicht an die Wäsche will", keifte sie mich an. Das konnte ja wohl nicht wahr sein. Okay, mit der Arbeit hatte sie recht, aber die Sache mit dem verunglückten Sex war gewiss keine Absicht und Jeremias, das war eine Ausnahme, aber eine extrem wichtige. Außerdem fragte ich mich gerade, wer ihr das mit Jamie gesteckt hatte.

„Du weißt, dass du unfair bist, und das bist du eigentlich nie. Was ist los, Paula? Jeremias will mir garantiert nicht an die Wäsche. Wer hat dir das eigentlich erzählt?",hakte ich nach, konnte es mir aber eigentlich schon denken.

„Kevin, aber das tut doch gar nichts zur Sache, du ziehst seine Gesellschaft meiner vor und das sagt mir, dass du mich nicht mehr liebst, jedenfalls nicht so wie ich dich. Diese Situation ist langsam unerträglich für mich. Bitte mach weniger Überstunden, Tom ... bitte!" Ihr Tonfall wechselte von aufgebracht zu resigniert und traurig sah sie mich an. Kevin, das war ja so was von klar. Warum rief sie nicht mich persönlich an und fragte im Revier nach? Die Frage schluckte ich hinunter. Wahrscheinlich wollte sie mir hinterherspionieren, um sicherzugehen, dass keine andere Frau dahintersteckte, und Kevin schob sofort Jamie den schwarzen Peter zu. So was Absurdes. Ich versuchte es mit Schadensbegrenzung und überbrückte die Distanz zwischen Paula und mir mit wenigen Schritten. Mit den Händen umfasste ich ihre Schultern und zwang sie so, mich anzusehen. Tränen schimmerten in ihren Augen, die mir die Kehle eng werden ließen. Ich hasste es, wenn sie weinte, und noch mehr, wenn ich der Grund dafür war.

„Ich bin kein großer Redner und auch im Gefühle zeigen nicht so gut, aber ehrlich war ich bis jetzt immer zu dir und das weißt du auch. Die Situation ist ein wenig verzwickt im Moment. Der neue Fall und auch, dass ich damit beinah allein die Leitung habe, fordert mich total. Und das Opfer, Jeremias ist sein Name, keine Ahnung, ich hab ihn gefunden, in einem Zustand, dass man es nicht mit Worten beschreiben kann. Ich fühl mich verantwortlich für ihn. Er hat niemanden hier, ist erst hierhergezogen. Ich kann nicht einfach wegschauen, wenn er Hilfe braucht. Es tut mir leid, Paula, und ich hoffe, du verstehst, dass das nichts mit uns beiden zu tun hat ...", versuchte ich ihr meine schwierige Situation zu erklären. In ihrem klugen Kopf arbeitete es und sie dachte über das Gehörte nach.

„Warum erzählst du mir so etwas nicht? Das mit dem Opfer und überhaupt mit dem Fall. Was ist ihm passiert, was ist das für ein Fall? Du musst mehr mit mir reden. Ich plaudere schon nichts aus, Tom. Ich arbeite selbst bei Gericht und habe Schweigepflicht, aber erzähle es dir, denn du gehst nicht damit hausieren.“ Eine steile Falte erschien auf ihrer Stirn. Ich nickte, in diesem Fall musste ich ihr wohl alles erzählen und weil es langsam kalt wurde, verkrochen wir uns ins Bett. Dort erzählte ich ihr, was passiert war und was Kevin seitdem für eine Show abzog. Es dauerte eine Weile, denn als ich erst mal begonnen hatte, sprudelten die Worte nur so aus mir heraus. Paula unterbrach mich kein einziges Mal und hörte aufmerksam zu.
„Danke, Tom, dass du aus dir herausgekommen bist und mir alles erzählt hast. Jetzt sieht die Sache ganz anders aus und ich verstehe, warum du so gehandelt hast. Aber pass auf, dass dich der Fall nicht zu sehr angreift. Das Opfer wird noch eine ganze Weile Hilfe brauchen und wahrscheinlich auch psychologische Betreuung, die du nicht leisten kannst. Lass dich nicht zu tief hineinziehen. Ich hab Angst um dich, auch wenn ich das sehr ritterlich von dir finde.“ Bei diesen Worten kuschelte sie sich in meine Arme und drückte mir einen Kuss auf den Mund.

„Ich bin froh, dass wir geredet haben, Paula. Es geht mir jetzt schon viel besser.“ Wenig später lagen wir aneinandergekuschelt in unserem Bett und Paula schlummerte tief und fest. Nur ich fand keine Ruhe, weil ich das Gefühl hatte, die Sache nur noch schlimmer gemacht zu haben. Paula kannte jetzt den Grund für meine vielen Überstunden, aber sie wusste nichts von den seltsamen Gefühlen, die Jeremias bei mir auslöste.

Kapitel 17

Ein unangenehmer Ton manifestierte sich in meinem Kopf, langsam ansteigend und penetrant. Immer lauter wurde der Ton und dann irgendwann war es Paula, die mich an der Schulter rüttelte und aufweckte.

„Tom, dein Telefon klingelt ... Tom!“, hörte ich sie sagen und langsam wurde ich wach. Aber bevor ich das Telefon ergreifen konnte, verstummte es wieder. Umständlich rappelte ich mich im Bett soweit auf, dass ich besser lesen konnte. Paula hatte die Nachttischlampe angemacht. Ich gähnte und rieb mir über die Augen.

„Wer ruft dich um diese Uhrzeit an?“, wollte Paula wissen. Ich öffnete die Anrufliste und ließ mir visuell mein Bauchgefühl bestätigen. Ich hatte es bereits geahnt, dass es Jeremias gewesen war, der versucht hatte mich zu erreichen. Es war mein eigenes

Angebot gewesen und er nutzte es, aber wenn er um diese Uhrzeit anrief, musste etwas passiert sein. Wegen Nichts würde er es nicht wagen, nachts um vier bei mir anzurufen.

„Ich hab dir doch von diesem Fall und von Jeremias erzählt. Er hat mich angerufen. Ich hatte ihm gesagt, dass er mich jederzeit erreichen kann, wenn etwas sei. Anscheinend ist das nun der Fall. Ich muss ihn zurückrufen. Irgendwas ist passiert!", erklärte ich Paula, die sich genervt stöhnend wieder in die Kissen plumpsen ließ. Mein Magen spielte sofort verrückt, begann zu kneifen. Mein Finger wollte mir nicht ganz gehorchen, als ich die Taste zum Rückruf betätigte. Der Ruf ging raus und meine Aufregung wuchs und wuchs, denn es klingelte und niemand ging ran. Was hatte das zu bedeuten? Schlagartig war ich hellwach und richtete mich im Bett auf.

„Verdammt, da stimmt was nicht. Ich muss da sofort hin!" Schon schwang ich die Beine aus dem Bett und erntete überraschte Blicke von Paula.

„Ich fass es nicht. Dieser Kerl braucht nur einmal anzurufen und springst!" Sie klang fassungslos, verletzt und ungläubig. Mit zusammengezogenen Augenbrauen musterte sie mich und drehte mir dann beleidigt den Rücken zu, zog sich die Bettdecke bis fast über den Kopf.

„Paula ... ich hab es dir doch vorhin erklärt und da sagtest du selbst, dass er nicht so schnell wieder ganz normal sein wird, dass ihn das Geschehene noch belasten wird. Und jetzt machst du einen Aufstand, weil ich ihm helfen will. Was soll ich denn deiner Meinung jetzt tun?", fragte ich sie, aber sie rührte sich nicht und langsam machte mich ihr zickiges Verhalten auch sauer. Noch einmal wählte ich die Nummer, aber nach wie vor meldete sich niemand. Auch Paula schien mir nicht antworten zu wollen und so zog ich mich schnell an und ließ sie in Ruhe.

Ein paar Minuten später war ich auf dem Weg zu Jamie. Während der Fahrt grübelte ich und die Unruhe in mir verstärkte sich zunehmend. Warum ging er nicht ans Telefon, so kurz nachdem er mich angerufen hatte? Was war vorgefallen? Meine Sorge um Jeremias wuchs mit jeder Sekunde und lähmte meine Atmung. Zum Glück hielt sich der Verkehr um diese Uhrzeit in Grenzen, sodass ich zügig durchkam. Ungefähr zwanzig Minuten später erreichte ich das Haus, in dem Jeremias wohnte. In seiner Wohnung brannte kein Licht, denn eines der Fenster konnte man auch von der Straße sehen. Den Hausflur konnte ich betreten, ohne einen Schlüssel zu besitzen, aber wie ich in die Wohnung kommen sollte, wenn er nicht selbst öffnete, wusste ich noch nicht genau. Zwar besaß ich einen Dietrich und konnte auch recht geschickt damit umgehen, aber nicht jede Tür ließ sich manipulieren. Noch einmal versuchte ich ihn zu erreichen, aber noch immer ertönte der Klingelton, ohne dass er durch Jeremias' Stimme unterbrochen wurde. Ich wählte das Treppenhaus, denn der Fahrstuhl nervte mit seinem Flackerlicht und außerdem hatte ich keine Lust, womöglich mit dem Ding steckenzubleiben. Etwas aus der Puste erreichte ich endlich Jamies Wohnung. Ich betätigte den Klingelknopf erst ein Mal und dann noch einmal. Nichts passierte. Nichts war zu hören, auch nicht, als ich mein Ohr an die Tür drückte. Natürlich wollte ich nicht die halbe Nachbarschaft aufwecken, aber trotzdem rief ich zweimal seinen Namen und erklärte, dass ich jetzt da wäre. Keine Reaktion und auch auf erneutes Anrufen tat sich nichts. Also packte ich meinen Dietrich aus. Warum man als Polizist damit umgehen kann? Zum einen war ich nicht immer Polizist und zum anderen war es bisweilen recht nützlich, im Falle eines Falles ohne einen Rammbock eine Wohnung betreten zu können. Das Schloss erwies sich als keine besonders große Herausforderung, allerdings spielten meine zitternden Finger immer wieder nicht mit; aber schließlich gab das Schloss nach und ich atmete erleichtert auf und betrat die dunkle Wohnung.

„Jeremias ...? Ich bin es – Tom ... nicht erschrecken, okay?", rief ich in die Stille.

Die Leuchtreklame vor dem Haus blinkte und warf buntes Licht in die Fenster der Wohnung. Langsam ging ich den kleinen Flur entlang und betätigte den Schalter, um die Lampe im Flur anzumachen und dann das Licht im Bad, wo ich einen Blick hineinwarf. Keine Spur von Jeremias. Noch einmal rief ich seinen Namen und lauschte angestrengt, ob ich irgendeinen Laut vernehmen konnte. Nichts! Es gab nur noch einen Raum, in dem er sich befinden konnte, und das war das Wohnzimmer. In dem sich ja auch sein Bett und die Küche befanden. Die Tür zu dem Zimmer war angelehnt, aber außer der Reklame von draußen brannte keine andere Lichtquelle in dem Raum. Meine Augen gewöhnten sich schnell an die spärliche Beleuchtung. Und trotzdem wirkte alles unwirklich. Die Möbel warfen lange Schatten auf den Fußboden und machten es mir schwer, in den noch nicht vertrauten Räumlichkeiten alles zu überschauen.

„Jamie ... hallo, bist du da ... ich bin es – Tom?", wisperte ich erneut in den Raum und horchte angestrengt. War da nicht etwas? Ich drehte mich um und spähte in die Ecke, aus der ich ein Geräusch vernommen hatte. Dann meinte ich, hinten neben der Kommode in der Ecke eine Gestalt kauern zu sehen. Mein Magen schlug Purzelbäume und mit wenigen Schritten hatte ich die Ecke erreicht. Tatsächlich hockte dort Jeremias. Die Beine dicht an den

Körper gezogen, den Kopf auf den Knien und die Arme fest darum verschränkt. Er trug ein T-Shirt und Shorts. Als ich mich zu ihm kniete, bemerkte ich, dass er leicht vor und zurück wippte und wie Espenlaub zitterte. Vor seinen Füßen lag das Handy. Er schien nicht zu bemerken, dass ich da war, befand sich in einer Art Trance, einem Zustand, der ihn vor weiteren Sinneseindrücken schützte. Was sollte ich jetzt machen? Wahrscheinlich erschreckte er sich, wenn ich ihn berührte. Ich hatte Angst vor einer panischen Reaktion. Ich setze mich auf den Boden, dicht neben ihn, und wartete. Erst still, dann begann ich zu reden.

„Hey … ich setz mich jetzt neben dich. Weißt du, keine Ahnung, was ich sonst tun soll. Verdammt, du hast mir einen ganz schönen Schreck eingejagt. Ich bin wie ein Wilder hier hergefahren. Aber jetzt bin ich ja da. Ich bin hier bei dir, Jamie, du kannst dich beruhigen, ich bin hier und passe auf dich auf … okay?“, redete ich einfach drauflos, leise und ruhig, in der Hoffnung, dass irgendetwas davon zu ihm vordringen könnte. Klar kam ich mir reichlich dämlich vor, so daher zu reden, nicht wissend, ob er mich hörte oder nicht.

„Du musst dich nicht fürchten, du bist nicht allein, und ich lass dich auch nicht allein, du musst nur wieder ruhig werden, hörst du mich, Jamie, komm zurück, okay!“ Die nächste Viertelstunde redete ich vorsichtig auf ihn ein, wagte aber nicht, ihn zu berühren, langsam schaukelte er ruhiger, ich sah, wie er tief Luft holte. Sein schlanker Körper zuckte leicht, so als ob er schluchzen würde. Sollte ich es wagen, einen Versuch starten, ihn durch Berührung wieder ins Hier und Jetzt zu holen?

„Ich werd dich jetzt anfassen, Jamie … ich bin es – Tom!“ Ich streckte die Hand aus und berührte ihn ganz sanft an der Schulter. Jamies Reaktion hätte nicht schlechter ausfallen können. Er zuckte zusammen, schnellte mit dem Kopf nach oben und sah mich mit weit aufgerissenen Augen verstört an, so als würde er mich nicht erkennen und befände sich weit, weit weg von hier.

„Ich bin es … Tom. Sieh mich an, komm zurück, Jeremias!“ Meine Stimme hob sich an, wurde etwas lauter, bestimmter, was zuerst noch mehr Angst in seinem Blick bewirkte, aber dann schien er langsam zu sich zu kommen. Erkennen spiegelte sich in seinen Augen und dann füllten sie sich mit dicken Tränen, die sich sturzbachartig aus den Winkeln lösten. Ohne Vorwarnung löste er die starre Umklammerung seiner Knie und griff nach mir, zog mich mit Kraft, die ich nicht erwartet hätte, in seine Arme.

„Ich hatte solche Angst!“, flüsterte er rau, nicht wissend, welche Angst ich ausgestanden hatte und welche Angst mir seine

Umarmung einflößte, die mich wieder komplett aus dem Konzept brachte.

Ich weiß nicht, wie lange wir da in der Ecke hockten. Jeremias hielt mich eng an sich gepresst, zitternd und sich nur langsam beruhigend. Ich hoffte, meine streichelnden Hände auf seinem Rücken trugen dazu bei. Erst wusste ich nicht, ob ich dem reflexartigen Gefühl nachgeben sollte, aber es kam mir vollkommen natürlich vor, ihn so zu beruhigen. Paula würde ich ebenfalls streicheln, wenn sie so unter Schock stünde. Nur weil es ein Mann in meinen Armen war, machte es doch keinen Unterschied, oder sollte es nicht machen. Er war ein Mensch, der Zuspruch bedurfte und der starke Arme brauchte, die ihm Halt und Wärme gaben und das Gefühl, nicht allein zu sein. Wenn ich es war, der dies bewerkstelligen konnte, dann war es eben so. Außerdem war ich nicht Kevin, der dabei gleich einen Angriff auf seine sexuelle Orientierung sah. Jedenfalls redete ich mir das gerade selbst ein. Denn in meinem Kopf drehten sich die Gedanken, während mein Körper ganz automatisch funktionierte und auch keinen Unwillen verspürte. Warmer Atem traf mich auf Schulter und Genick, da, wo Jamies Kopf lag. Feuchtigkeit drang durch mein Shirt, welche von seinen Tränen stammte. Feste Rückenmuskulatur befand sich unter meinen streichenden Fingerkuppen. Seine krallten sich einfach nur in mein Shirt, aber langsam wurde der Griff lockerer, entspannte er sich in meinen Armen und das Schluchzen wurde auch weniger, bis es schließlich ganz aufhörte.

„Alles wieder gut?“, flüsterte ich und meine Stimme wollte mir nicht ganz gehorchen. Jamies Finger lösten sich aus der festen Umklammerung meines Sweatshirts, glitten an meinen Seiten entlang, nach vorn auf meine Brust und schoben mich dann sanft ein Stück weg. So brachte er dreißig Zentimeter Abstand zwischen uns. Kalte Luft ersetzte die wohlige Wärme, die bis jetzt geherrscht hatte. Die einsetzende Kälte brachte meinen Verstand wieder in Gang, der eine Weile auf Instinkt geschaltet hatte. Jeremias räusperte sich verlegen, wagte es nicht, mich anzusehen. Seine Reaktion zeigte mir, dass er so dachte wie ich noch vor ein paar Minuten.

„Es tut mir leid, Tom … das wollte ich nicht, dich so überfallen …“, nuschelte er. Er sollte sich nicht entschuldigen. Es war nichts passiert, für das er sich hätte schlecht fühlen müssen. Zu diesem Schluss war ich gerade eben gekommen. Ihn zu trösten hatte sich gut angefühlt, richtig.

„Schschscht … alles ist gut … wir sind doch Freunde, oder? Freunde helfen sich, wenn Hilfe benötigt wird. Was war denn los?“, unterbrach ich ihn, legte eine Hand auf seine Schulter und drückte sie. Der Blick, den ich erntete, war die ganze Aktion wert gewesen. Dankbarkeit stand darin und noch etwas anderes, was ich nicht bestimmen konnte, aber das etwas in mir berührte.

„Danke … Tom!“, krächzte er und wich meinem Blick aus, kurz, um mich dann wieder anzusehen. „Alles kam plötzlich hoch, überfiel mich, als ich allein in meinem Bett lag, und dann kamen irgendwie alle Wände auf mich zu und gleichzeitig fühlte ich mich schutzlos. Meine Atmung wurde flach und ich denke, nachdem du nicht ans Telefon gegangen bist, war ich auch kurz ohnmächtig. Eine Panikattacke vom Feinsten.“ Ich befürchtete, dass es nicht die letzte Reaktion dieser Art bleiben würde.

Kapitel 18

„Was ist denn hier los?“ Verschlafen und mit zerzausten Haaren stand Paula in der Wohnzimmertür. Ja, was war hier los? Ich hatte spontan entschieden, dass es wenig Sinn machen würde, wenn Jeremias allein zu Hause blieb. Da hielt ich es für einfacher, wenn er ein paar Tage bei uns unterkam. Nachts durch die Stadt fahren, um ihm bei der nächsten Panikattacke zur Seite zu stehen, gestaltete sich schwieriger, als ihn gleich bei uns unterzubringen. Paula würde ihn so kennenlernen und nicht mehr eifersüchtig sein. Jeremias sträubte sich zuerst und wollte mir nicht zur Last fallen, aber ich überzeugte ihn schließlich, dass es so allen Beteiligten besser gehen würde. Sicher, auf der Fahrt zu mir nach Hause wurde mir schon mulmig, denn Paula hatte sich bei meinem nächtlichen Abgang nicht sehr kooperativ gezeigt.

„Paula, das ist Jamie … Jeremias, Paula, meine Freundin!“, stellte ich die beiden einander vor. Jeremias hielt Paula schüchtern die Hand entgegen und die war so perplex, dass sie ihren Ärger von vorher hinunterschluckte und seine Hand ergriff. Zuerst hatte sich Jeremias gestäubt und wollte nicht mitkommen, als ich ihm vorschlug, ein paar Tage bei mir zu verbringen.

„Ich will dir und deiner Freundin nicht zur Last fallen. So oder so bringe ich wahrscheinlich seit Tagen alles durcheinander. Nein, das geht nicht!“, versuchte er sich rauszuwinden. Aber ich blieb hartnäckig. Viel schlimmer würde eben eine dauernde Alarmbereitschaft für mich sein, als ihn wohlbehalten bei mir zu Hause zu wissen. Paula würde sich schon arrangieren, denn eigentlich war sie ja sehr sozial eingestellt. Ich würde sie mit Jeremias einfach überrumpeln. Jetzt, da sie vor ihm stand, waren beide verlegen und Paula versuchte unauffällig ihre Haare zurechtzuzupfen. Um jeglichen Kommentaren zuvorzukommen, erklärte ich ihr sofort, was ich mir ausgedacht hatte und aus welchem Grund ich es für die beste Lösung hielt. Nur kurz erschien eine steile Falte auf ihrer Stirn, dann nickt sie.

„Ich hole euch schnell Decken und Kissen, aber sorry, ich bin echt müde, den Rest müsst ihr selbst erledigen ...“, gähnte sie herzhaft und rieb sich die Augen. Sie drehte sich um und verschwand ins Schlafzimmer. Kurze Zeit später kam sie mit einem unbezogenen Kissen und einer Decke wieder. Außerdem hatte sie Bezüge über dem Arm. Wortlos reichte sie mir alles, drehte sich um und verkrümelte sich wieder. Das war besser gelaufen als erwartet, aber der nächste Morgen würde zeigen, ob sie meine Entscheidung akzeptierte oder nicht.

„Ich hoffe, du kannst hier auf der Couch liegen.“ Es konnte nur eine Antwort auf diese Frage geben. Er musste, denn in meinem Bett schlief Paula und die wäre sicher nicht amüsiert, am Morgen neben ihm aufzuwachen. Jeremias nickte auch sofort.

„Es ist vollkommen egal, wo ich schlafe, Hauptsache, ich bin nicht allein. Aber Tom ... deine Freundin scheint nicht sehr begeistert zu sein, dass ich hier bin“, brachte er das Thema auf Paula. Ich wollte nicht darüber nachdenken. Das Sprichwort „Kommt Zeit, kommt Rat“ traf sicher auch hier zu. Erst einmal abwarten, wie ihre Laune am nächsten Morgen ausfiel.

„Mach dir keinen Kopf, okay?! Morgen sieht die Welt schon ganz anders aus und wichtig ist jetzt nur, dass du nicht allein bist. Und dass wir beide endlich Schlaf bekommen.“ Ich lachte auf.„Solange du allein zu Hause bist, kann ich auch nicht zur Ruhe kommen, weil ich mir Gedanken mache“, sprudelten die Worte aus mir heraus, weil ich die Situation lockern wollte und gab viel zu viele Gefühle von mir preis. Weder Jeremias noch Paula brauchten so viel von meiner derzeitigen Gefühlslage wissen. Nicht mal mir war es so bewusst gewesen, aber ja, so war es. Meine Sorge um sein Wohlergehen hätte mich den Schlaf gekostet, also war es die beste Lösung, ihn hier einzuquartieren.

Wenig später hatten wir sein Nachtlager bereitet. Kurz zeigte ich ihm, wo sich Küche und Bad befanden, und dann verabschiedete ich mich schnell, drückte nur kurz seine Schulter und wünschte ihm eine gute Nacht. Viel war nicht mehr davon übrig und an Schlaf war nicht mehr wirklich zu denken. Zu viele Gedanken, die in meinem Kopf hin und her flogen. Welche, die ich nicht weiterverfolgen wollte, welche, auf die ich sowieso keine Antwort hatte, und welche, die keinen Sinn ergaben und nur weitere Fragen aufwarfen. Irgendwann schlief ich tatsächlich ein und blieb sogar traumlos. Trotzdem war ich total gerädert, als am Morgen der Wecker klingelte. Nicht mal meiner, denn ich musste etwas später im Revier sein, aber Paulas Wecker klingelte und ich wachte ebenfalls auf. Sie pellte sich aus dem Bett und suchte nach Kleidung im Schrank. Wie immer, ohne dabei Licht zu machen, um mich nicht zu wecken.

„Denk dran, Jamie liegt im Wohnzimmer … wenn's geht, weck ihn nicht, okay?“, nuschelte ich schlaftrunken. Unter halb geschlossenen Augenlidern sah ich, wie sie mit dem Kopf nickte und dann ein Ja brummte. Wenig später verließ sie das Schlafzimmer. Eigentlich so wie immer, aber trotzdem hatte ich ein ungutes Gefühl. So lange waren wir uns noch nie böse gewesen und das stimmte mich nachdenklich. Wie versprochen verhielt sich Paula sehr leise und eine halbe Stunde später verließ sie die Wohnung und ich schlief noch einmal tief und fest ein.

Ich erwachte erst, als ich Wasser rauschen hörte. Jemand stand unter der Dusche und dieser Jemand konnte nur Jamie sein. Ob er die Handtücher gefunden hatte? Aber eigentlich gab es nur einen Schrank und ohne ein Handtuch ging man nicht duschen. Zum Aufstehen hatte ich immer noch keine Lust, aber es blieb mir nichts anderes übrig. Da das Bad besetzt war, beschloss ich Frühstück für ihn und mich zu bereiten. Irgendwie würden wir uns hier schon arrangieren. Jeremias hatte im Wohnzimmer bereits aufgeräumt und das Bettzeug ordentlich zusammengelegt. Er gehörte zu der Sorte Mensch, die ordnungsliebend waren, wie ich schon in seiner Wohnung bemerkt hatte. Das Rauschen hörte auf und ich klopfte vorsichtig an die Tür.

„Hast du die Handtücher gefunden?“, fragte ich und wartete auf Antwort.
„Ja, alles klar, danke. Deine Freundin hat mir welche rausgelegt und einen Zettel geschrieben. Sehr nett von ihr“, ertönte die Antwort etwas erstickt. Wahrscheinlich trocknete er sich gerade die Haare ab. Paula hatte also mitgedacht und vorgesorgt. Wie aufmerksam von ihr. Ich deutete das als gutes Zeichen und entspannte mich ein wenig.

„Was isst du zum Frühstück?“, wollte ich noch wissen und erschrak, als die Tür plötzlich geöffnet wurde und Jamie den Kopf hinausstreckte. Die Haare nass und verstrubbelt. Wassertropfen lagen auf seinen nackten Schultern und als der die Tür ein wenig weiter öffnete, sah ich, wie eine Spur des Wassers seine Brust hinunterlief und sich weiter unten in dem um die Hüften geschlungenen Handtuch verlor. Als ich mir meiner Blicke bewusst wurde, schoss mir das Blut in den Kopf. Was sollte Jeremias von mir denken? Schnell sah ich ihm direkt in die Augen und hielt seinem Blick stand.

„Ich seh furchtbar aus, ich weiß. Hoffentlich verschwinden die blauen Flecke bald. Ich will sie nicht mehr sehen und nicht daran erinnert werden, wie sie entstanden sind." Seine Stimme war leise und klang bedrückt. Er hatte meine Blicke völlig falsch gedeutet, was mir in diesem Moment sogar ganz lieb war, denn ich fühlte mich nicht wohl in meiner Haut. Nur mit Mühe hatte ich mich davon abhalten können, dieser Spur mit dem Finger zu folgen. Klar, bei Paula tat ich mir keinen Zwang an, aber das hier war ein Mann und solche Gedanken sollte ich nicht haben.

„Die verschwinden wieder, aber die Spuren in deiner Seele werden nicht so einfach verschwinden", rutschte es mir heraus. Jamie schaute nun noch bedrückter drein und ich hätte mich ohrfeigen können für diese blöde Bemerkung.

„Ja, das hast du wohl recht. Haben wir ja gestern Nacht gesehen. Danke noch mal, dass du mich mitgenommen hast, aber wie soll das denn nun weitergehen? Ist ja keine Dauerlösung." Eine feine Gänsehaut überzog seinen Körper.

„Das besprechen wir beim Frühstück, also was willst du essen und trinken?", versuchte ich die Situation zu entschärfen. Nicht nur für ihn, sondern am meisten für mich. Ich brauchte mal wieder Abstand und das ganz schnell.

Etwa eineinhalb Stunden später saß ich in meinem Büro und ließ den Morgen Revue passieren. Das Frühstück verlief total entspannt und Jeremias und ich unterhielten uns locker über dies und das. Welche Marmelade die leckerste ist und das ohne Nutella ja überhaupt nichts am Morgen geht. Einträchtig aßen wir unseren Toast und während ich auf Kaffee morgens nicht verzichten könnte, bevorzugte er lieber eine Tasse Tee. Irgendwann mussten wir natürlich das unangenehme Thema wieder aufnehmen, wie sich die nächsten Tage am besten gestalten ließen. Paulas Dienstplan im Visier planten wir erst einmal die nächsten drei Tage. Wir beschlossen, dass es nichts brachte, wenn er sich vollkommen von der Welt abschottete, sondern er musste sich motivieren, weiterhin daran teilzunehmen. Wenn Paula nicht zu Hause war, würde er sich ausruhen und kurz bevor sie wieder nach Hause kam, wollte er sich aufmachen und frische Kleidung von zu Hause besorgen und sich vielleicht in ein Café setzen. Eventuell konnte ich ihn dann mit nach Hause nehmen. Wir hofften, dass sich seine Panikattacken schnell verlieren würden. Ich suchte den Ersatzschlüssel und drückte ihn Jamie in die Hand. Irgendwie ein seltsamer Moment, denn noch nie hatte ich so schnell Vertrauen in jemanden gesetzt. Mit dem Schlüssel konnte er in meiner und Paulas Privatsphäre ein und aus gehen, aber ich wusste, dass ich mir keine Sorgen machen brauchte. Erst einmal behielt ich es für mich, dass Jeremias für kurze Zeit bei mir eingezogen war. Auch Thorsten und Bettina brauchten vorerst nichts davon zu wissen. Wenn das herauskam, würden sich sonst nur wieder Kevin und Co. das Maul zerreißen.

Zur Mittagszeit schrieb ich eine WhatsApp an Jamie und fragte nach, wie es ihm ging. Alles wäre soweit okay, er hätte sich noch einmal hingelegt und geschlafen. Und bald würde er sich fertig machen, um in die Stadt zu gehen. Irgendwie war es komisch, wenn eine WhatsApp von ihm reinkam. Vor allem, weil es normalerweise Paula war, die mir schrieb, aber Paula blieb unsichtbar. Normalerweise blieben wir immer durch kleine Nachrichten in Kontakt, horchten, wie es dem anderen ging, ob es Neuigkeiten gab, schickten mal ein Herz oder einen Kuss. Aber diesmal hörte und sah ich nichts. Sicher hätte ich auch schreiben können, aber irgendwie fand ich, ihr Verhalten war maßgeblich schuld für diesen Streit und darum sollte sie auch ruhig den ersten Schritt machen, um sich zu versöhnen. Im Revier blieb es an diesem Tag relativ ruhig. Zumindest, was Kevin und seine dämliche Anhängerschaft anging. Die waren alle auf Streife, während mir noch genügend Papierkram wegen des Falls auf dem Tisch lag. Als ich gerade vertieft in meine Akten war, flatterte eine neue Nachricht rein. Jamie schickte mir ein Foto. Es handelte sich um ein Selfie, welches ihn in einem Café zeigte. An der Wand hinter ihm konnte ich den Namenszug erkennen. „Café to Gay“ hieß die Lokalität. Jamie lächelte in die Kamera und hielt den Daumen nach oben, zum Zeichen, dass es ihm gut ging. Ich lächelte zurück, obwohl er das ja gar nicht sehen konnte, und schalt mich hinterher selbst einen Idioten. Ich arbeitete durch, um dann etwas früher nach Hause zu kommen. Zum einen, damit Paula meinen guten Willen erkannte und zum anderen, damit Jeremias und sie nicht so lange allein waren. Ich wollte, dass es zu keinen Spannungen zwischen ihnen kam und hielt es für am besten, wenn ich als Puffer anwesend war.

Tatsächlich konnte ich zwar nicht früher, aber dafür pünktlich das Revier verlassen. Jeremias hatte mir einen Text geschickt, dass er bereits auf dem Weg nach Hause war und er hätte eingekauft, weil er gern etwas für die Zeit seines Besuches beisteuern wollte. Paula musste ebenfalls schon zu Hause sein, aber gemeldet hatte sie sich immer noch nicht. Ich hielt an einem Smoothie-Stand und kaufte ihre Lieblingssorte. Vielleicht stimmte sie das ja gnädig. Ich wollte den Streit schnell aus der Welt haben. Als ich vor der Wohnungstür stand, holte ich erst mal tief Luft. Leise steckte ich den Schlüssel ins Schloss, öffnete die Tür und schloss sie ebenfalls so geräuschlos, wie es ging. Aus der Küche hörte ich Musik und Stimmen. Es wurde geredet und gelacht und ich freute mich, dass Jamie und Paula sich offensichtlich gut verstanden. Ich zog leise Schuhe und Jacke aus, schnappte mir den Smoothie und öffnete die Küchentür. Paula und Jamie standen mit dem Rücken zu mir und hackten Gemüse. Sie hatten mich nicht kommen hören und als ich ein lautes „Hallo“ ertönen ließ, zuckten beide zusammen. Paula schrie auf und ihre Hand schnellte nach oben. Sie führte ihren Finger in den Mund und drehte sich mit Schwung zu mir um. Jeremias ebenfalls. Eine ärgerliche steile Falte bildete sich auf Paulas Stirn. Sie sah erst mich an und blickte dann auf die Uhr, die hinter mir an der Wand hing.

„Danke schön, Tom! Und überhaupt ... kaum zieht deine Arbeit in unsere Wohnung, scheinst du es mit der Pünktlichkeit sehr viel genauer zu nehmen.“ Sie funkelte erst mich und dann Jeremias böse an.„Er scheint es dir wert, ich anscheinend nicht!“ Mit diesen Worten band sie die Schürze ab, warf sie böse auf den Boden und stampfte an mir vorbei. Komplett konsterniert blieben Jeremias und ich mit offenen Mund zurück, zuckten die Schultern und wussten nicht, wie uns geschah.

Kapitel 19

Da stand ich nun mitten im Raum, vor mir Jeremias und im Flur Paula, die sich hastig Schuhe und Jacke anzog. Anscheinend wollte sie schon wieder der Situation aus dem Weg gehen.

„Seit wann verschwindest du einfach, wenn es schwierig wird?“ Ich hatte mich zu Paula umgedreht und vorher entschuldigend Jamie ein Zeichen gegeben. Betreten stand er mit dem Schälmesser in der Hand da. Paula hielt in der Bewegung inne und sah mich an.

„Keine Ahnung, Tom. Ich weiß nicht, aber ich hab das Gefühl, du entgleitest mir. Oder vielleicht wird es mir jetzt erst richtig bewusst. Vielleicht ist das schon eine ganze Weile so. Nur ich kann nicht damit umgehen und darum muss ich jetzt hier weg. Ich bin bei einer Freundin. Welche, weiß ich jetzt noch nicht. Ich melde mich, okay?“ Ihre Stimme klang aufgebracht, oder traurig, wahrscheinlich eine Mischung aus beidem. Ihr Blick zeigte dieselben Emotionen und machte mich betroffen. Sollte ich sie aufhalten oder gehen lassen? Ich wusste es nicht und allein diese Tatsache verstärkte die Betroffenheit in mir. Vielleicht zögerte ich deshalb ein paar Sekunden zu lang, bevor ich versuchte sie von ihrem Vorhaben abzubringen. Gerade als ich den Mund öffnete, um ihr zu sagen, dass sie bitte bleiben sollte, kam sie mir schon zuvor.

„Genau das meine ich, Tom. Du weißt nicht mal, ob ich bleiben soll oder ob du froh sein sollst, dass du deine Ruhe vor mir hast. Ich glaube, ich liebe dich mehr als du mich und so war es schon immer. Nur das reicht mir jetzt nicht mehr!“, endete sie. Sie schloss den

Reißverschluss ihrer Jacke geräuschvoll, schnappte ihre Tasche und drehte sich um, ohne noch einmal einen Blick auf mich zu werfen. Als die Tür ins Schloss fiel, zuckte ich zusammen. Wie gelähmt blieb ich zurück. Was hatte sie gerade gesagt? Irgendwie klang das nach Schlussmachen. Ich stürzte hinter ihr her, riss die Tür auf und lief im Treppenhaus die Stufen hinunter. Beinahe wäre ich gestolpert und hingefallen. Kurz bevor sie das Haus verlassen konnte, erreichte ich sie, erwischte ihren Arm und hielt sie fest.

„Paula ... bitte geh nicht, nicht so, nicht ...!“ Mir fiel nichts ein, was ich sagen oder wie ich sie daran hindern sollte zu gehen. Ich wusste nicht genau, was mich antrieb, ihr hinterherzulaufen. Die Angst, sie zu verlieren, oder war es etwas anderes? Ich wusste es nicht und sie wusste, dass ich es nicht wusste. Paula kannte mich besser, als ich mich selbst manchmal kannte, und deshalb ließ ich sie los.

„Lass mich gehen und über uns nachdenken und du tust das am besten ebenfalls, Tom ...!“, sagte sie, beugte sich vor und küsste mich sanft auf den Mund. Dann öffnete sie die Tür und verschwand. Ich blieb eine Weile im Hausflur stehen, mit flauem Magen und wirrem Kopf. Das alles war komplett aus dem Ruder gelaufen, wie eigentlich alles seit Tagen aus dem Ruder lief. Mein Leben stand Kopf und ich hatte das dumpfe Gefühl, dass sich das schwankende Schiff kurz vorm Kentern befand.

Eine Weile stand ich da und starrte auf die Tür, hinter der Paula verschwunden war. Dann setzte ich mich auf die Treppenstufen, stützte meine Arme auf die Knie und legte das Gesicht in die Handflächen. Was sollte ich denn nun tun? Oben in der Küche wartete Jamie, der Grund für die ganze Misere. Sicher war es unfair, ihm die Schuld in die Schuhe zu schieben, aber in diesem Moment liefen alle Fäden bei ihm zusammen. Dass in Paulas und meiner Beziehung vielleicht andere Dinge im Argen lagen, spielte in diesem Moment keine Rolle, ich wusste gerade nur, dass ohne Jamie auch kein Streit mit Paula stattgefunden hätte. Gefangen in sich drehenden Gedanken hörte ich nicht mal, dass er die Treppe hinunterkam. Erst als sich eine Hand auf meine Schulter legte, zuckte ich erschrocken zusammen und sah auf.

„Es ist besser, wenn ich gehe. Ich bringe dein Leben durcheinander und muss mein eigenes in Ordnung bringen.“ Jeremias hatte seine Jacke an und die kleine Reisetasche über der Schulter. Er wollte tatsächlich gehen und wahrscheinlich war es auch besser so, wenn er es tat. Ich sah ihn nur an, nickte, nicht in der Lage, etwas zu sagen, geschweige denn überhaupt einen klaren Gedanken zu fassen. Vielleicht würde alles wieder sein wie vorher, wenn er jetzt gehen würde. Die Zeit zurückstellen und nicht mehr daran denken, was in der kurzen Zeit, in der ich ihn kannte, alles passiert war. Sollte er gehen und Paula würde wiederkommen. Alles wäre gut. Ich sah, wie Jamie an der Tür ankam und die Klinke drückte. Das automatische Licht im Flur ging aus. Die plötzliche Dunkelheit wich, als Jeremias die Tür öffnete und die Scheinwerfer eines vorbeifahrenden Autos den Flur erhellten. Schwarz zeichnete sich seine Silhouette im Türrahmen ab. Er hob die Hand zum Gruß und ich meinte ein leises „Danke für alles“ vernommen zu haben. Dann drehte er sich und die Tür schloss sich automatisch hinter ihm. Die Dunkelheit im Flur und die Stille vertrieben das Chaos in meinem Kopf. Nichts würde mehr sein wie früher. Ich hatte zu viel gesehen und zu viel gespürt. Die Zeit ließ sich nicht zurückdrehen und die Zukunft war und blieb ein unbeschriebenes Blatt. Vor zehn Minuten war die Tür hinter Paula ins Schloss gefallen und nun hinter Jamie; zwei Menschen, die wichtig in meinem Leben waren. Paula seit Jahren und Jeremias erst seit ein paar Tagen, aber jetzt, da er gegangen war, fühlte es sich nicht richtig für mich an. Ich sprang auf, stürzte zur Tür und riss sie auf. Ich musste ihn aufhalten. Ich suchte den Gehweg nach ihm ab, so weit konnte er doch nicht gekommen sein, und tatsächlich sah ich ihn an der nächsten Bushaltestelle stehen. Ich lief, die eisige Kälte ignorierend, und rief seinen Namen, denn schon sah ich, wie der Bus kam und vor ihm stehen blieb.

„Jamie, halt, bitte bleib, fahr nicht, Jeremias ...!“ Aber er schien mich nicht zu hören. Er stieg ein, die Türen schlossen sich hinter ihm und der Bus setzte sich in Bewegung, erst da erreichte ich die Haltestelle. Ich schlug gegen das Fenster, wollte auf mich aufmerksam machen, und zum Glück registrierte er mein Bemühen, obwohl er auf der gegenüberliegenden Seite saß. Er stürzte ans Fenster und sah mich an, mit einer Mischung aus Bedauern und Freude, mich zu sehen. Beide Hände an das Glas des Fensters gepresst, blickten mich diese sanften Augen an. Ich lief kurz hinter dem Bus her, aber dann gab ich auf und starrte auf die roten Rücklichter. Was für ein Tag, was für ein beschissenes Ende. Ein Ende von vielleicht zwei Freundschaften. Der Magen brannte wie Feuer, weiße Wolken von fast gefrorenem Atem verließen meinen Mund und die Lunge schmerzte. Mein Herz schmerzte auch und ich hatte das Gefühl, dass hinter mir die Welt in ein tiefes Loch stürzte.

Kapitel 20

Was will ich, und was will ich nicht? Das waren die Fragen, die seit nun mehr zwei Tagen mein Denken beherrschten. Mich auf die Arbeit zu konzentrieren fiel mir schwer, denn es handelte sich schließlich um mein weiteres Leben und nicht um den Kauf eines Gegenstandes. Paula hatte mir eine sehr lange Textnachricht geschrieben, in der sie mir ihre Gedanken und Gefühle dargestellt hatte. Ihr Brief ging mir unter die Haut, teilweise sehr emotional und dennoch recht abgeklärt schilderte sie mir, dass sie mich zwar liebe, aber so nicht weitermachen wolle. Immer die zweite Geige zu spielen, würde sie kaputtmachen. Es hätte sie wütend gemacht, dass ich so für Jeremias eingesprungen wäre, obwohl sie meinen persönlichen Einsatz wiederum bemerkenswert fand, aber immer würden andere Menschen vorgehen, nie hätte sie das Gefühl, selbst an erster Stelle zu stehen.

Es gab keinen Punkt, bei dem ich ihr hätte widersprechen können. Sie hatte recht, auch wenn es nicht mit Absicht geschah, war es kein Wunder, dass sie das Gefühl hatte, vernachlässigt zu werden. Sie fragte sich, ob mir die Arbeit wirklich mehr bedeuten würde als sie oder ob ich diese nur vorschob, um nicht nach Hause kommen zu müssen. So oder so bedeutete es, dass ich nicht dasselbe für sie empfand wie sie für mich. Jeremias stellte den Tropfen da, der das Fass zum Überlaufen gebracht hatte. Ja, ich verstand sie und konnte nichts zu meiner Verteidigung vorbringen. Sicher musste es ihr komisch vorkommen, dass ich pünktlich nach Hause kam, kaum dass Jeremias bei uns wohnte, aber meine Gründe hatten nicht wirklich Gewicht angesichts dessen, wie oft ich ansonsten pünktlich gewesen war. In den drei Jahren unserer gemeinsamen Zeit konnte ich das an zehn Fingern abzählen. Sie wollte wissen, was ich für sie empfand, ob es Liebe war oder nur Gewohnheit. Sie offenbarte mir, dass sie Eifersucht auf Jeremias verspürte, weil er in mir die Fürsorge weckte, die sie so sehr vermisste.

Egal wie oft ich ihren Brief an mich las, mir wurde jedes Mal flau im Magen und besonders bei ihrer Eifersucht auf Jamie rumorte er. Sie hatte recht, wie sie mit allem recht hatte. Sie musste mich lange anbetteln, damit ich mit ihr zusammen das Essen mit ihren Arbeitskollegen besuchte. Jeremias brauchte nur eine WhatsApp schicken und ich sprang mitten in der Nacht in meine Klamotten, um zu ihm zu fahren. Das gab mir gerade wirklich zu denken. Genauso wie der Umstand, dass ich ihm und nicht Paula hinterhergerannt war. Wieso ließ ich sie ziehen und rannte ihm hinterher?

Meine Gedanken wirbelten zwei Tage zurück, zu dem Moment, an dem die Rücklichter des Busses immer kleiner wurden und gleichzeitig ein unbestimmtes Gefühl in mir immer größer. Ich befand mich an einem Wendepunkt in meinem Leben. Ungewollt hineingerutscht, nicht wissend, was mich erwartete, was ich wirklich wollte, was ich bekommen würde. Als der Bus nicht mehr zu erkennen war, seine Lichter mit denen der anderen Autos verschmolzen, vibrierte das Smartphone in meiner Tasche. Ich zog es heraus und Jamies Bild erschien auf dem Display, lächelnd, mit grüngrauen Augen. Ich hob ab, immer noch in die Richtung schauend, in die der Bus verschwunden war. Eine Weile war nichts zu hören, aber ich legte nicht auf, wartete einfach, mit klopfendem Herzen und unruhigem Kribbeln im Bauch. Dann hörte ich, wie Jeremias Luft holte.

„Bringen wir beide unser Leben in Ordnung, Tom. Du deins, ich meins. Aber verlieren uns nicht aus den Augen ...?!“ Der letzte Satz klang mehr wie eine Frage und ich krächzte ein Ja in das Mikro, nickte, obwohl er das nicht sehen konnte. Er sprach haargenau meine Gedanken aus und ich war heilfroh, dass er so dachte. Ich überlegte, was ich ihm sagen konnte, wollte, riskieren konnte, ohne etwas preiszugeben, was ich hinterher bereuen könnte. Noch wollte ich dem Gefühl in meinen Eingeweiden nicht trauen, nicht nachgeben. Ich brauchte Zeit, um mir über einiges klar zu werden, aber er gehörte dazu, denn er war es, der mein Leben durcheinandergebracht hatte. Sollte ich zulassen, dass er es noch weiter durcheinanderwirbelte, oder sollte ich mein altes Leben wieder flicken und in Ordnung bringen? Das Klopfen an der Bürotür riss mich aus den Gedanken und ich war froh, an dieser Stelle nicht weiterdenken zu müssen. Thorsten steckte den Kopf durch die Tür und zog dann die Augenbrauen nach oben.

„Alter, du siehst scheiße aus, was ist los?“ Er schlüpfte durch den Türspalt und schloss sie dann schnell hinter sich. Ich rieb mir mit den Händen über das Gesicht, wollte Zeit gewinnen, wusste nicht, ob ich Thorsten von Paula erzählen sollte. Dann entschied ich mich dafür. Ich brauchte ja nicht alle meine Probleme offenlegen.

„Paula und ich haben Stress. Sie hat 'ne Tasche gepackt und ist zu ihrer Freundin!“, erklärte ich ihm.

„Wie, Paula? Die ruhige und sanftmütige Paula lässt dich sitzen? Was hast du verbockt, Alter?“ Er zog sich einen Stuhl heran und warf sich mit der Lehne nach vorn und die Arme und Kinn darauf abgestützt. Erwartungsvoll sah er mich an. Unbehaglich rutschte ich auf meinem Stuhl hin und her.

„Sie ist sauer, weil ich zu viel arbeite und immer der Job vorgeht!“, erklärte ich.
„Das war klar, dass sie irgendwann mal deshalb auf die Barrikaden gehen würde. Man muss die Frauen auf Händen tragen und wenn man wenig Zeit mit ihnen verbringt, dann wenigstens kleine Aufmerksamkeiten bereithalten. Aber es muss doch einen Aufhänger für den Streit gegeben haben. Du bist doch neulich sogar mal pünktlich zu Hause gewesen“, erinnerte sich Thorsten und kratzte sich am Kinn. Jetzt wurde es schwierig und ich wusste nicht, ob ich ihm von Jamie erzählen sollte oder nicht.

„Es ist wegen Jeremias Seidler!“, begann ich.
„Was ist mit dem und was hat das mit dir und Paula zu tun?“ Über Thorstens Kopf befanden sich riesige Fragezeichen.

„Ach, Thorsten, das ist alles nicht so leicht zu erklären ... ich hänge viel zu tief in dem Fall und damit auch nicht mehr nur in der rein dienstlichen Verbindung“, begann ich mich zu winden wie ein Aal.

„Alter, du sprichst in Hieroglyphen ... rede Klartext mit mir!“ Thorsten schüttelte lachend den Kopf. Klartext sollte ich reden, aber wie, wenn sich alles in meinem Kopf in einer Endlosschleife Kuddelmuddel befand. Ich überlegte, wie weit ich Thorsten in meine Gemütsverfassung einweihen sollte.

„Das ist alles nicht so einfach, Thorsten. Wenn‘s das wäre, dann hätte ich ja bereits eine Lösung!“, begann ich und erzählte Thorsten davon, dass ich mich mit Jeremias angefreundet hatte. Eben aus der Situation heraus, und dass ich mich irgendwie um ihn sorgte. Thorsten hörte mir aufmerksam zu, musterte mich intensiv und machte mich nervös damit. Als ich ihm von der nächtlichen Panikattacke erzählte und davon, dass ich ihn daraufhin mit zu mir genommen hatte, stand ihm der Mund offen.

„Ist klar, dass Paula ausgeflippt ist...wie ist es denn zu dem Streit gekommen?“, wollte Thorsten wissen.

„Sie ärgerte sich, dass ich so früh nach Hause kam, denn bei ihr würde ich nie pünktlich kommen und kaum dass er bei uns wäre, würde ich rechtzeitig Feierabend machen. Dabei wollte ich nur, dass die beiden ohne mich nicht streiten“, rechtfertigte ich mein Tun.„Sie ist dann raus und weg und ich bin ihr noch hinterher. Sie wollte in Ruhe nachdenken und hat mir geraten, das auch zu tun, um mir über meine Gefühle für sie klar zu werden.“

„Und Jeremias?“, fragte Thorsten. Seiner Miene war nicht zu entnehmen, was er dachte.
„Der ist dann auch gegangen. Er meinte, dass wohl jeder sein Leben in Ordnung bringen müsste, aber wir in Kontakt bleiben sollten“, endete ich.
„Und du? Willst du weiter Kontakt zu ihm, was hast du geantwortet?“, wollte Thorsten wissen. Ich zuckte mit den Schultern, etwas hilflos und unsicher, wusste nicht, was ich ihm sagen sollte. Aber Thorsten war nicht dumm und er kannte mich viel zu gut, besser als ich dachte und beinahe besser als ich selbst.

„Du willst ihn weiterhin sehen … und das gefällt dir nicht!“, beantwortete er die Frage selbst und stürzte mich in den Abgrund, der sich gerade vor mir auftat.

Kapitel 21

Ja, ich wollte Jamie weiterhin sehen und länger als zwei Tage hielt meine selbst auferlegte Kontaktsperre mich nicht davon ab. Erst einmal blieben wir über WhatsApp in Verbindung, schrieben uns über den Tag verteilt Nachrichten. Damit Jamie die Nächte heil überstand, telefonierten wir stundenlang. Zuerst war es komisch, im Bett zu liegen und mich mit Jeremias zu unterhalten, denn irgendwie schien mir die Situation recht intim, auch wenn wir nur telefonierten und zudem auch noch Kilometer voneinander entfernt waren. Der Fernseher lief nebenher und nachdem erst eine kurze Befangenheit herrschte, unterhielten wir uns dann, als wären wir alte Freunde. Wir lachten über das Fernsehprogramm, fachsimpelten über Serien und Lieblingsfilme. Jeremias hatte ungefähr denselben Geschmack wie ich, was für reichlich und nicht ausgehenden Gesprächsstoff sorgte. Wir unterhielten uns so lange, bis Jamie am anderen Ende der Leitung einschlief. Seine Antworten wurden immer kürzer, unterbrochen von Gähnen, bis es schließlich ganz still blieb. Erst dann legte ich auf. Ich schlief mit den Gedanken an ihn ein, stellte mir vor, wie er mit dem Hörer in der Hand in seinem Bett lag. Ich wusste, dass das Licht brannte und der Fernseher lief. Er gaukelte sich damit Gesellschaft vor, brauchte Stimmen, die er hörte. Ich hoffte, dass er durchschlief, dass ihn keine Albträume heimsuchten. Ich schlief mit einem warmen Gefühl im Bauch ein und erwachte mit einem unguten flauen am nächsten Morgen, denn Paula meldete sich, nachdem sie den ersten Tag nach ihrem übereilten Auszug nichts von sich hatte hören lassen. Ich erhielt auch von ihr eine Textnachricht. Ihr täte der Abstand gut und sie würde viel über uns nachdenken. Wie es mir ginge? Kurz und knapp, nur mit einem nachdenklichen Smiley verziert, war Ihre Nachricht unverschnörkelt und gradlinig. Keine der Paula typischen emotionalen Ausbrüche.

Ich überlegte lange, was ich ihr antworten sollte. Wie ging es mir, seid sie gegangen war? Sich über seine Gefühle klar zu werden, ist meistens gar nicht so schwer, sie aber zuzulassen umso schwerer. Komischerweise herrschte eine gewisse Erleichterung in mir. Auch wenn Paula mir in unserer Beziehung sehr viel Spielraum gelassen hatte, fühlte ich mich freier. Natürlich packte mich das schlechte Gewissen, ihr Unrecht zu tun, sie über die Zeit unserer Beziehung eventuell von einer anderen, besseren Partnerschaft abgehalten zu haben, aber ich war mir schon nach dieser kurzen Trennungsphase sicher, dass es besser für uns war, einen Schlussstrich zu ziehen.

Diese Erkenntnis erschreckte mich und ich fühlte mich deswegen schlecht. Vor allem, weil ich nicht wusste, wie ich es ihr sagen sollte. Ich wünschte mir, dass sie die Beziehung beendete und ich nicht der Buhmann war. Darum wählte ich erst einmal bedachte Worte in meiner Antwort.

Es gäbe viel nachzudenken und auch ich würde unsere Beziehung reflektieren. Wahrscheinlich täte uns die kurze Trennung gut. Gerade als ich die Nachricht abschickte, flatterte eine neue von Jeremias herein. Er hatte ein Foto geschickt, welches ihn ziemlich verschlafen in die Kamera lächelnd zeigte. Die Haare standen wild vom Kopf ab und die Bartstoppeln kamen durch. Er lächelte und ich lächelte zurück, obwohl er es nicht sehen konnte. Unter dem Bild stand:„Danke für das Gespräch, ich habe klasse geschlafen." Zum Abschluss lachte mir ein Smiley mit Kussmund entgegen. Ich spürte, wie Hitze in mir hochstieg. Ein blödes Smiley sollte mich nicht aus der Bahn werfen. Wahrscheinlich hatte er sich nichts dabei gedacht und schickte seinen anderen schwulen Bekannten ebenfalls kleine Küsschen. Ich war es nicht gewohnt, von Männern solche Smileys zu bekommen. Wichtig sollte nur sein, dass er gut geschlafen hatte, darum versuchte ich mich wieder zu entspannen. War ja nichts dabei, schließlich hatte er mich ja nicht wirklich geküsst. Auch die zweite Nacht verbrachten wir auf dieselbe Weise und auch wenn die Müdigkeit mich den Tag über begleitete, fühlte ich mich seltsam beschwingt und voller Tatendrang. Meine gute Laune wurde nur durch die ungeklärte Situation mit Paula geschmälert.

„Hey, Tom, wie läuft es zwischen dir, Paula und Jeremias?" Thorsten fing mich an der Kaffeemaschine ab. Das hörte sich fast wie eine Dreiecksbeziehung an und mein Magen wurde sofort flau. Das mit Jeremias war eine Freundschaft und mit Paula hatte ich eine Beziehung. Doch im selben Augenblick schüttelte ich innerlich den Kopf. Mit Thorsten fühlte es sich anders an als mit Jeremias, also war das Ding zwischen uns auch etwas anderes als reine Freundschaft. Ob ich es nun wollte oder nicht. Ich musste herausfinden, was es war und warum es mich nicht losließ. Das Handy in der Tasche vibrierte und hinderte mich daran, Thorsten sofort zu antworten. Jeremias hatte geschrieben und fragte mich, ob ich nicht Lust hätte, mit ihm ins Kino zu gehen. Hitze stieg in mir auf, als ich „Wann und wo?" als Antwort tippte. Ohne nachzudenken, aus dem Bauch heraus hatte ich entschieden. Schnell, bevor meine Gedanken wieder im Kreis fahren und mir einen Strich durch die Rechnung machen würden.

„Wie es aussieht, geht es dir gut, aus welchen Gründen auch immer", schlussfolgerte Thorsten und als ich fragte, wie er darauf käme, trieb mir seine Antwort noch mehr Hitze ins Gesicht. „Du grinst wie ein Honigkuchenpferd!" Entgeistert und verschämt sah ich ihn an. Was sollte ich ihm sagen? Rausreden half bei ihm wohl eher nicht, darum nickte ich.

„Ich kann noch nicht viel dazu sagen, aber es geht mir gut, ja", antwortete ich wahrheitsgemäß. Es ging mir gerade gut und ich freute mich auf den Abend. Thorsten klopfte mir auf die Schulter und drehte sich um, denn ein Kollege rief nach ihm.

„Wenn du reden willst, ruf mich an ...", meinte er. Seine Hand rutschte auf meinen Oberarm und er drückte diesen leicht. In diesem Moment wusste ich, dass ich den besten aller besten Freunde hatte. Er drängte mich nicht, sondern überließ es mir, wann ich ihm mehr erzählen wollte, und er gab mir nicht einen Moment das Gefühl, dass er mir ab jetzt anders begegnen würde. Auch nicht, wenn ich meinem Bauchgefühl irgendwann nachgeben sollte.

Dass ich das Revier pünktlich verließ, gab mir mal wieder zu denken und mein Schuldgefühl gegenüber Paula nahm wieder zu. Wegen Jamie achtete ich auf die Uhr, bei Paula nicht. Mit ihrem Vorwurf hatte sie also recht. Prompt traf ich zu Hause auf sie. Erstaunt und befangen standen wir uns im Schlafzimmer gegenüber.

„Ich wollte nur ein paar Sachen holen ...!", stammelte sie erschrocken und antwortete auf meine Frage, was sie denn hier mache. Sie wohnte hier und war mir keine Rechenschaft schuldig, und so hatte es auch nicht klingen sollen. Sie fasste es zum Glück so auf, wie es gemeint war.

„Und was machst du schon hier?" Ihre Frage klang da schon eher spitz. Natürlich kannte sie meinen Dienstplan und wusste, dass ich normalerweise erst zwei bis drei Stunden später nach Hause kommen würde, was wohl auch der Grund für ihr Erscheinen war. Sie rechnete nicht damit, mir zu begegnen.

„Hab es heute etwas früher geschafft." Meine Antwort klang schuldbewusst.
„Wollen wir reden?", fragte sie und ihr Blick signalisierte mir, dass es ihr wichtig war. Allerdings würde ich es so nicht pünktlich zu Jeremias schaffen. Wieder zögerte ich wohl eine Sekunde zu lange mit meiner Antwort, denn sie drehte sich um und riss wortlos noch ein paar Kleidungsstücke aus dem Schrank.

„Ich denke, du hast was Besseres vor, Tom. Das war's dann wohl ...!" Enttäuscht und verletzt klang sie und das zu Recht. Okay, sie war einfach gegangen und ich konnte nicht ahnen sie anzutreffen, aber hätte ich nicht ohne zu zögern antworten müssen? Ich sah ihr dabei zu, wie sie wütend oder eher verzweifelt im Kleiderschrank herumwühlte und wahllos irgendwelche Kleidungsstücke auf das Bett warf. War es das jetzt wirklich? Hatte sie recht? Wollte ich, dass es endete, wollte sie es? Jamie rückte in den Hintergrund. Paula ging jetzt vor. Mit ihr verbrachte ich die letzen drei Jahre meines Lebens und noch nie hatte ich längere Zeit mit einem Menschen zusammengelebt, außer mit meinen Eltern. Es war eine schöne Zeit und sollte sie hier und jetzt ein Ende finden, dann nicht so. In der Tasche stellte ich das Handy auf lautlos, damit Jeremias mit einem Anruf nicht stören konnte. Ich hätte sofort und ohne Zögern so handeln sollen, aber ich hoffte, es war noch nicht zu spät.

„Paula …“, begann ich, aber sie reagierte nicht, warf weiterhin Kleidungsstücke auf das Bett. Ich hörte sie unterdrückt schluchzen, spürte, wie es mir eng um die Brust wurde. Wenn Paula weinte, ging es mir automatisch schlecht. Aber jetzt musste eine Entscheidung her, eine, die vielleicht schmerzhaft war, aber die getroffen werden musste. Ich verstand in diesem Moment nicht wirklich, was passierte, was zwischen uns passiert war. War ich schuld? Hatte Jeremias unsere Beziehung zerstört oder war er praktisch nur das Zünglein an der Waage, der das vorhandene Ungleichgewicht letzten Endes zum Kippen gebracht hatte. Etwas musste schon längere Zeit im Argen gelegen haben. Etwas in mir oder etwas, was uns fehlte. Vielleicht hatten wir uns trotz Harmonie in verschiedene Richtungen bewegt, nicht zueinander hin, aber auch nicht richtig voneinander weg. Vielleicht war es genau richtig, jetzt einen Schlussstrich zu ziehen. Paula wollte Kinder, heiraten, das ganze Paket. Ich war noch nicht so weit und ob ich es jemals sein würde, stand gerade in den Sternen. Ich konnte es nicht auf Jeremias schieben. Ich kannte ihn viel zu kurz. Was ich wusste, war, dass er einen Stein ins Rollen gebracht hatte. Wohin er rollen würde, war noch völlig unklar, aber dass er rollte, gefiel mir viel zu gut, auch wenn ich eine scheiß Angst vor mir selbst hatte. Ich musste meine Gedanken mit Paula teilen, in der Hoffnung, dass sie mir zuhören würde und auch zuhören wollte, verstehen konnte, was mit mir, mit uns passierte und dass sie danach noch immer bereit war mit mir zu reden, mich nicht verachtete. Mein Magen rebellierte, als ich schließlich allen Mut zusammennahm und sie an der Schulter berührte, sie noch einmal ansprach. Sie schüttelte meine Hand ab und machte mechanisch mit ihrer Arbeit weiter.

„Paula, du wolltest reden … und jetzt reden wir über das, was hier mit uns passiert. Glaub mir, es fällt mir genauso schwer wie dir. Ich hab Angst und ich bin traurig und ich weiß nicht, wo ich anfangen soll, aber schau mich an und hör mir zu. Bitte!“

Kapitel 22

Wie viele Emotionen kann ein Mensch an einem Tag ertragen, verarbeiten? An diesem Tag prasselten die unterschiedlichsten Gefühle auf mich ein. Ich musste sie ertragen, ob ich wollte oder nicht, aber wann ich all das verarbeiten konnte, wusste ich nicht. Ich lief durch die Straßen der Nacht, sog die eiskalte Luft in meine Lunge und versuchte das Chaos in meinem Kopf zu bereinigen. Mein Herz raste in der Brust, schmerzte über den Verlust und pochte aufgeregt über neue, unbekannte Gefühle. Nichts war so gelaufen, wie ich es erhofft oder geplant hatte, nichts! Angefangen von der Begegnung und dem Gespräch mit Paula noch mit dem eigentlich geplanten Abend mit Jeremias. Alle Beteiligten würden mit dem Ausgang dieses Abends erst einmal zurechtkommen müssen. Wir erfuhren Dinge, die wir weder hören noch wissen wollten, bekamen Angst vor dem, was uns erwarten könnte, und weinten über Vergangenes, schämten uns für Gesagtes, wünschten uns oft unbeschwerte alte Zeiten herbei. Diese Nacht würden wir alle nicht schlafen, oder unsere Träume würden uns auf eine unruhige Reise schicken. Ich fühlte mich seltsam befreit und trotzdem gefangen, voller Wehmut, Wut und Traurigkeit und Angst vor mir und vor meiner Umwelt. Gleichzeitig wummerte mein Herz kraftvoll und in meinem Magen flogen Schwärme von Schmetterlingen umher. Auf einer Brücke blieb ich stehen, lehnte mich über die Brüstung und starrte in das Wasser, welches unter mir schwarz und gemächlich dahinfloss. Alles würde seinen Weg gehen, unaufhaltsam wie das Wasser unter mir. Ich konnte wenig tun, sondern musste mich treiben lassen. Meine Richtung konnte ich selbst versuchen zu beeinflussen, aber was ich um mich herum losriss und was mich und meine Fahrt beeinflussen würde, das lag nicht in meinem Ermessen.

Als ich eine halbe Stunde später mit meiner Reisetasche in der Hand das Zimmer der Pension betrat, merkte ich ganz deutlich, dass sich mein Leben von jetzt auf gleich verändert hatte. Mein gemütliches Zuhause war ab heute nicht mehr meins, sondern Paula lebte allein dort weiter. Vielleicht zog irgendwann ein anderer Mann bei ihr ein. Ich musste mir eine eigene Wohnung suchen. Jeremias hatte mir zwar angeboten, bei ihm unterzukommen, aber ich hatte abgelehnt. Erst einmal musste ich zu mir selbst finden. Und nicht nur das. Das mit mir und Jeremias sollte, wenn es denn überhaupt ein wir geben würde, auf gesunden Beinen stehen, nicht aus einer Notsituation heraus entstanden sein. Der Fernseher blieb so lange an, bis ich irgendwann einschlief. Ein Timer, den ich gestellt hatte, würde ihn irgendwann ganz ausstellen. Bis dahin lief der vergangene Abend immer wieder Revue in meinem Kopf ab.

„Was passiert mit dir, Tom? Mit mir ist alles wie immer, aber du, du bist nicht mehr der, in den ich mich mal verliebt habe.“ Sie drehte sich abrupt um und sah mich mit einer Mischung aus Wut und Verzweiflung an. Sollte ich das so stehenlassen, war ich allein schuld, gab es einen Schuldigen oder hatte sich unsere Beziehung einfach nur in verschiedene Richtungen entwickelt? Ich versuchte die aufkeimende Wut hinunterzuschlucken.

„Wenn es einfacher ist, mir die Schuld in die Schuhe zu schieben, dann nehme ich es auf mich, aber ganz so leicht ist es nicht, Paula, und das weißt du auch. Normalerweise bist du die Besonnene, die viel bessere Erklärungen parat hat, als ich jemals finden könnte“, konterte ich, wissend, dass es uns kein Stück weiterbringen würde.

„Normalerweise, Tom, aber nichts ist mehr normal und du schon lange nicht mehr. Irgendwas stimmt nicht mit dir, aber ich konnte nicht glauben, was Kevin mir für eine Vermutung offenbart hat. Allerdings bin ich mir jetzt nicht mehr so sicher ...!“ Ihre Stimme klang schrill in meinen Ohren und der Name Kevin löste sofort Widerwillen und Zorn in mir hervor. Was zum Henker hatte sie plötzlich mit Kevin zu tun und wieso fragte sie nicht Thorsten, wenn sie was wissen wollte, und warum spionierte sie mir überhaupt hinterher?

„Kevin? ... Ich weiß nicht, was ich sagen soll, aber was hat bitte Kevin für Vermutungen, und wann und warum hast du überhaupt mit ihm geredet?“, fragte ich aufgebracht, nicht wissend, ob ich überhaupt wissen wollte, was Kevin meiner Freundin für Vermutungen unterbreitet hatte. Dieses miese Schwein mischte sich hinterrücks in meine Beziehung ein und das, obwohl wir privat absolut nichts miteinander zu tun hatten. Paula schüttelte den Kopf und wischte sich ein paar Tränen aus den Augenwinkeln, bevor sie antwortete.

„Ich hab im Revier angerufen und wollte dich sprechen. Aber du warst mit Thorsten unterwegs. Kevin war so nett und hat mich dann über dich aufgeklärt. Ich weiß, das wird dir nicht gefallen, Tom, aber mir gefällt es noch viel weniger. Er meinte, dir wäre seit Neuestem ein Mann lieber als eine Frau und ich drücke mich jetzt noch gewählt aus. Und ...“ Paulas Worte machten mich richtig wütend und ich unterbrach sie.

„Ich weiß nicht, was Kevin für ein Problem hat und wie er auf diese Annahme kommt, und außerdem weiß ich nicht, weshalb du mit Kevin über mich redest? Kevin und ich können uns nicht leiden und er würde nichts unversucht lassen, mir eins reinzuwürgen. Warum hast du mich nicht auf dem Handy angerufen?", äußerte ich meinen Unmut.

„Also ich meine, dass er in diesem Fall vielleicht sogar recht hat. Das mit Jeremias ist schon ein wenig verdächtig, würde ich sagen, und nicht nur ein wenig. Keine Ahnung, es war wohl eine Eingebung, direkt im Revier anzurufen!" Paulas Stimmlage zeigte eindeutig, dass sie Kevins Anschuldigungen glaubte. Hatte ich noch vor zwei Minuten offen mit Paula über meine Gefühle reden wollen, so ärgerte ich mich jetzt viel zu sehr darüber, dass sie mit Kevin über mich sprach und seinen Anschuldigungen auch noch glaubte. Jetzt zuzugeben, dass ich mir meiner Gefühle für Jeremias tatsächlich nicht sicher war, kam nicht infrage. Das war so gar nicht Paulas Art. Mich zu hintergehen, andere einzubeziehen, bevor sie mit mir gesprochen hatte. Was war los, was bewog sie zu dieser Entscheidung?

„Ich denke, wir brauchen nicht miteinander reden, denn du hast ja eine erste Sahne Informationsquelle. Frag am besten Kevin, wenn du weitere Informationen über mich, meine Gedanken und Gefühle haben möchtest. Ach, und du brauchst nicht weiterpacken. Ich werde ausziehen. Ich wollte nicht, dass das so endet, aber du zeigst gerade eine Seite, die ich nicht kenne und die mir nicht gefällt. Um in deinen Worten zu reden, so wie du jetzt gerade bist, hab ich mich nicht in dich verliebt." Meine Tonlage war scharf und auch meine Körperhaltung veränderte sich. Ich spürte, wie sich alle Muskeln in mir anspannten. Paula schien nicht mit meinem Gefühlsausbruch gerechnet zu haben. Überrascht sah sie mich an, aber ihr Blick verdüsterte sich schnell und bekam einen streitsüchtigen Zug. Immer mehr von der Paula, die ich kannte und liebte, verschwand vor meinen Augen. Scheinbar fühlte sie sich im Recht und kannte mich, wie ich mich bei Streitigkeiten verhielt, und wusste, dass ich eher nachgiebig war. Aber mit ihrer Aktion hatte sie sich ins Aus geschossen, abgesehen davon, dass ich sowieso eine Trennung für besser hielt. Mein Bedürfnis, es für uns beide friedlich zu lösen, war durch Kevins Miteinbeziehen nun in den Hintergrund gerutscht. Ich fühlte mich hintergangen und verraten.

„Ist klar, Tom, dass du jetzt wieder einmal ganz schnell das Weite suchst, wie immer, wenn es schwierig wird. Du gehst immer den leichten Weg, sagst nichts oder gibst mir recht. Tja, und jetzt ziehst du den Schwanz ein und gehst. Du entfernst dich immer mehr von mir und ich frag mich grad wirklich, wie ich die ganze Zeit so blind sein konnte." Ihre Stimme hörte sich irgendwie sarkastisch an. Jedes Wort traf mich und tat mir körperlich weh. Irgendwie stand ich auf einem Kartenhaus, welches unter mir zusammenzufallen drohte. Gerade kam mir unsere Beziehung wie eine einzige Lüge vor und ich fragte mich, wie alles so hatte ausarten können.

Eigentlich war doch gar nichts passiert. Ich war zu spät gekommen und ich hatte einen Freund mit nach Hause gebracht und dann war ich ausnahmsweise einmal pünktlich. Kein wirklicher Streit, aber den hatten wir nie in unserer Beziehung. Nur kleine Meinungsverschiedenheiten, die immer schnell beigelegt wurden. Vielleicht hatte sie tatsächlich recht und ich war jemand, der allem aus dem Weg ging, aber war das ein Verbrechen? Bis jetzt hatte sie sich nicht darüber beschwert. Aber Dinge ändern sich und aus welchem Grund auch immer, gefiel es ihr jetzt nicht mehr. Vielleicht war es besser, dass sie mich nicht mehr mochte, aber so hatte ich mir das Ende unserer Beziehung weder gewünscht noch vorgestellt. Sowieso ging mir alles viel zu schnell. Noch vor zwei Wochen war alles in Ordnung, jedenfalls fühlte sich alles ganz normal an. Aber was war normal, war normal gut oder vielleicht schlecht? Wie musste sich eine Beziehung anfühlen?

Ich ertrug Paulas Blicke nicht mehr, drehte mich zur Seite und öffnete meine Schranktür. Unten fand ich schnell meine Reisetasche. Genauso achtlos wie zuvor Paula warf ich schnell ein paar Sachen hinein. Was zum Schlafen, Unterwäsche, Socken, zwei Jeanshosen und drei Oberteile. In der Arbeit trug ich Uniform, mehr würde ich erst einmal nicht brauchen. Ich knallte die Schranktür zu und starrte direkt in Paulas Gesicht. Sie sagte nichts und ihr Blick verriet nicht, was sie dachte. Eine Mischung aus Zorn, Bedauern und Traurigkeit, vielleicht auch dieselbe Fassungslosigkeit über die verfahrene Situation, in der wir uns gerade befanden, wie ich sie empfand. Meine Hand zuckte, wollte sich wie aus Reflex auf ihre Wange legen, sie streicheln, wollte wie in alten Zeiten den Streit schnell begraben, aber ich hielt dann doch in der Bewegung inne und schob sie stattdessen in die Hosentasche.

„Ich verschwinde jetzt, Paula. Wir brauchen jetzt, glaub ich, beide Abstand, müssen runterkommen, damit wir nicht alles kaputtmachen, was mal gut war.“ Mit diesen Worten drehte ich mich um und ging. Im Flur machte ich noch einen Abstecher ins Bad und warf noch Zahnbürste, Duschgel und noch ein paar andere Utensilien in die Tasche. Raus hier, weg hier, denn die Wände schienen auf mich zuzukommen. Als ich die Wohnung verließ und die Tür hinter mir ins Schloss fiel, hatte ich das Gefühl, mein altes Leben hinter mir zu lassen. Ein komisches Gefühl, weder gut noch schlecht. Leer fühlte es sich an, ja, leer.

Kapitel 23

Wie lange ich danach im Auto vor dem Haus saß und fassungslos vor mich hinstarrte, kann ich nicht sagen, aber irgendwann kam ich wieder zu mir. Jeremias fiel mir siedend heiß ein. Verdammt, hoffentlich hatte ich mir nicht jetzt auch noch alles mit ihm verdorben. Wie sah das denn aus, als ob ich mich plötzlich doch nicht mehr für ihn interessieren würde und dann noch nicht mal den Arsch in der Hose hätte, abzusagen. Hektisch suchte ich das Handy in der Tasche. Es stand natürlich immer noch auf lautlos und so hatte ich weder Anruf noch Textnachricht anhand der Vibration wahrnehmen können. Jeremias hatte ein Mal angerufen und eine Nachricht geschickt.

„Ist dir etwas dazwischengekommen? Ich warte noch eine Stunde im ‚Café to Gay'. Melde dich einfach, okay!?", stand da. Erleichtert atmete ich die vor Schreck angehaltene Luft aus. Er wartete und schien nicht sauer oder hatte erwartet, dass ich nicht pünktlich das Revier verlassen konnte. Ein Blick auf die Uhr verriet mir, dass er wahrscheinlich noch im Café saß und so rief ich ihn an. Es klingelte eine Weile und die Angst wuchs, dass er vielleicht doch sauer sein könnte. Noch mehr Diskussion und Streit hätte ich nicht ertragen können. Dann, als ich gerade auflegen wollte, hob er ab.

„Tom?", hörte ich seine Stimme, die etwas atemlos klang. Im Hintergrund vernahm ich Stimmengewirr und Musik. Mein Herz machte dem Lärm im Hintergrund Konkurrenz. Es wummerte laut in meiner Brust, vor Aufregung, vor Angst, etwas Falsches zu sagen.

„Ja … es tut mir leid, dass ich zu spät komme, Jamie!", antwortete ich, lieber gleich eine Entschuldigung auf den Lippen, „Ich mach mich jetzt auf den Weg, wenn es okay für dich ist."

„Tom, was ist los?" Jeremias' Frage überraschte mich. Merkte man mir so deutlich an, dass ich gerade unter Stress stand, oder war Jeremias einfach feinfühlig? Und das durchs Telefon. Ich versuchte den Kloß im Hals runterzuschlucken, um überhaupt antworten zu können.

„Erzähle ich dir nachher. Wartest du?", fragte ich noch einmal vorsichtig nach.

„Wir haben eine Verabredung, sicher warte ich." Seine Antwort trieb mir das Blut in den Kopf und ich war froh, dass er mich nicht sehen konnte. Eine Verabredung – sicher hatten wir uns verabredet, aber wenn er das sagte, hörte es sich so bedeutsam an, oder nein, ich legte eine Bedeutung hinein. Ich musste mir abgewöhnen in Worte oder Situationen etwas hineinzudeuten, nur weil Jamie schwul war. Wir hatten ins Kino gehen wollen, nicht mehr und nicht weniger. So was machten Freunde zusammen und mehr waren Jeremias und ich nicht. Freunde, sehr frische Freunde, die noch eine Menge voneinander erfahren konnten. Zwanzig Minuten später, ich fand tatsächlich einen Parkplatz nahe dem Café, nahm ich all meinen Mut zusammen und ging etwas steifbeinig in Richtung Jeremias und dem „Café to Gay“. EinemSchwulentreffpunkt, das wurde mir gerade erst bewusst. Was wenn man mich dort mit ihm zusammen sah? Schon für diesen Gedanken hätte ich mich im selben Augenblick ohrfeigen können, aber ich konnte nichts dagegen tun. Es sollte mir egal sein, was andere dachten oder denken könnten. Thorsten schien unbefangen zu sein und Bettina auch, aber würden es auch andere so sehen, die weniger tolerant waren?

Noch circa zweihundert Meter bis zum Café und ich meinte schon Menschen durch die Scheibe erkennen zu können. Es wurde Zeit, endlich selbst meine Vorurteile und Bedenken über Bord zu werfen. Diese Gedanken hinderten mich daran, Spaß zu haben, und deswegen war ich eigentlich hierhergekommen. Tief Luft holend griff ich nach der Türklinke und straffte mich. Das kleine Café war voll. Etwa fünfzig meist junge Männer saßen an den Tischen, tranken etwas, lachten, spielten Karten, schauten gelangweilt auf ihr Smartphone oder beobachten, wer draußen am Café vorbeilief. Einige Pärchen schauten sich verliebt in die Augen oder tauschten verstohlen Küsse. Nichts anderes als in „normalen“ Cafés, wenngleich mich die küssenden Pärchen ein wenig aus dem Konzept brachten. Sich küssende Männer sah ich nicht allzu oft, genau genommen hatte ich erst seit Jeremias den Fokus dafür geschärft. Im Grunde war ein Kuss ein Kuss, aber wenn sich zwei bärtige Kerle gegenseitig die Zungen in den Hals steckten, hatte dieser Kuss eine ganz andere Dynamik. Ich riss meinen Blick von den Männern und bemerkte, dass sich ein paar Köpfe in meine Richtung drehten, als ich den Raum betrat. Ich wurde kurz von oben bis unten abschätzend gemustert und dann nahm auch schon kaum einer mehr Notiz von mir. Suchend sah ich mich um. Konnte aber Jamie nirgends entdecken. Erst nach einer Weile, in der ich mir total dumm und doch beobachtet vorkam, entdeckte ich ihn in der hintersten Ecke des Cafés. Er sah ein bisschen verloren aus, aber er lächelte mich abwartend an, denn er hatte mich wohl schon seit einer Weile beobachtet. Schnellen Schrittes ging ich auf ihn zu, schlängelte mich durch die Tische hindurch. Entschuldigend lächelte ich zurück. Je näher ich kam, desto schlechter sah Jeremias aus. Seine Lippen wirkten blau und die Haut sehr blass.

„Es tut mir leid, dass ich so spät bin, Jamie ... aber jetzt bin ich ja da!“, begrüßte ich ihn. Jeremias klopfte mit der Hand auf den Platz neben sich auf der mit beigem Leder bezogenen Bank. Umständlich öffnete ich meine Jacke, zog sie aus und hängte sie über einen der wenigen freien Stühle vor unserem Tisch. Etwas Zeit zum Akklimatisieren gewann ich damit, bevor ich mich neben Jamie auf die Bank fallen ließ.

„Ja, zum Glück bist du hier. Viel länger hätte ich es allein auch nicht ausgehalten“, antwortete er mit leiser, brüchiger Stimme und lehnte den Kopf mit geschlossenen Augen gegen die Wand. Feiner Schweiß war auf seiner Stirn zu erkennen.

„Was ist los …?“, fragte ich erschrocken und griff nach seiner Hand, die sich eiskalt anfühlte.
„’ne Panikattacke … fuck!“, fluchte er zischend. Seine Finger schlossen sich um meine. Ich deckte sie mit der anderen Hand ab und versuchte Wärme und Nähe zu spenden.

„Beruhig dich, was immer dich aufgeregt hat, ich bin jetzt da. Okay?“, versuchte ich die Lage zu entschärfen. Scheinbar erreichte ich aber mit meiner Anwesenheit genau das Gegenteil. Hatte er sich bis jetzt zusammengerissen, fiel er nun gerade zu in sich zusammen. Die Beine begannen zu zittern.

„Ich kann nicht, es wird immer schlimmer. Oh Gott, hilf mir …!“, flüsterte er erstickt. Seine Atmung ging schnell und flach. Ein typisches Zeichen für Hyperventilieren, er stand kurz vor einer Ohnmacht. Eine Tüte, um hineinzuatmen, wäre hilfreich, hinlegen und die Beine nach oben. Nichts davon konnte ich hier verwirklichen, ohne aufzufallen. Ich rückte nah an ihn heran, flüsterte leise und beruhigend in sein Ohr.

„Du musst dich beruhigen. Das fühlt sich nur sehr bedrohlich an, ist es aber nicht. Atme ruhig und langsam, dann wird es besser. Vertrau mir, Jamie.“ So und noch viel mehr in der Art redete ich auf ihn ein, während ich ihn in den Arm nahm und beruhigend über den Rücken strich. Zuerst schien es, als ob seine Panikattacke noch stärker wurde. Er weinte und schluchzte in mein Shirt. Dann, ich gab die Hoffnung auf Besserung beinahe auf, wurde er ruhiger. Das Zittern nahm ab und die Atmung normalisierte sich langsam wieder. Meine Hände fuhren weiterhin beruhigend auf Jamies Rücken hoch und runter, spürten das langsam abebbende Zittern und Beben in seinem Körper. Dann nahm ich die Wärme seines Atems wahr, der sich an meiner Schulter und Halsbeuge ausbreitete, die Nässe seiner Tränen, die mein Shirt durchdrangen. Sicher dachten die anderen Gäste des Cafés, wir wären ein Paar. Bei dem Gedanken brach Hitze in mir aus, noch mehr, als die Nähe seines Körpers in mir hervorrief. Jeremias schien sich gefangen zu haben und richtete sich langsam auf, nahm Abstand von mir. Mit dem Ärmel seines Shirts wischte er sich die Tränen aus den Augen und sah mich verlegen an.

„Du hältst mich sicher für ’ne verweichlichte Heulsuse“, flüsterte er leise. Ich schüttelte den Kopf und musterte ihn prüfend, hoffte, dass er keinen Rückfall bekam.

„Ich konnte nichts gegen die Attacke tun. Plötzlich breitete sich Angst in mir aus und die Wände kamen auf mich zu. So viel Öffentlichkeit und vor allem so viel Männer, die eventuell auf meinen Arsch scharf sein könnten, ertrage ich wohl noch nicht. Es tut mir leid“, erklärte er mir.

„Es muss dir nicht leidtun. Mir tut es leid, dass ich zu spät gekommen bin. Es ist meine Schuld“, beruhigte ich ihn, „Es ist total normal, dass so etwas passiert. Du bist traumatisiert, auch wenn du meinst, alles im Griff zu haben, stimmt das noch lange nicht. Deine Psyche tut, was sie meint tun zu müssen. Du solltest über psychologische Hilfe nachdenken, Jamie.“ Bei meinen letzten Worten schloss er die Augen und schüttelte leicht den Kopf. Der Besuch bei einem Seelendoktor schien keine Option für ihn zu sein.

„Es muss auch ohne gehen. Ich will niemandem davon erzählen, ich will nicht mal darüber nachdenken. Ich will meine Ruhe. Verstehst du, Tom? Ich will den Scheiß vergessen und mein Leben wieder haben.“ Er sah mich an, traurig, verzweifelt und mit ein bisschen Trotz in seinen Augen.

„Vielleicht geht das Vergessen erst, wenn man darüber geredet hat und es dann loslassen kann. Ich hör dir zu, wenn dir mal nach Reden ist, okay?“, bot ich ihm an, hoffte ihn nicht zu überrumpeln oder vielleicht etwas zu versauen, denn psychologische Erfahrung besaß ich keine. Ich verstand nicht mal meine eigene Freundin – Ex-Freundin, denn nach dem heutigen Tag hatte ich das Gefühl, dass sich unsere Wege endgültig trennen würden. Ich fragte mich, wie es hatte passieren können, dass ich binnen kurzer Zeit mehr an dem Wohl eines schwulen Mannes interessiert war als an dem Seelenleben meiner langjährigen Freundin, warum ich mich hier neben Jeremias Seidler in einem Gay-Café wohlfühlte und immer wieder den Blick seiner grüngrauen Augen suchte, die mich vertrauensvoll ansahen.

„Danke, Tom. Wahrscheinlich bist du momentan der einzige Mann, den ich so nah an mich heranlassen kann.“ Mit diesem Satz brachte mich Jeremias komplett aus dem Konzept. Aus seinem Mund klang es so anders, als wenn es eine Frau sagen würde. Ich war berührt und verlegen und wusste nichts darauf zu erwidern. Trotzdem rutschte mir ein „Warum?“ heraus, welches ich sofort bereute. Ich wollte plötzlich nicht hören, dass ich nicht sein Typ war und er nur einen guten Kumpel in mir sah. Seine Antwort dröhnte dann, obwohl sie leise, fast flüsternd gesprochen war, laut in meinen Ohren.

„Weil ich weiß, ob mir das nun gefällt oder nicht, dass du mich nicht flachlegen willst. Du bist ein Freund und du bist ein Beschützer, mein Beschützer. Auch wenn ich dich noch nicht lange kenne, vertraue ich dir."

Kapitel 24

„Ob mir das nun gefällt oder nicht." Was war das für eine Aussage von Jeremias? War er froh, dass ich kein sexuelles Interesse an ihm hatte, oder wünschte er sich, dass ich es hätte? War ich froh, dass er dachte, ich will nichts von ihm? Wollte ich etwas von ihm? Hatte ich sexuelles Interesse an Jamie? Das und noch vieles mehr ging mir durch den Kopf in diesem Moment und später, als ich allein in der kleinen Pension in meinem Bett lag. Jeremias und ich blieben noch eine viertel Stunde in dem kleinen Café. Solange brauchte er, bis er sich wieder ganz unter Kontrolle hatte. Ich erwiderte auf seine Antwort nichts, sondern lächelte nur und er fragte auch nicht weiter nach, ließ mir Zeit, meine Gedanken zu dem Thema selbst erst einmal zu ordnen. Wenig später verließen wir gemeinsam das Café, dick in unsere Kleidung eingehüllt. Weiße kleine Wölkchen bildeten sich vor Nase und Mund, so kalt war es.

„Wollen wir ein bisschen spazieren gehen? Einfach so? Fürs Kino ist es jetzt zu spät und dir tut die frische Luft bestimmt gut." Jeremias willigte ein und so schlenderten wir einfach nebeneinander her durch die Straßen. Schauten in die Schaufenster und fanden so eine Menge über den Geschmack und die Vorlieben des anderen heraus. Jeremias liebte sportlich legere, aber figurbetonte Kleidung, genau wie ich. Er aß gern mexikanische Küche und war sportlich. Wir spielten und sahen beide gern Hand- und Fußball und wenn es die Zeit zuließ, joggten wir auch gern. Der Spaziergang tat uns beiden gut. Ungezwungen und locker unterhielten wir uns und hatten eine Menge Spaß. Als uns der Hunger gepackt hatte, aßen wir einen Döner, um dann schließlich wieder bei meinem Auto zu landen.

„Ich fahr dich nach Hause, Jamie. Ich bin kaputt. Der Tag hat mich geschafft."
„Das ist nett, vielleicht kannst du mir ja erzählen, was zwischen dir und Paula vorgefallen ist?!", fragte Jeremias vorsichtig. Ich nickte. Zwar war ich froh, den Stress ein paar Stunden vergessen zu haben, aber ich war ihm eine Erklärung für mein Zuspätkommen schuldig. Wir stiegen ins Auto und ich ließ den Motor an, schaute in den Rückspiegel und fädelte mich in den Verkehr ein. Die Musik lief leise und unser Atem ließ die Frontscheibe beschlagen. Etwas Befangenheit machte sich breit, hier in diesem kleinen Raum, indem wir ganz unter uns waren.

„Paula war vorhin ganz plötzlich zu Hause, als ich mich fertigmachen wollte, um zu dir zu fahren. Wir haben gestritten und ein Wort gab das andere. Sie hat mit einem meiner Kollegen über mich gesprochen“, erklärte ich Jeremias.

„Mit welchem?“, fragte er nach. Seine Stimmlage verriet, dass er ahnte, dass es sich um Kevin handeln musste.
„Mit Kevin ... er hat ihr gesagt ... er hat gesagt ... ich ... ich würde jetzt auf Kerle stehen!“ Leicht ging mir das nicht über die Lippen. Jeremias holte tief Luft, bevor er antwortete, und mir wurde gerade bewusst, wie absurd es war, das gerade mit ihm zu besprechen.

„Wie kommt er auf die Idee? Oder sagt er das nur, weil er dir eins auswischen will?“ Er musterte mich aufmerksam von der Seite, was ich aus den Augenwinkeln sehen konnte. Zum Glück musste ich mich auf den Verkehr konzentrieren und brauchte so nicht zu ihm rüberschauen.

„Er will mir eins auswischen, klar. Er weiß nicht, dass wir beide Freunde sind, oder vielleicht weiß er es jetzt von Paula. Keine Ahnung, wie er sonst darauf kommt. Außerdem sind wir beide ja nur Freunde!“ Ich antwortete etwas zu schnell und zu laut und ärgerte mich über mich selbst. Jeremias antwortete erst einmal nicht und ich drehte am Sender des Radios herum.

„Sie glaubt ihm mehr als mir. Es scheint ihr logisch, weil ich für dich so viel tue“, erzählte ich weiter und merkte, dass ich mich immer tiefer in die Scheiße redete. Natürlich stimmte alles, was ich sagte, aber so wie ich es ausgedrückt hatte, stelle ich eindeutig klar, dass mir nicht mehr als Freundschaft an ihm lag. Und gerade als ich es ausgesprochen hatte, stellte ich fest, dass ich das nicht wollte, dass ich ihm das auch vermitteln musste. Er musste wissen, dass ich mich von ihr trennen würde, weil ich nicht genau wusste, was ich für ihn empfand.
„Das tun Freunde doch füreinander, Tom. Das sollte sie wissen und sie sollte auch wissen, dass du Freunde nicht hängen lässt. Das weiß ich sogar und du bist noch nicht lange ein Freund von mir.“ Seine Stimme klang verteidigend, eindringlich. „Ein Freund von mir“ ... ich war nicht nur ein Freund von ihm. Ich wusste nicht, was ich war und was ich sein wollte, aber einfach ein Freund war ich bestimmt nicht. Für einen Freund verlässt man nicht seine Freundin.

„Paula und ich werden uns trennen, Jamie, ich bin ausgezogen!“ Meine Stimme hallte bei diesen Worten in meinem Kopf wider. Sie klang bestimmt und endgültig und es fühlte sich auch so für mich an. Die Entscheidung war gefallen. Ganz egal, wie es mit mir und Jeremias weitergehen würde, mit Paula war es vorbei. Gerade hielten wir an einer Ampel und ich drehte den Kopf, um Jeremias anzusehen. Sein überraschter Gesichtsausdruck gehörte fotografiert, eingerahmt und an die Wand gehängt.

„Warum?“ Fragend sah er mich an.
„Weil mein Weg jetzt ein anderer ist, seit ich dich kenne, und ich nicht weiß, wohin der Weg mich führt!“

„Tom ... ich weiß nicht ... was ich sagen soll, geschweige denn, was ich gerade denken soll.“ Er wirkte verunsichert und genau das war ich auch. Verunsichert bis tief ins Mark. Alles, was die letzten Tage geschehen war, war nicht ich und ich schien wie ferngesteuert von etwas, dass ich nicht mehr in der Hand hatte und das wie ein Dämon von mir Besitz ergriff.

„Glaub mir, Jamie, das weiß ich im Moment und auch die ganze letzte Zeit nicht. Ich weiß nicht, was sich sage und was ich denke, geschweige denn, was ich fühle, und doch weiß ich, dass ich nichts tun kann, um es aufzuhalten. Ich muss mich fallenlassen und sehen, was passiert“ Ich redete viel zu viel und offenbarte vor ihm gerade meine verletzliche Seele, trotzdem irgendwie wissend, dass er mich nicht enttäuschen würde. Aber die Angst, alles falsch gedeutet zu haben und mit meiner Offenbarung einen Keil zwischen dieses zerbrechliche Gefüge zu treiben, nahm mir beinahe den Atem. Noch nie hatte ich mich einem anderen Menschen so offen und mit einer solchen Wortwahl dargelegt. Nicht mal Paula, die mich so lange kannte, hatte ich je so viel über mich und meine Gedanken und Gefühle verraten. Jeremias sah mich an und ich fuhr weiter. Noch etwa zehn Minuten, die wir schweigend zurücklegten. Zehn Minuten, die mein Magen Achterbahn fuhr. Was ging in Jamies Kopf vor, was dachte er jetzt über mich? Dann erreichten wir die Zielstraße und ich parkte in zweiter Reihe vor seiner Haustür, der wenig befahrenen Nebenstraße. Der Motor lief im Leerlauf, die Musik spielte leise und wir saßen da und starrten nach draußen, wo es gerade begann in dicken Flocken zu schneien. Ich holte tief Luft, wollte etwas sagen, aber da legte Jeremias seine Hand auf meine, die noch auf dem Schaltknüppel lag. Ich zuckte zusammen, hatte nicht damit gerechnet. Mein Kopf schnellte herum und ich sah direkt in seine Augen. Hitze breitete sich schlagartig in mir aus.

„Deine offenen Worte haben mich gerade heißkalt erwischt, Tom. Ich hab mindestens genauso viel Angst wie du. Ich will nicht schuld sein, dass du und Paula euch getrennt habt, und ich hab nicht mal im Traum daran geglaubt, dass du ... mich magst“ Er drückte meine Finger leicht, um dem Wort „mögen“ eine tiefere Bedeutung zu geben, ohne diese aussprechen zu müssen. Ja, ich mochte ihn, und wie sehr, musste ich eben herausfinden. Das ging aber nur, wenn er das auch wollte.

„Und du … magst du mich auch?“ Was für eine kindische Frage, die mir die Röte ins Gesicht trieb. Fehlte nur ein Zettel, auf dem er ankreuzen konnte: ja, nein, vielleicht! Aber Jamie beantwortete sie mit einem Nicken.

„Das hier ist Neuland für dich und für mich irgendwie auch. Wir befinden uns in Ausnahmesituationen. Meine hat mich zu dir geführt und dadurch bist du in deine geraten. Nenn es Schicksal, aber ich glaube an sowas.“ Er lächelte, beugte sich vor und küsste mich auf die Wange. Dann öffnete er schnell die Tür und stieg aus. Bevor er die Tür schloss, streckte er noch einmal den Kopf herein. „Wo schläfst du eigentlich, willst du mit hochkommen?“ Sein Angebot kam spontan und schien ganz ohne Hintergedanken. Ich schüttelte den Kopf.

„Ich nehm mir ein Zimmer, danke fürs Angebot. Alles auf null, Jamie, damit muss ich erst mal klarkommen!“ Ich hoffte, er würde es verstehen und nahm es nicht als Zurückweisung.

„Rufst du mich an, wenn du im Bett liegst? Ich kann dann besser einschlafen.“ Sein Blick war bittend und mein verräterisches Herz wummerte heftig in meiner Brust. Ich nickte und lächelte ihn an, hob die Hand zum Gruß. Jeremias schmiss die Tür zu und winkte, dann verschwand er im Hauseingang. Ich wartete so lange vor dem Haus, bis das Licht in seiner Wohnung anging und ich ihn vor dem Fenster erkennen konnte. Erst dann legte ich den Gang ein und fuhr langsam die Straße hinunter. Aufgewühlt, immer noch seine Lippen auf meiner Wange spürend.

Kapitel 25

Die kleine Pension, die ich fand, war altbacken, aber sauber. Am Wichtigsten aber war, dass sie günstig war und ich erst mal ein, zwei Wochen dort verbringen konnte, um mir etwas Akzeptables anderes zu suchen. Als ich mir die Zähne putzte und dabei in den Spiegel sah, stellte ich fest, dass obwohl ich mich gänzlich zerrissen und anders fühlte, mir dennoch dasselbe Gesicht im Spiegel entgegensah wie immer. Im Bett liegend stöpselte ich das Telefon an, denn der Akku war beinahe leer, dann öffnete ich WhatsApp. Zuerst klickte ich auf Jeremias’ Profilbild und starrte eine Weile das kleine Foto von ihm an. Feine, aber dennoch männliche Gesichtszüge, intensive Augen, eine leichte Stupsnase und ein schmaler, aber schön geschwungener Mund. Jamie war ein hübscher Mann, wenn man das als anderer Mann beurteilen konnte. Bis jetzt hatte ich mir noch nie Gedanken darüber gemacht, ob ein Mann hübsch war oder nicht. Typisch schwul war mein Verhalten also nicht. Klar konnte ich beurteilen, ob jemand gut aussah oder nicht, aber sexuelles Verlangen nach einem Mann hatte ich noch nie verspürt. Verrannte ich mich vielleicht in irgendwelche Hirngespinste? Setzte ich meine Beziehung leichtfertig aufs Spiel? Ich schloss die App und öffnete stattdessen Google. Mit zitternden Fingern startete ich eine Suchanfrage. „Gay-Porno“. Natürlich wurden mir etliche Ergebnisse angezeigt und ich öffnete nach kurzem Zögern die erstbeste. Irgendetwas war da, und zwar genau seitdem ich den Gay-Club von innen gesehen hatte, speziell nach der Sichtung der Videoaufnahmen. Irgendwas schlummerte in mir, was sich mit Macht an die Oberfläche drängte.

Ich starrte auf die sich bewegenden Bilder auf dem Display. Nackte Männer, die Sex miteinander hatten. Harten Sex, ohne viel Tamtam, wie er meist in Pornos zu finden war. Man hielt sich nicht – oder kaum – mit zärtlicher Annäherung auf, sondern kam schnell und mit präziser Stimulation zur Sache. Also im Grunde nichts, was ich nicht aus Hetero-Pornos kannte. Allerdings gab es etwas, das gravierend anders war. Klar, es gab keine Frauen! Aber eben das machte die komplett andere Dynamik aus. Eine für mich äußerst anziehende Dynamik. Zwei Männer, einander ebenbürtig, die mit kundigen Fingern und Lippen den Körper des anderen stimulierten, genau wissend, wie man einen Männerkörper anzufassen hatte. Einer, der sich dem anderen hingibt und seinen Körper penetrieren ließ oder den Schwanz des anderen blies, der, obwohl nicht körperlich unterlegen, die Kontrolle einem anderen überließ. Kräftige, große Hände, muskulöse Körper, harte, große Schwänze. Ich suchte mir einen Film aus, bei dem mir das Aussehen des Pärchens und Kulisse gefielen. Zwei Kerle, die von ähnlichem Körperbau und Aussehen waren, wie ich und … Jeremias. Wider Erwarten ging es nicht so gefühllos zur Sache, wie ich dachte oder die kleinen Ausschnitte hatten annehmen lassen. Später stellte ich fest, dass sich die Paarungen in fast allen Gay-Pornos gern und ausgiebig küssten, um sich in Stimmung zu bringen. Bei den meisten Hetero-Pornos wurde die Frau eher benutzt, statt als gleichwertiger Partner behandelt zu werden. Mich brachte es jedenfalls in Stimmung, wie sich die beiden Männer gierig küssten und sich die Zungen in den Hals steckten. Dabei glitten ihre Hände relativ zielgerichtet über den Körper des anderen. Meine Hand landete in meiner Hose, legte sich um meine schwellende Härte, ebenso zielgerichtet.

Die beiden Männer bewegten ihren Unterleib rhythmisch aneinander und kneteten sich die strammen Pobacken. Einer der beiden ließ seinen Finger in der Poritze des anderen hinuntergleiten. Meine Finger glitten an meiner Länge hoch und runter, landeten dann an meinen bereits hart werdenden Bällen und kneteten diese. Wohlige Wärme breitete sich in meinem Unterleib aus und ein erregendes Ziehen raubte mir den Atem. Ich legte das Handy neben mich auf die Matratze und starrte weiter gebannt auf die Bilder, die mich mehr und mehr erregten, ließ nun beiden Händen freien Lauf. Die Finger einer Hand bearbeiten die pochende Härte, die sich nach Reibung sehnte, und die andere rutschte tiefer zwischen meine sich spreizenden Schenkel, den Damm entlang noch tiefer.

Auf dem Display öffnete einer der beiden gerade seinen Mund weit, um sich die zwanzig Zentimeter hartes Fleisch des anderen in den Rachen gleiten zu lassen, und fasziniert schaute ich zu, wie sich seine vollen Lippen um die pralle Eichel schlossen. Dirigiert wurde er durch eine große, kräftige Männerhand an seiner mit Bartstoppeln übersäten Wange. Männer bliesen anders als Frauen, viel wissender, wie sie am besten stimulierten. Bei Frauen sah es in Pornos immer sehr inszeniert aus, aber hier wirkte es echt. Die Vorstellung, ein anderer Mann würde vor mir knien und ich würde ihm meine pochende Eichel zwischen die Lippen schieben, erregte mich ungemein. Ich spulte das Geschehen etwas vor und schaute weiter, als nun der eine den anderen für den Sex vorbereitete. Es wurde hingebungsvoll geleckt, was mich absolut anmachte. Eine Körperöffnung, der ich bis jetzt in meinem Sexleben keine Beachtung geschenkt hatte, deren Stimulation aber scheinbar für starke Erregung sorgte. Nie im Leben hätte Paula mich geleckt und sie gehörte auch nicht zu den Frauen, die etwas mit Analverkehr anfangen konnten. In diesem Gay-Porno hatten beide Männer Spaß an dem, was sie taten, und ich hatte Spaß daran, ihnen dabei zuzusehen. Lange würde ich nicht mehr brauchen, bis es mir kam. Zumal ich nicht nur von den Bildern stimuliert wurde, sondern mir mein eigenes Kopfkino noch viel mehr Erregung verschaffte. Auch wenn Jeremias eigentlich keine Rolle darin spielen sollte, weil Sex ganz sicher erst mal tabu für ihn sein würde, schlichen sich Bilder in meine Gehirnwindungen, in denen Jamie meinen erigierten Penis ausgiebig und hingebungsvoll mit dem Mund verwöhnte. Ich schloss die Augen, schenkte dem Geschehen auf dem Bildschirm keine Aufmerksamkeit mehr, sondern gab mich meiner eigenen Fantasie hin, während ich mit festem Griff meinen Schwanz wichste. Die Erregung und der Wunsch zu kommen errangen die Oberhand, blendeten alle schlechten und hinderlichen Gedanken aus. Was blieb, war das, was mein Körper verlangte, ausgelöst durch meine geheimsten, bis jetzt nicht erfüllten Wünsche. Jamie, der mit mir eng umschlungen das Bett teilte, Jamie, dessen Kopf ich dirigierte, während er meinen Schwanz lutschte, und als ich mir vorstellte, wie ich seine Arschbacken auseinanderzog, um ihn für meinen harten Schwanz vorzubereiten, kam es mir heiß und heftig. Ruckartig schnellte mein Becken nach vorn, stieß meinen Ständer fest in die Enge der Faust. Sperma verteilte sich zwischen meinen Fingern und auf meinem Bauch. Die fast unerträgliche Spannung wich Erleichterung. Mein Atem beruhigte sich nur langsam wieder, genau wie mein Herz, das noch immer wild in meiner Brust hämmerte. Ich öffnete die Augen, richtete den Blick wieder auf das Display meines Handys, wo es die beiden Männer jetzt miteinander trieben. Ich schloss die Seite, wollte jetzt nichts mehr sehen, fühlte, wie die kurze Zufriedenheit verschwand und dem Schamgefühl Platz machte. Obendrein brummte das Handy und Jeremias' Konterfei erschien auf dem Bildschirm. Das hatte mir gerade noch gefehlt. Ich fühlte mich ertappt und musste erst mal tief Luft holen, bevor ich abnahm.

„Tom Müller?“, meldete ich mich fragend, um Zeit zu gewinnen. Totaler Schwachsinn, denn ich sah ja, wer mich anrief. Ich hörte, wie am anderen Ende geatmet wurde. Es raschelte Stoff und dann vernahm ich Jamies Stimme.

„Hey, Tom ... störe ich?“, fragte er rau und ein wenig Unsicherheit schwang in seiner Stimme mit.
„Nein ... hab mich gerade ins Bett gelegt und hätte dich eh gleich angeschrieben“, log ich, aber nicht, ohne rot zu werden, aber zum Glück konnte er das ja nicht sehen. Seine Stimme zu hören brachte mich wieder völlig aus dem Konzept. Am anderen Ende wurde ausgeatmet, so als wäre er erleichtert.

„Ich will dich nicht unter Druck setzen, aber irgendwie wollte ich noch mal deine Stimme hören. Weiß nicht, warum ...!“, stammelte er jetzt. Ich musste schmunzeln und seine Worte wärmten mich und brachten meinen Puls wieder zum Rasen. Wie Jeremias es fände, wenn er wüsste, dass ich es mir gerade selbst besorgt hatte, mit dem Gedanken an ihn? Ich schluckte den Kloß im Hals herunter, um antworten zu können.

„...vielleicht, weil ich an dich gedacht habe. Ist Gedankenübertragung ...“, versuchte ich einen kleinen Scherz, um die Stimmung zu lockern. Diesmal war es nicht gelogen. Ich hatte an ihn gedacht, sogar ziemlich intensiv. Seine nächste Frage allerdings trieb mir die Röte ins Gesicht.

„Was hast du denn gedacht?“ Arglos klang es, aber für mich waren meine Gedanken hoch brisant, wollte ich mich selbst nicht damit auseinandersetzen, was gerade passiert war. An meinen Fingern und am Bauch klebten noch die Spuren meines Tuns.

„... dass der Abend mit dir schön war und ich das gern wiederholen würde.“ Wieder eine Lüge, eine Notlüge, oder eher Ausrede. Denn ich log nur über meine wahren Gedanken, nicht aber darüber, dass ich ihn wirklich furchtbar gern wiedersehen würde.

„Wann und wo?“, kam es schnell und atemlos am anderen Ende der Leitung. Tausend Schmetterlinge stoben in meinem Bauch umher. Das Ganze nahm Fahrt auf und ich konnte und wollte eigentlich nichts dagegen tun. Es gefiel mir, auch wenn ich die Angst vor der Reaktion meines Umfelds nicht ausblenden konnte. Auch nicht die Angst vor mir selbst und vor dem, was in mir schlummerte. Ob es schon immer in mir drin verborgen oder erst durch diesen Mann in mir gewachsen war, wusste ich nicht und eigentlich sollte es auch egal sein, denn nun war es so. Ich wollte ihn treffen, kennenlernen und ihm nahe sein. Sehr viel näher als bis jetzt, obwohl das wahrscheinlich nicht möglich war. Jeremias' Trauma nach der Vergewaltigung saß, wie es aussah, recht tief und er hatte selbst gesagt, dass er noch nicht bereit für Sex wäre. Ich musste wohl weiterhin mit Pornoseiten und meiner eigenen Fantasie vorliebnehmen. Trotzdem antwortete ich zügig, ohne viel darüber nachzudenken.

„Morgen, wenn du Lust hast. Nur wann hängt von meinem Dienstplan ab und wann man mich dann wirklich gehen lässt. Hast du Geduld, Jamie?“ Ich hoffte, er fand sich mit den Gepflogenheiten ab.

„Diesmal bleib ich zu Hause und du holst mich ab, wenn du soweit bist. Noch so eine Attacke in der Öffentlichkeit, da kann ich gern drauf verzichten. Wollen wir essen gehen?“ Jeremias hörte sich aufgeregt an und ich hoffte, er freute sich ebenso auf ein erneutes Treffen wie ich.

„Was hältst du davon, wenn wir bei dir zusammen kochen und einen Film schauen?“ Ich wagte mich weit vor, aber Jeremias ging darauf ein. Er wollte etwas einkaufen und einen Film besorgen. Ich solle mich überraschen lassen.

„Ich muss jetzt schlafen ...“Ich gähnte und merkte, wie kaputt und müde ich eigentlich war.
„Ich auch, Tom. Danke, für alles. Gute Nacht, bis morgen. Ich freu mich drauf.“ Jeremias' Stimme klang belegt und rieselte mir den Rücken hinunter.

„Nacht ... schlaf gut, Jeremias!“, antwortete ich mit ebenso leiser Stimme und legte dann auf. Eine Weile starrte ich noch auf das Display. Dann begab ich mich ins Bad und reinigte Hände und Bauch, bevor ich mich ins Bett kuschelte und fast sofort einschlief. Mein letzter Gedanke galt Jeremias. Mein erster Gedanken am

Morgen ebenfalls. Erst als ich im Revier Kevin über den Weg lief, dachte ich wieder an Paula und die Misere, in der ich steckte.

Wie jedes Mal seit Neuestem, wenn ich Kevin über den Weg lief, bekam ich Magenschmerzen. Ärger stieg in mir hoch über die Anschuldigungen, die er Paula über mich erzählt hatte. Trotzdem riss ich mich zusammen und schluckte die Wut hinunter. Warum auch immer ich die Zähne bei Kevin nicht auseinanderbekam, wusste ich nicht, aber noch immer scheute ich den offenen Konflikt, hoffte, dass er mich dann vielleicht in Ruhe ließ. Aber die Quittung für mein Verhalten bekam ich dann ziemlich schnell. Obwohl ich ohne Blickkontakt an ihm vorbei in meinem Büro verschwinden wollte, war er wohl der Meinung, mit mir kommunizieren zu müssen. Auf seine ganz spezielle Kevin-Arschloch-Art.

„Puh, Müller, hier wird's echt schwül warm, wenn du vorbeigehst!“, ätzte er, blöde grinsend. Nichts, worauf ich reagieren sollte, weil er es genau deshalb gesagt hatte. Mein Herz pumpte hektisch und mein Magen zog sich schmerzhaft zusammen. Andererseits hieß nichts sagen sich unterbuttern zu lassen.

„Halt die Klappe, Kevin. Was soll der Scheiß und vor allem hör auf Paula Scheiße zu erzählen. Misch dich nicht in mein Leben ein. Kümmere dich um dein eigenes“, konterte ich. Kurz sah ich ihn dabei an, drehte ihm aber dann den Rücken zu und wollte in meinem Büro verschwinden. Allerdings hielt Kevin mich mit einem festen Griff an der Schulter davon ab.

„Ich kümmere mich um mein eigenes Leben, Müller. Genau aus dem Grund rate ich dir jetzt mal was. Du nimmst bei der Befragung alle Anschuldigungen zurück oder ich werde allen hier im Revier sagen, was für ’ne schwule Sau du bist. Deine Freundin hat mir erzählt, dass die kleine Tunte bei euch eingezogen ist und du anscheinend springst, sobald der nur ‚piep‘ sagt. Fickt er sich gut, der Kleine?! Na ja, ordentlich zugeritten ist er ja!“ Bei seinen Worten war er ganz nah an mich herangekommen und sein Atem traf mich im Gesicht. Übelkeit stieg in mir hoch. Wie konnte er so etwas über Jeremias sagen? Einen Moment starrte ich ihn nur wortlos an, wusste nicht, was ich erwidern sollte. Er drohte mir, erpresste mich. Von was für einer Befragung sprach er denn da?

„Was soll das? Lass mich in Ruhe, Kevin. Und von was für einer Befragung sprichst du?“ Mir war klar, dass er mich nicht in Ruhe lassen würde, aber ich wusste nicht, was ich sonst sagen sollte.

„In zwei Wochen gibt es eine Befragung zu der Nacht. Bettina und du, ihr sollt gegen mich aussagen. Und ich lasse nicht zu, dass wegen dem Arschficker meine Karriere leidet, ist das klar?“ Schon wieder Drohungen und er spie die Worte regelrecht hasserfüllt aus.

Mir kam es vor, als drehe sich der Boden unter meinen Füßen. Schwindel packte mich und raubte mir die Kraft.

„Ist dir schon mal der Gedanke gekommen, dass du selbst daran schuld bist, und niemand anderes? Und jetzt lass mich in Ruhe!“ Ich riss mich los mit der letzten Kraft, die mir noch blieb, öffnete die Tür etwas weiter und verschwand im Büro. Als ich die Tür hinter mir zuschlagen wollte, hinderte Kevins Fuß diese daran, ins Schloss zu fallen.

„Ich warne dich, Müller. Schwuchteln sind nicht sehr beliebt hier. Wenn ich Konsequenzen zu tragen habe, dann gehst du mit mir unter. Also überleg dir das gut!“ Noch einmal traf mich sein Blick, dann drehte er sich um und ließ mich stehen. Ich schloss die Tür, wankte an meinen Platz und warf mich auf den Bürostuhl. Das Ganze wuchs mir langsam über den Kopf. Was sollte ich machen? Bettina würde mich lynchen, wenn ich die Aussage zugunsten Kevins ändern würde. Bettina vorzuschieben war sowieso Schwachsinn. Ich würde gegen meine eigene Überzeugung handeln. Wenn man für Recht und Ordnung sorgte, konnte man nicht den Schwanz einziehen, sobald es für einen selbst ungemütlich wurde. Andererseits konnte sich für mich alles ändern, wenn Kevin mich anschwärzte. Das Handy brummte und riss mich aus meinen wirren Gedanken. Paula hatte geschrieben.
„Wir sollten reden. Neutraler Boden. Im Charly's? Schlag du eine Uhrzeit vor“, stand da. Ja, wir mussten reden und ja, neutraler Boden war eine gute Idee. Allerdings warf sie mir meine Pläne für den Abend erneut durcheinander. Es klopfte an der Tür und zeitgleich streckte auch schon Thorsten den Kopf herein.

„Mannomann, Tom, du siehst schon wieder beschissen aus. Was ist los?“ Er schlüpfte schnell durch den Türspalt und schloss sie dann hinter sich. Abwartend sah er mich an, während er auf der Schreibtischkante Platz nahm. Sollte ich ihm sagen, was alles passiert war? Konnte ich ihm vertrauen? Andererseits platzte mir gerade der Schädel und mit irgendwem musste ich meine Probleme besprechen. Jemandem, der neutral zu allem stand. Und das war nun mal Thorsten. Außerdem hatte er nach unserem letzten Gespräch auch nicht das Weite gesucht.

„Ich stecke in der Scheiße und weiß nicht mehr ein noch aus, Thorsten. Ich hab grad so was von die Schnauze voll, das glaubst du nicht“, begann ich und dann flossen die Worte nur so aus mir heraus. Ich erzählte von Paula und unserem erneuten Streit, von meinem Auszug und auch von dem Treffen mit Jamie. Meine nächtliche Selbstliebe behielt ich natürlich für mich, aber das ungemütliche Zusammentreffen mit Kevin und seine Einmischung in die Beziehung zu Paula schilderte ich mit allen Emotionen, die ich dabei empfand. Thorsten hörte aufmerksam zu, unterbrach meinen Redefluss nicht, bis er versiegte. Erst dann wagte er ein paar Fragen, nachdem er tief Luft geholt hatte.

„In deiner Haut möchte ich zurzeit echt nicht stecken. Zu viele Baustellen, an denen du arbeiten musst. Das mit Kevin ist 'ne verdammte Scheiße. Und das mit Paula, tja, ist echt bedauerlich. Hätte nicht gedacht, dass das so mit euch endet. Eigentlich dachte ich, dass in absehbarer Zeit die Hochzeitsglocken läuten und Kinder geplant sind. Scheinbar passiert aber das genaue Gegenteil. Ich will ehrlich mit dir sein. Es irritiert mich schon, dass du dich zu anderen Ufern aufmachst, aber das wird an meiner Freundschaft zu dir trotzdem nichts ändern. Aber genau da liegt des Pudels Kern. Was willst du, Tom? Wenn es Jeremias ist, den du willst, dann wirst du das irgendwann öffentlich machen müssen; es sei denn, du willst ein dauerhaftes Versteckspiel haben." Er musterte mich intensiv und wartete, was ich darauf erwidern würde. Seine Worte waren erstaunlich ehrlich und gut gewählt. Mir wurde heiß und kalt dabei, vor allem bei dem Teil, als er zugab irritiert zu sein, aber er hatte es auf den Punkt gebracht. Ich musste herausfinden, was ich wollte. Und sollte das Jeremias oder ein anderer Mann sein, konnte ich das dauerhaft nicht geheim halten.

„Okay, Thorsten … Danke für deine Ehrlichkeit. Glaub mir, für mich ist das auch alles neu und ungewohnt, aber du brauchst keine Angst haben, dass ich dir irgendwie an die Wäsche will oder so." Ich grinste schief und lächelte ihn an und Thorsten grinste zurück und nickte.

„Also, was soll ich jetzt machen? Paula will sich mit mir treffen und ich habe Jeremias zugesagt", fragte ich Thorsten, hoffend, dass er sich anbieten würde, meine Schicht zu übernehmen, damit ich beide Verabredungen wahrnehmen konnte. Ich wurde nicht enttäuscht.

„Okay, Alter, ich übernehme deine Schicht, damit du dein Leben ordnen kannst, aber ich hab was gut bei dir, dass das mal klar ist." Er lachte und hielt mir seine Hand zum Abschlagen hin. Erleichterung packte mich. Nicht, weil Thorsten meine Schicht übernahm, sondern weil ich einen guten Freund an meiner Seite wusste.

„Danke, darf ich dich kurz in den Arm nehmen?", fragte ich nach. Mir war danach und ich hätte es früher genauso getan, jetzt wollte ich lieber auf Nummer sicher gehen und ihn besser fragen.

„Komm her, du … fang bloß nicht an, dich anders zu benehmen!" Er zog mich aus dem Stuhl und wir nahmen uns kurz in den Arm.

Es tat gut und beruhigte meine Nerven. Und auch Thorsten schien wirklich kein Problem mit dieser freundschaftlichen Umarmung zu haben.

„Wird schon alles werden, glaub mir. Du wirst deinen Weg schon machen und ich bin dein bester Freund. Du kannst dich auf mich verlassen.“ Seine Worte waren leise und sie wärmten mich und halfen mir unglaublich. Just in diesem Augenblick wurde die Tür aufgerissen und wir vernahmen Kevins Aufschrei. Thorsten und ich fuhren erschrocken auseinander.

„Verdammt, Thorsten, jetzt schwuchtelst du auch noch rum. Ist das ansteckend?“ Seine Stimme klang bissig und belustigt zugleich. Auf Thorstens Stirn bildete sich eine steile Falte und er schnellte herum. Ehe sich Kevin versah, hatte er ihn am Kragen seiner Uniform gepackt und schob ihn rückwärts an die Wand. Damit hatte Kevin nicht gerechnet.

„Ich warne dich, Sakowski. Wenn du nicht aufhörst, Scheiße über mich oder Tom zu erzählen, dann lernst du mich kennen, so wie du mich noch nicht kennengelernt hast, ist das klar?“ Thorsten verlieh seinen Worten Nachdruck, indem er Kevin bei jeder Silbe gegen die Türzarge drückte.

„Ich schwöre, so will ich dich nicht kennenlernen, Thorsten. Wie es scheint, liegst du bei euch beiden oben“, kicherte Kevin, der wusste, wie man den Bogen eindeutig überspannte. Respekt voreinander zu haben schien ihm ein Fremdwort. Warum war mir sein mieses Verhalten erst jetzt aufgefallen, oder hatte er sich bis jetzt nur besser im Griff? Ich hörte, wie Thorsten vor Wut schnaufte und sah, wie er die eine Hand zur Faust ballte und ausholte. Reflexhaft schnellte mein Arm nach vorn und ich ergriff sein Handgelenk. Wenn er Kevin jetzt schlug, hatte er auch noch ein Disziplinarverfahren am Arsch. Es gestaltete sich gar nicht so einfach, meinen besten Freund davon abzuhalten, Kevin die eigentlich verdiente Abreibung zu verpassen. Zumal dieser immer noch dreckig grinste.

„Verschwinde aus meinem Büro, Kevin, es sei denn, du hast etwas zu sagen, dass weder mit mir, Thorsten oder Jeremias zu tun hat.“ Meine Nerven waren zum Zerreißen gespannt. Thorsten beruhigte sich nur langsam und versuchte immer noch sich loszumachen. Endlich schickte sich Kevin an, der Aufforderung nachzukommen. Er drehte sich um, nicht ohne uns noch mal anzüglich zuzuzwinkern, und schloss dann die Tür hinter sich. Ich ließ Thorstens Handgelenk los und atmete geräuschvoll aus. Thorsten tobte immer noch, starrte mich finster an.

„Dieses beschissene Arschloch, ich … ich würd ihn am liebsten windelweich schlagen!“, zischte er. Ich pflichtete ihm bei und erklärte aber, wie nah er sich selbst an einem Disziplinarverfahren befand, wenn er seinem Drang nachgab. Auch in mir rumorte es und in meinem Kopf befanden sich Bilder, in denen Kevin eine blutende Nase und ein blaues Auge besaß. Verdient hätte er es, eigentlich schrie er regelrecht danach. Aber genau das war es, was er provozieren wollte. Denn so konnte er bei seinem eigenen Verfahren behaupten, ich würde ihn nur anschwärzen. Genau das sagte ich auch Thorsten und er nickte, immer noch wutschnaubend. Langsam kam er wieder runter.

„Okay, Tom … dann mach mal alle Verabredungen klar, damit du dein Leben in den Griff bekommst. Und sag Bescheid, wann du verschwindest. Ich mache deine Schicht!“ Er hob die Hand zum Gruß und verschwand. Ein Morgen voller Ereignisse, wie eigentlich im Moment ständig. Ich begab mich ans Fenster und sah dem Treiben auf dem Innenhof zu, auf den ich einen Ausblick hatte. Die Streifenwagen wurden freigekratzt, denn es hatte wieder einmal gefroren. Im Moment war ich mit dem Kopf nicht bei meinem Job. Eigentlich sausten nur meine privaten Probleme darin herum. Das Handy zückend überlegte ich, wann ein Treffen mit Paula am günstigsten war. Meine Schicht endete um 18 Uhr, Thorstens um 15 Uhr, am besten verabredete ich mich gleich um 16 Uhr mit ihr, damit ich genug Zeit hatte, mich danach frisch zu machen, um zu Jeremias zu fahren. Paula hatte als Treffpunkt das Charly's vorgeschlagen, welches sie nach der Arbeit schnell erreichen konnte, da es nur zwei Häuserblocks um die Ecke lag. Ich schrieb ihr die Uhrzeit und sie bestätigte. Erleichtert textete ich Thorsten noch, dass er die letzten drei Stunden meiner Schicht mit übernehmen musste und er wünschte mir viel Glück. Um mich abzulenken, bearbeitete ich den Rest der Zeit die angefallenen Akten. Eine Arbeit, bei der ich mich konzentrieren musste und so nicht mehr an meine Misere denken konnte. Seitdem ich den Fall Jeremias Seidler übernommen hatte, fiel immer mehr Papierkram an und irgendwie landeten auch andere Akten auf meinem Tisch, da man wohl meinte, ich würde das ganz gut machen. Ein Papiertiger hatte ich nie werden wollen, aber jetzt mutierte ich dazu. Scheinbar stand nicht nur mein Privatleben im Umbruch, sondern auch meine Arbeit.

Kapitel 27

Mit nur einer viertel Stunde Verspätung erreichte ich das Charly's. Herbert Matusek wollte mir Schwierigkeiten machen.

„Sie können nicht kommen und gehen, wann Sie wollen, Müller. Was glauben Sie, warum ich hier die Dienstpläne erstelle?" Wichtigtuerisch zog er die Augenbrauen nach oben. Sein Tonfall brachte mich auf hundertachtzig. Die letzten drei Jahre hatte er aber auch jede Gelegenheit genutzt, mir Extraschichten zuzuschieben. Wann immer irgendwer ausfiel, wurde ich gefragt und ich beschwerte mich nie darüber. Genau das sagte ich ihm dann auch.

„Das spielt hier keine Rolle, jetzt ist jetzt." Matusek tat so, als würde er wichtige Dinge in den Akten vor sich auf dem Pult suchen. Er ignorierte mich.

„Ich denke, Sie sollten mal auf mein Überstundenkonto schauen. Keine Ahnung, was Sie plötzlich für ein Problem haben, aber ich habe jemanden, der den Rest meiner Schicht übernimmt, also gibt es keinen Ausfall, Herr Matusek", versuchte ich es noch einmal relativ freundlich. Da entdeckte ich Kevin, der hinter dem einen dicken Pfeiler in der Halle hervorschaute, das übliche verschlagene Grinsen im Gesicht. Keine Ahnung, wie er von Thorsten und meinem Schichttausch Wind bekommen hatte, aber ganz sicher steckte er mit Herbert unter einer Decke.

„Was bei Ihnen als Überstunden abgebaut wird, das bindet sich Gundlach ans Bein. Also gehüpft wie gesprungen", konterte der fünfundvierzigjährige, leicht untersetzte, grauhaarige Mann, der meiner Meinung erst mal so alt werden musste, wie er aussah. Da er nur noch den Schreibtischsessel warm hielt und keine Einsätze mehr fuhr, wurde er irgendwie immer dicker.

„Und weil es gehüpft wie gesprungen ist, werde ich jetzt gehen und Thorsten übernimmt meine Schicht!", sagte ich bestimmt, denn just in dem Moment sah ich, wie mein bester Freund und Kollege um die Ecke bog. Matusek holte empört Luft und wollte gerade loslegen, als Thorsten auch schon neben mir stand.

„Gibt es Probleme?", fragte er gut gelaunt. Kevin, der jetzt ungeniert zu uns rübersah, war das schadenfrohe Grinsen vergangen.

„Ich bin dann mal weg, und danke, Thorsten, dass du extra für mich deinen Arzttermin verschoben hast." Ich blinzelte ihm verschwörerisch zu, damit er meine Lüge nicht dementierte. Zum Glück kapierte er mein Manöver und ich verschwand so schnell ich konnte und überließ es Thorsten, sich weiter mit dem nervigen Matusek auseinanderzusetzen. Im Eiltempo sprintete ich zur U-Bahn und erwischte die Linie 59, kurz bevor sie weiterfuhr. Noch zweimal umsteigen und ich war beinahe am Ziel. Zwei

Häuserblocks zu Fuß tauchte das „Charly's“ vor mir auf. War das nicht Paula, die da gerade über die Straße gehen wollte? Ich rief ihren Namen und tatsächlich drehte sie sich um.

„Wo wolltest du hin?“, fragte ich sie völlig außer Atem, als ich sie erreicht hatte. Ihr Gesichtsausdruck ließ nichts Gutes erahnen.

„Ich hab es satt zu warten. Wir waren vor einer viertel Stunde verabredet, Tom.“ Ihr Tonfall klang maßregelnd und unterkühlt. So wie sie sich verhielt, kannte ich sie nicht und irgendwie vernichtete sie damit jegliches positive Gefühl für sie. Sicher war es schwierig, eine Beziehung zu beenden. Noch viel schwieriger, es so zu schaffen, dass man sich danach noch in die Augen schauen konnte. So jedenfalls lief alles schief, was schieflaufen konnte.

„Ich wurde aufgehalten. Aber das wird dir sicher Kevin nachher erzählen. Mit dem sprichst du ja viel lieber über mich, als mich selbst zu fragen“, rutschte es mir heraus. Paulas ertapptes Mienenspiel zeigte mir, wie recht ich hatte, und bestärkte mich in meiner gerade gefällten Entscheidung, hier und jetzt einen Schlussstrich zu ziehen.

„Du brauchst nichts mehr sagen, Paula. Ich weiß nicht, wie das mit uns plötzlich so verquer laufen konnte, aber ich denke, es ist besser, wenn wir das jetzt beenden …!“ Meine Stimme wollte nicht ganz so fest klingen, wie sie sollte, aber Paula merkte, dass es mir ernst war. Jetzt, wo ich die Worte ausgesprochen hatte, die unausgesprochen in der Luft gehangen hatten, verzog sie weinerlich das Gesicht und es glitzerten tatsächlich Tränen in ihren Augen, die sich einen Weg über ihre Wangen suchten und in den Stoff ihres Schals versickerten. Verstohlen wischte sie sich mit der behandschuhten Hand über die Augen und schniefte.

„Du willst Schluss machen?“, fragte sie erstickt, verschränkte die Arme vor der Brust. Jetzt sah sie ungläubig aus, so als hätte sie es nie in Betracht gezogen, dass wir uns wirklich trennen würden. Hätte man es mir vor zwei Wochen gesagt, wäre auch ich nie im Leben auf die Idee gekommen, Paula und mich könnte etwas oder jemand trennen. Aber in diesem Moment fühlte ich mich ausgebrannt und leer, nicht mal traurig. Ich wollte nur Klarheit und ein Zurück gab es nicht mehr, darüber war ich mir absolut sicher. Ihre Frage konnte ich nicht verstehen. Sie tat in den letzten Tagen alles, um uns zu entzweien.

„Ich hatte den Eindruck, dass es das ist, was du willst. Wenn man jemanden halten will, dann läuft man nicht dauernd weg oder zieht Fremde mit rein, Paula. Ich wollte nicht, dass es so endet, aber es gibt kein Zurück mehr.“ Jetzt klang meine Stimme selbst in meinen

Ohren hart, aber ich musste hart bleiben. Paula wurde blass und sah jetzt verletzt aus. Ich wollte ihr nicht wehtun, aber auch keine falschen Hoffnungen wecken. So explosiv unser Gespräch von ihrer Seite aus begonnen hatte, umso ruhiger und beinahe teilnahmslos reagierte sie jetzt. Wie erstarrt lauschte sie meinen Worten und sah mich nur mit großen, feucht schimmernden Augen an. Ihre Lippen bebten und kurz keimten wieder Gefühle in mir auf, die schön und kostbar waren. Ich sah sie, wie ich sie in der U-Bahn kennengelernt hatte, ihr unbeschwertes Lachen, sah den ersten Kuss und den ersten Sex, die gemeinsame schöne Zeit, wie im Zeitraffer vor meinem inneren Auge ablaufen.

„Können wir nicht Freunde bleiben ...?“, flüsterte ich aus eben diesem Gefühl der Verbundenheit, das wir mal geteilt hatten. Es konnte doch nicht alles verschwunden sein und so wie Paula aussah, spürte sie es doch auch noch.

„Gehst du zu ihm?“, fragte sie, statt mir eine Antwort zu geben. Eine Frage, mit der ich nicht gerechnet hatte und die mich bis ins Mark traf. Jeremias war gerade in diesem Augenblick ganz weit weg gewesen. Der Moment hatte nur Paula und mir allein gehört. Meine Gedanken galten nur dem Schönen unserer Beziehung und der Hoffnung, etwas davon zu erhalten, behalten zu können. Ich nickte einfach. Zu mehr war ich nicht imstande. Paula schluchzte auf, kniff die Augen zusammen und drehte den Kopf weg.

„Warum?“, schluchzte sie erstickt. Da standen wir in der eisigen Kälte vor dem Café und ich sollte eine Frage beantworten, auf die ich selber keine Antwort besaß. Warum fühlte ich mich so stark zu einem Mann hingezogen, auf einmal?

„Ich weiß es nicht, Paula ... ich weiß es nicht, aber ich kann auch nichts dagegen tun“, flüsterte ich ebenso leise zurück.

„Du kannst oder du willst nichts dagegen tun?“ Ihre Stimme war anklagend.
„Gegen Gefühle kann man nicht angehen, ich hab sie nicht bestellt oder mir gewünscht. Sie waren auf einmal da und ich weiß nicht mal, wohin mich der Weg führt. Es tut mir so leid, Paula ... aber du willst heiraten, Kinder, eine Familie gründen und das kann ich dir nicht geben“ Meine Stimme gehorchte mir kaum noch, weil mir gerade klar wurde, was ich aufgab, weil mich die Angst packte, das Falsche zu tun. Ich vergrub die Hände tief in den Hosentaschen.

„Dann war's das jetzt?“ Paula liefen die Tränen unaufhaltsam über die Wangen. Ich zuckte mit den Schultern und dann nickte ich wieder.

„Ja, mit unserer Beziehung war es das. Aber vielleicht können wir Freunde bleiben oder werden...?“ Ich hoffte, sie würde einwilligen. Sie gar nicht mehr zu sehen, fühlte sich plötzlich einfach nicht richtig an. Sie war die Frau, mit der man Pferde stehlen konnte.

„Gib mir Zeit, Tom, vielleicht kann ich dann eine Freundin für dich sein.“ Das klang sehr viel versöhnlicher, nicht so nach Abschied, mehr wie die Paula, die ich kannte, die ich liebte oder geliebt hatte. Ich nickte wieder, versuchte ein kleines Lächeln.

„Ich muss gehen, Tom. Ich packe deine Sachen zusammen und du kannst sie dir holen, wann du willst. Ist das okay für dich?“, fragte sie erstickt.

„Okay!“ Mein Hals schmerzte, fühlte sich wie zugeschnürt an. Paula drehte sich um, hob vorher die Hand zum Gruß, um dann mit schnellen Schritten aus dieser furchtbaren Situation zu fliehen. Ich starrte ihr hinterher. Wie sie verschwand und mit ihr mein altes Leben. Die Kälte kroch an meinen Beinen empor und ließ mich erzittern. Es gab jetzt kein Zurück, nur noch ein Vorwärts, oder zumindest eine neue Richtung. Ich musste jetzt nur mein altes Leben loslassen.

Drei Jahre, die ich hinter mir lassen musste, und auch wenn ich einerseits froh war, für klare Verhältnisse gesorgt zu haben, überkam mich jetzt Traurigkeit über den Verlust meiner vertrauten Freundin und Partnerin. Wir waren ja nicht nur Liebende, sondern auch Freunde gewesen. Auf dem Weg zurück in die Pension grübelte ich über das gerade Geschehene. Was Paula jetzt wohl machte, dachte? Fühlte sie sich auch so zerrissen, wie ich mich gerade fühlte? Einerseits befreit, weil ich endlich für klare Fronten gesorgt hatte, und gleichzeitig traurig über das Ende eines Lebensabschnittes. Ängstlich und aufgeregt, weil ich nicht wusste, was die Zukunft für mich bereithielt. Gefühle, wie man sie nicht erleben will. Adrenalin, welches durch meine Adern strömte und meinen Körper unter Hochspannung stellte. Obwohl ich in einer vollbesetzten U-Bahn saß, fühlte ich mich allein. Die Stimmen um mich herum nahm ich nicht wahr. Ich befand mich in meinem eigenen Tunnel von Gedanken und Emotionen. Trotzdem stieg ich an der richtigen Haltestelle aus und lief dann wie in Trance zu meiner Pension.

Ab jetzt war mein Status „Single“ und das fühlte sich nach drei Jahren ziemlich komisch an. Erst recht, wenn ich daran dachte, dass ich nicht vorhatte, eine neue Freundin zu finden, sondern einen Freund. In meinem Zimmer angekommen merkte ich erst, wie durchgefroren ich doch war. Eine heiße Dusche würde mir sicher guttun. Das Gespräch mit Paula hatte nicht so lange gedauert wie erwartet. So bleib mir genügend Zeit, mich in Ruhe fertigzumachen. Viel Kleidung zum Wechseln hatte ich beim letzten Mal nicht eingepackt, aber eine neue Jeans und mein Lieblingspulli waren zum Glück mit dabei. Unter der Dusche genoss ich erst mal das heiße Wasser. Bestimmt zehn Minuten ließ ich es mir einfach über den Kopf rieseln. Dann begann ich mich einzuseifen und meinen Körper zu streicheln. Anscheinend reagierte dieser zur Zeit sehr auf meine eigenen Finger und so tat ich, was mein Körper verlangte. Stress konnte man auch mit Sex abbauen und in diesem Fall liebte ich mich eben selbst. In meinen Gedanken allerdings war ich nicht allein und sie führten mich auf eine Achterbahn der Gefühle. Zuerst war es tatsächlich Paula, die mich küsste und die ich streichelte, dann aber wurde ihr schlanker, eher androgyner Körper plötzlich männlich. Ich liebkoste straffe Muskeln und wichste einen harten Schwanz. Paulas Gesicht transformierte zu Jeremias. In meinen Gedanken war es diesmal ich, der sich hinkniete und sich die pralle Eichel seines Schwanzes zwischen die Lippen gleiten ließ. Das Ganze machte mich unglaublich heiß. Erst recht, als ich mir vorstellte, wie er mir tief in den Rachen stieß und sich schließlich heißes Sperma in meinem Gesicht verteilte. Wenig später verschoss ich meine eigene Ladung an die Kacheln in der Dusche.

Wahrscheinlich war es gut, meinen Druck losgeworden zu sein, bevor ich bei Jeremias plötzlich auf heiße Gedanken kommen würde. Bis jetzt waren meine Gefühle für ihn so ganz anders, als man sonst frisches Verliebtsein deuten würde. Er ging mir unter die Haut, irgendwie, und nicht hauptsächlich aus sexuellem Interesse. Seine ganze Art hatte mich von Anfang an irgendwie gefangen genommen, aus welchem Grund, konnte ich nicht einmal sagen. Sicher, mein Beschützerinstinkt wurde geweckt, aber da war noch mehr, etwas, das von Anfang an zwischen uns mitschwang. Jedenfalls empfand ich es so, als würde uns etwas verbinden, etwas, dem ich mich nicht entziehen konnte. Während ich mich abtrocknete, warf ich einen Blick in den Spiegel, aber es war immer noch derselbe Mann, der mich da ansah, auch wenn ich mich jeden Tag ein wenig anders fühlte. Ich schnappte mir das Parfüm, welches ich von Paula zum Geburtstag bekommen hatte, und sprühte es mir an den Hals. Etwas Gel in die Haare und ich fühlte mich ganz passabel. Die neue Jeans und mein hellblauer Lieblingspulli komplettierte mein Outfit. Aufgeregt zog ich mir Schuhe und Jacke an, um mich dann auf den Weg zu meiner Verabredung zu machen.

Eine halbe Stunde später drückte ich den Klingelknopf an Jeremias' Haustür. Meine Finger zitterten leicht und dann mein ganzer Körper, als ich seine Stimme an dem elektronischen Türöffner vernahm.

„Hallo?“, fragte er, ohne seinen Namen zu nennen.
„Ich bin es, Tom!“, antwortete ich und zeitgleich brummte der Türöffner. Wieder nahm ich die Treppe und nicht den leicht maroden Fahrstuhl. Nicht dass dieses Date platzen würde, weil ich in dem alten Ding stecken blieb. Immer zwei Stufen auf einmal nehmend erklomm ich leichtfüßig die dritte Etage. Trotzdem musste ich tief Luft holen, als ich vor seiner Tür ankam, was aber ganz andere Gründe hatte. Pure Aufregung packte mich, aber mir blieb keine Zeit, mich zu sammeln, denn da öffnete Jamie schon die Tür. Ich blickte in grüngraue Augen, die mich freudig, aber mindestens so aufgeregt musterten, wie ich selber war. Hitze packte mich und da waren sie, die tausend Schmetterlinge, die ich bis jetzt meist nur unterschwellig gespürt hatte. Sie stoben alle auf einmal in meinem Bauch und Unterleib umher, nahmen mir den Atem und so krächzte ich nur ein heiseres „Hallo“. Wahrscheinlich lag es daran, dass ich jetzt wirklich einen Schlussstrich zu meiner alten Beziehung gezogen hatte. Einen Abend zuvor hatte ich noch angenommen, nicht zu wissen, ob ein Mann gut oder vielleicht sogar sexy aussah. Jetzt stand dort ein Mann vor mir, der alle Sinne in mir zum Klingen brachte. Obwohl leger in Jogginghose und T-Shirt, oder vielleicht gerade deshalb, musste ich erst ein Mal schlucken. Anscheinend hatte er geduscht, jedenfalls roch er genauso und die Haare waren

noch feucht. Das lange Deckhaar, welches er sonst nach oben frisiert trug, war glatt zurückgekämmt und glänzte. Das grüne, langärmelige Shirt mit tiefem V-Ausschnitt lenkte meine Blicke auf eine glatte, unbehaarte Brust, die matt im gedämpften Flurlicht schimmerte. Die kakifarbene Jogginghose hing leger auf den Hüften. Er wirkte grazil und trotzdem sehnig muskulös. Feiner,, goldener Bartschatten lag auf seinen Wangen und der Oberlippe. Rasiert hatte er sich nicht, was ich irgendwie ziemlich sexy fand. Jetzt erst wurde mir klar, dass ich ihn anstarrte.

„Willst du nicht reinkommen?“, lächelte er mich verlegen an. Ich nickte nur, bückte mich, um mir die nassen Schuhe auszuziehen und vor der Tür stehen zu lassen. Einen Augenblick, um tief durchzuatmen und mich zu sammeln. Bloß nicht zeigen, dass er mir ziemlich unter die Haut ging. Nicht dass er sich unbehaglich fühlte oder gar wieder eine Panikattacke bekam. Als ich die Wohnung betrat, umfing mich wohlige Wärme. Jeremias schloss die Tür hinter mir und half mir galant aus meiner Jacke. Seine Finger streiften dabei meinen Nacken und schickten kleine elektrische Ladungen durch meine Haut, direkt bis in den Unterleib. Beinahe erschrocken drehte ich mich herum, nur um dicht vor Jamie zu stehen und wieder in seine grüngrauen Tiefen zu schauen. Nur unwesentlich kleiner als ich, berührten sich fast unsere Nasen. Ich konnte den Duft seiner Haut wahrnehmen und sein Atem streifte mein Gesicht. Eine wahnsinnig prickelnde Situation, mit der ich nicht gerechnet hatte und die mich gerade etwas überforderte. Auch mein Gegenüber wusste nicht recht, wie er sich verhalten sollte.

„Schön, dass du da bist ... komm mit, ich habe alles vorbereitet“, seine Stimme klang atemlos und schnell machte er einen Schritt rückwärts, legte mir die Hand auf die Schulter und schob mich dann Richtung Wohnzimmer. Dort, wo seine Hand lag, breitete sich Hitze aus. Das hier würde ein sehr unentspannter Abend werden.

„Ich hoffe, du magst Chinesisch. Habe die Zutaten gekauft und wir müssen nur noch gemeinsam alles zubereiten, okay?“ Jeremias redete schnell und aufgeregt. Anscheinend fühlte er sich genauso wie ich. Ich hoffte, dass er sich genauso fühlte und nicht unbehaglich. „Ach stimmt, Chinesisch magst du ja ...“

„Mag ich, da haben wir den gleichen Geschmack. Alles klar, lass uns anfangen.“ Ich hoffte, meine Stimme klang entspannt und motiviert. Ich folgte Jeremias um die Kochinsel herum, auf der eine Menge Gemüse lag. Schön bunt, denn das Auge isst mit, wie er mir erklärte.

„Warte, ich hab hier ’ne Schürze für dich. Nicht dass dein schöner Pulli noch schmutzig wird.“ Er griff neben sich auf die Arbeitsplatte nach einer blaukarierten Küchenschürze und reichte sie mir. Ich lachte und versuchte sie im Nacken zusammenzubinden. Mit dem Finger machte er ein Zeichen, dass ich mich drehen sollte, und ich tat, was er wollte.

„Lass mich das machen, Moment!“, bat er mich und obwohl ich eigentlich auf Abstand hatte gehen wollen und dachte, er würde lieber etwas mehr Platz zwischen uns schaffen, drehte ich mich um und überließ es ihm, mir die Schürze im Nacken und in der Taille zuzubinden. Wieder sehr viel Nähe, wieder Luft anhalten, um die Schmetterlinge zur Ruhe zu zwingen. Bis jetzt hatte ich keine zehn Worte mit ihm gewechselt und er war es, der wie ein Wasserfall redete. Mein Kopf war nicht fähig, Worte zu bilden. Jetzt drückte er mir ein Messer in die Hand, legte mir eine Paprika auf ein weißes Brettchen und bedeutete mir, diese zu zerschneiden. Ich nickte und dann legten wir los. Die nächste viertel Stunde zerhackten und zerschnitten wir diverses Gemüse. Schweigsam, aber nicht unangenehm. Ab und zu lächelten wir uns an oder schubsten uns spielerisch mit dem Ellenbogen. Jeremias kochte im Gegensatz zu mir anscheinend recht häufig, denn er stellte sich ziemlich geschickt mit dem Messer an. Ein Rezept hing, mit Tesa befestigt, an der Dunstabzugshaube, von dem er die verschiedenen Schritte des Kochvorganges ablas. Die Stimmung zwischen uns entspannte sich zunehmend und es wurde richtig lustig. Immer wieder stibitzte ich mir Gemüse, welches dann nicht im bereitstehenden Wok landete, sondern in meinem Mund. Jamie protestierte jedes Mal und ich steckte ihm dann ebenfalls etwas in den Mund. Das hier war ein Date und es verlief wie eins. Selbst wenn wir es gewollt hätten, konnten wir nicht wirklich Abstand voneinander halten, aber ich genoss es, genoss die Spannung und die Nähe zu ihm. Ich spürte das Kribbeln in meinem Körper, in meinem Unterleib, die Schmetterlinge, die immer wieder aufstoben und mir den Atem nahmen. Aber nie überschritten wir eine bestimmte Grenze, nämlich die, die Jeremias sich selbst setzte. Ich überließ es ihm, was er zuließ, und wo ich merkte, dass er unsicher wurde. Es gab Hunderte kleiner Berührungen, aber alle spielerisch, nur um den anderen zu berühren und dieses wunderbare Prickeln zu spüren, nachdem sich jeder Mensch sehnte. Es fiel mir leichter, als ich dachte, fühlte sich wider Erwarten ganz einfach und natürlich an, so mit Jamie in einer privaten Atmosphäre zu flirten. Während ich Nudeln und Gemüse im Wok schwenkte, deckte Jeremias den Tisch für uns ein. Er entzündete sogar eine Kerze und lächelte mich dann an, wie schon so oft diesen Abend. Und jedes Mal, wenn er das machte, wenn er mich mit leuchtenden Augen ansah, wusste ich, dass ich mich tatsächlich verknallt hatte. Ich hatte mich in einen Mann verliebt.

Kapitel 29

„Hey, Alter ... was ist mit dir seit gestern passiert? Da sitzt ein anderer Mann im Büro. Wo ist der missmutige Tom von gestern?“ Thorsten streckte den Kopf zur Tür herein, trat dann schnell ein und schloss sie hinter sich. Sofort zog er sich einen Stuhl heran und setzte sich mit der Lehne nach vorn dicht vor mich. Neugierig sah er mich an. Ganz klar erwartete er Details von den Geschehnissen des gestrigen Abends. Eigentlich wollte ich mit niemandem darüber reden, denn die Eindrücke waren selbst für mich noch zu frisch und noch nicht ganz verarbeitet. Jeder Gedanke an den gestrigen Abend bescherte mir sofort eine Ladung aufgescheuchter Schmetterlinge im Bauch, gefolgt von erregendem Ziehen in den Lenden. Dabei war nicht wirklich etwas passiert, jedenfalls nichts, was Thorsten vielleicht erwartete. Ich holte tief Luft, um Zeit zu gewinnen und die richtigen Worte zu finden für das, was sich ereignet hatte und wie es mir damit ging.

„Nun erzähl schon und lass mich nicht so lange zappeln“, drängte Thorsten und brachte mich damit ganz aus dem eh nicht vorhandenen Konzept. Ich rieb mir über das nicht rasierte Kinn, was mir wiederum sofort Erinnerungen an den vergangenen Abend bescherte. Erinnerungen, die so wunderschön waren, dass ich gar nicht merkte, wie ich die Augen schloss.

„Oho, da hat es einen aber ganz doll erwischt!“, frotzelte Thorsten und traf damit den Nagel exakt auf den Kopf. Ich nickte und schluckte schwer, sah ihn dann wieder an.

„Ich hab mich total verliebt, Thorsten. Und ich weiß nicht, wie ich damit umgehen soll. Das ist alles so unwirklich. Dass es mit mir passiert, jetzt, warum nicht früher, warum überhaupt?“, schüttete ich ihm mein verwirrtes Herz aus. Er griff nach meiner Hand und drückte sie.

„Hey, bleib geschmeidig ... Warum? Egal! Es scheint dich glücklich zu machen. Das allein zählt!“ Thorstens Worte halfen mir unwahrscheinlich. Für so einfühlsam hatte ich ihn nicht gehalten, allerdings mussten wir in unserer Freundschaft auch noch nie so ein ernstes Thema behandeln.

„Ja, ich denke, ich bin glücklich, auch wenn ich gerade mal wieder echt verwirrt bin. Der Abend gestern war einfach ... einfach ...“ Mir fiel nicht das passende Wort ein, welches beschreiben könnte, wie der Abend sich für mich angefühlt hatte. Thorsten sah mich bohrend an.

„Habt ihr rumgemacht?“, platzte er raus. Ich musste lachen. Er war also an intimen Details interessiert.

„Nein … so würd ich das nicht nennen, aber es war trotzdem toll“, nahm ich ihm den Wind aus den Segeln und erntete ein enttäuschtes Gesicht. Ich ließ den Abend vor meinem inneren Auge noch einmal Revue passieren.

Ich schwenkte den Wok wie ein Meisterkoch, oder besser, ich versuchte, ein Meisterkoch zu sein. Beinahe fielen die Nudeln über den Rand. Jeremias schüttelte mit dem Kopf und wollte mir gespielt böse den Wok aus der Hand nehmen.

„Lass mich das machen, sonst bekommen wir heute nichts mehr zu essen!“, versuchte er mich zu überreden. Ich dachte gar nicht daran, mir das Zepter aus der Hand nehmen zu lassen und schüttelte den Kopf.

„Dann lass dir helfen, mir hängt nämlich der Magen schon auf den Kniekehlen.“ Gesagt, getan, ehe ich mich versah oder mental darauf vorbereiten konnte, stand er dicht hinter mir, so dicht, dass sich unsere Körper auf ganzer Länge berührten. Seine Arme legten sich von hinten um meine Taille, nach vorn, um dann meine Hände mit seinen zu umfassen, die um den Griff vom Wok lagen.

„Das macht man so …“, nuschelte er nah an meinem Ohr, so nah, dass er es beinahe mit den Lippen streifte. Ohr und Hals zählten zu meinen erogensten Zonen überhaupt, darum brachte er mich mit dieser Beinaheberührung ziemlich aus der Fassung. Warmer Atem streifte meine Wange, jagte mir heiße Schauer den Rücken hinunter. Mein Steißbein begann zu kribbeln und mein Unterleib zog sich zusammen. Ich hielt die Luft an und schloss kurz die Augen, schluckte schwer. Gemeinsam schwenkten wir das Kochgerät, wiegten dabei unsere Körper sanft hin und her. Sein Körper an meinem, warm und fest, fühlte sich unglaublich gut an. Heiß, muskulös und trotzdem anschmiegsam. Meine Sinne schärften sich, nahmen seinen Geruch wahr. Die feinen Härchen auf meiner Haut registrierten jeden Luftzug und leiteten diesen als elektrische Stöße in meinen Unterleib. Das Blut rauschte durch meine Adern, entfachte einen Orkan in mir. Ich musste mich zusammenreißen, ihn nicht die Heftigkeit meiner Gefühle spüren zu lassen. Ich konnte deutlich seine Männlichkeit an meinem Po spüren, auch wenn er nicht erigiert war. Dafür schoss das Blut heiß in meinen eigenen Schwanz.

„Siehst du, mit Gefühl musst du es schwenken …“, flüsterte er und diesmal berührten seine Lippen mein empfindliches Ohrläppchen.

Nur kurz, aber ausreichend, um mich komplett aus der Bahn zu werfen. Ich nickte, biss mir auf die Unterlippe. Ob er wusste, merkte, was er mir gerade antat? Ich nickte nur, drehte ihm den Kopf seitlich der Berührung entgegen.

„Du kannst es ja beim nächsten Mal beweisen, dass ich ein guter Lehrer war." Er lachte, löste sich abrupt von mir. Anscheinend hatte er nun doch gespürt, was er angerichtet hatte, und nahm Reißaus. Der Nähe beraubt musste ich erst einmal wieder runterkommen, möglichst schnell, damit er mir nicht anmerkte, wie mich das Ganze aufgewühlt hatte. Anscheinend unbekümmert räusperte er sich, zeigte auf den Untersetzer auf dem Tisch und bedeutete mir, die chinesische Pfanne dort abzustellen. Zwei Minuten später saßen wir uns gegenüber und ließen es uns schmecken. Das Essen rückte in den Vordergrund und wir schaufelten still und hungrig Nudeln und Gemüse in uns hinein. Wenn sich unsere Blicke trafen, lächelten wir uns an. Unterschwellig vibrierte mein Körper immer noch, fühlte sich magisch angezogen. Unsere Knie berührten sich unterm Tisch, was mich immer jedes Mal erneut unter Spannung setzte. Jamie ließ sich nicht anmerken, was er empfand, oder ob er ähnliche Gefühle hegte wie ich.

„Magst du ein Bier?", fragte er mit vollem Mund. Ich nickte. Er stand auf und besorgte uns zwei kühle Bier aus dem Kühlschrank und stellte die geöffneten Flaschen vor unsere Teller. Keine Frage nach einem Glas, denn Männer trinken das Gebräu nun mal am liebsten aus der Flasche. Das „Date" mit Jamie gestaltete sich irgendwie eigenartig. Eigentlich fühlte es sich an, als würde ich mit einem guten Kumpel einen Abend verbringen. Essen, Bier trinken, Witze erzählen, Spaß haben, wenn da nicht die unterschwellige sexuelle Anziehungskraft wäre. Eine schwule Beziehung war eigentlich eine perfekte Verbindung. Männer, die gleich tickten unter sich, gepaart mit Sex. Ob mir Sex mit einem Mann wirklich Spaß machen würde, wusste ich nicht, noch nicht. Aber seit ich vor seiner Tür gestanden hatte, dachte ich ständig daran, wie „Es" mit ihm wäre, und mein Körper reagierte ganz eindeutig auf seine Nähe. Sollte ich bis jetzt noch irgendwelche Zweifel daran gehabt haben, ob ich etwas für ihn empfand oder nicht, so konnte ich es jetzt nicht mehr vor mir selbst leugnen.

„Puh, bin ich satt!", murmelte ich und rieb mir den gut gefüllten Bauch. Entspannt lehnte ich mich zurück und sah kurz zu, wie Jeremias begann das Geschirr zusammenzuräumen.

„Hat es dir geschmeckt? Dumme Frage ... klar hat es dir geschmeckt, so wie du reingehauen hast." Jeremias lachte und pikste mich in den Magen. Ich stöhnte gequält auf.

„Lass das, ich platze sonst. Normalerweise müsste ich jetzt einen Spaziergang machen, zur Verdauung", jammerte ich.

„Wir waschen das Zeug jetzt schnell ab, da bewegst du dich und dann machen wir es uns auf dem Sofa gemütlich. Der Film wartet auf uns!", bestimmte Jeremias und ich nickte. Schwerfällig erhob ich mich und trug das restliche Geschirr zur Spüle. Die nächsten zwanzig Minuten verbrachten wir mit Abwaschen und auch da hatten wir 'ne Menge Spaß. Es wurde mit Wasser gespritzt und mit Handtüchern nach einander geschlagen. Wir jagten uns um die Kücheninsel wie alberne Kinder. So lange, bis Jeremias das Handtuch warf.
„Ich ergebe mich ... ich kann nicht mehr. Du bist einfach zu fit für mich, Herr Polizist. Du darfst dir den besten Platz auf dem Sofa aussuchen und ich hole den Nachtisch, einverstanden?", keuchte er und hielt sich erschöpft an meiner Schulter fest. Nähe, aber mit mehr Abstand als vorhin am Herd. Unruhe machte sich in mir breit. Hatte ich ihn verschreckt, zu sehr gezeigt, dass er mich nicht kalt ließ? Ich ging hinüber zum Sofa und setzte mich auf den Teil des Ecksofas, an dem man die Beine hochlegen konnte. Das Stück war allerdings sehr breit und es konnten bequem zwei Personen nebeneinander dort sitzen. Deshalb überlegte Jeremias auch nicht lange, sondern setzte sich bewaffnet mit zwei Bechern „Ben & Jerry´s" Eiscreme und Löffeln direkt neben mich. Zwar berührten wir uns nicht, aber so wie er mich anlächelte, während er mir den Nachtisch in die Hand drückte, war er jetzt wieder entspannt.

„Guten Appetit, und jetzt schauen wir einen Film. Du hast die Wahl zwischen, Titanic', ‚300' oder, Hangover'", stellte er mich vor die Wahl. Ich lachte laut auf und erntete empörte Blicke.

„Was? Zu schwul?" Fragend sah er mich an und ich schüttelte den Kopf und nicke danach.
„Titanic ist typisch, der Rest nicht. Was würdest du gern schauen und aus welchem Grund?", stellte ich als Gegenfrage. Jeremias überlegte kurz.

„Also mir ist es egal. Ich mag, Titanic', weil er romantisch ist und ich Leonardo total süß finde. Ich mag die Kleider und ich heule gern am Ende, also voll Klischee. Ich liebe ‚300' viele heiße, durchtrainierte Männer, die sich aufeinander verlassen, und gut gemachte Action. Und, Hangover' ist toll, weil man zusammen lachen kann. Also, was willst du mit mir zusammen ansehen?" Nun war ich wieder dran mit antworten.

„Ich möchte ... mit dir ‚Titanic schauen!" Lange überlegte ich nicht. Mir war nach Romantik und so stellte Jamie zufrieden den DVD Player an und startete den Film.

„Woher wusstest du, dass ich diesen Film wähle?“, fragte ich meinen Gastgeber überrascht.
„Ich hab’s gehofft und ich hab dich so eingeschätzt“, grinste er, rückte das Kissen in seinem Rücken zurecht und begann seinen Nachtisch zu essen. Und so schauten wir zusammen Titanic. Still, und nur mit gelegentlichen Äußerungen zwischendrin. Von Zeit zu Zeit beobachtete ich Jamie, wie er neben mir saß, gebannt auf den Bildschirm starrte. Im gedämpften Licht schimmerte blonder Bartschatten auf Wangen und Oberlippe, den ich am liebsten mit den Fingerkuppen gestreichelt hätte. Nur um zu fühlen, ob die darunterliegende Haut so weich war, wie sie aussah. Mein Arm lag locker auf der Lehne hinter ihm und die Fingerspitzen meiner Hand berühren ganz leicht seine Schulter. Ein warmes, angenehmes Gefühl breitete sich in mir aus. Ich fühlte mich wohl und Jeremias ebenfalls. Total entspannt saß er neben mir, konzentrierte sich auf den Film und sah nur ab und zu verstohlen zu mir rüber. Mein Arm schlief ein und so landete er wieder angewinkelt zwischen uns. Irgendwann rutschten unsere Hände, die neben uns auf dem Sofa lagen, immer näher zusammen, bis sich seine Hand über meine schob und dort liegen blieb. Eine Geste des Vertrauens, der Verbundenheit dieses Moments. Im Gegensatz zu der Berührung am Her erregte mich diese hier nicht, sondern sie entspannte mich und ließ mich hoffen, vielleicht das gefunden zu haben, was ich wirklich wollte. Das Ende des Films bekam ich nicht mehr mit. Ich schlief ein und Jamie weckte mich nicht, sondern deckte mich mit einer Decke zu. So erwachte ich am nächsten Morgen. Allein auf dem Sofa, noch in meinen Klamotten steckend. Jeremias schlief in seinem Bett. Als ich mich aus der Wohnung schlich, blieb ich kurz an seinem Bett stehen und betrachtete den Schlafenden. Jamie lag auf dem Bauch und die Decke war etwas heruntergerutscht. Er trug ein verwaschenes Shirt und eine karierte Shorts, die ein bisschen tief auf der Hüfte saß. Noch mehr Bartschatten lag auf seinen Wangen und die Haare standen verstrubbelt vom Kopf ab. Ein ganz leichtes Lächeln lag um seine Lippen und irgendwie sah er zum Anbeißen aus. Ich schüttelte den Kopf und schlich leise raus. Ich fand einen Mann zum Anbeißen. So richtig konnte ich mich mit den neuen Begebenheiten in meinem Leben im Kopf noch nicht anfreunden. Mein Verstand rebellierte, während Herz und Bauch sich längst entschieden hatten. Ich schlich mich leise raus, obwohl es sich nicht gehörte, sich ohne Gruß oder Nachricht aus dem Staub zu machen, aber die Zeit drängte. Schon jetzt würde ich es nur mit Glück schaffen, pünktlich zum Dienst zu kommen. Natürlich brauchte ich nur in mich hineinhören, um zu wissen, dass ich froh über diese „Ausrede“ war. Ich brauchte nach diesem Abend erst mal Zeit, um meine Gefühle neu zu sortieren. Wie schon so oft in der letzten Zeit.

Und nun saß ich hier mit Thorsten, umriss ihm in ein paar Sätzen den Abend mit Jeremias.

„Also, keine Ahnung, Thorsten. Mein Kopf sagt, dass es nicht sein kann, dass ich mich verliebt habe, aber mein Herz sagt, dass ich verknallt bin, bis über beide Ohren. Eine Situation, wie ich sie noch nie hatte“, beendete ich meinen kurzen Bericht. Thorsten lachte und klopfte mir gönnerhaft auf die Schulter.

„Alter, das kennen wir alle, und manchmal können wir nicht glauben, dass wir uns verknallt haben, also genieß es und gut!“ Er gab mir das Gefühl, dass alles ganz normal ist. So, als hätte ich nicht die Gewässer, in denen ich fischte, gewechselt. Gäbe es nur Thorsten und sein emphatisches Verhalten, dann würde ich wohl auch meine Angst vor der neuen Situation verlieren, aber da ich auch Kevin und seinesgleichen kannte, wusste ich, dass der Rest meiner Umwelt nicht so gechillt damit umgehen würde. Das, denke ich, war der wichtigste Punkt, der mich immer noch unentspannt mit der Situation umgehen ließ. Mein Handy brummte in der Hosentasche und ich konnte mir denken, wer mir da eine Nachricht geschickt hatte.

„Ach, Thorsten, das ist alles so schwer und so, dass ich nicht weiß, wie ich das schaffen soll. Mit Paula ist Schluss. Wir haben es gestern beendet. Das hängt mir auch noch nach“, jammerte ich vor mich hin, schob die Stifte auf meinem Schreibtisch hin und her.

„Hör auf zu jammern und sieh nach vorn. Es wird sich alles finden. Glaub mir. Ach, Bettina hat angerufen und sie wird dich heute noch hier besuchen. Hörte sich wichtig an.“ Thorsten zog eine Augenbraue bedeutungsvoll nach oben. Ich sah ihn erstaunt an. Was hatte das wieder zu bedeuten?

Kapitel 30

Jeder Tag barg neue Überraschungen, angenehme und unangenehme. Jeden Tag stand ich unter Hochspannung und jeden Tag traf ich mich mit Jeremias. Er wartete auf mich, freute sich, wenn ich vorbeikam. Wir kochten gemeinsam, aßen zusammen und erzählten stundenlang, unternahmen etwas. Viel Zeit, die ich mit ihm verbrachte, um ihn kennenzulernen und er mich. Aber es lief nichts zwischen uns. Sicher saßen wir abends auf dem Sofa dicht beisammen. Ich legte auch mal den Arm um seine Schulter oder er lehnte mit dem Kopf an meiner. Aber trotzdem lag da eine unausgesprochene Tabuzone zwischen uns. Ich ließ ihm Zeit, den Augenblick selbst zu bestimmen, an dem er für „mehr“ bereit war und war selber froh, obwohl mein Körper in seiner Nähe eindeutig reagierte, nicht den Anfang machen zu müssen. Ein paar Situationen gab es, da spürte ich ganz deutlich, dass er kurz davor war, seine selbst auferlegte Kontrolle sausen zu lassen, dass er meine Nähe mehr als sonst suchte, dass er sehnsuchtsvolle Blicke auf meine Lippen warf. Die erste Woche blieb ich in der Pension und dann ergab es sich, dass ich immer öfter auf Jeremias' Couch nächtigte. Eigentlich hatte ich es so nicht geplant. Ich wollte Abstand halten, mir selbst erst einmal über mich Gedanken machen und mich und die neue Situation reflektieren, aber wenn wir abends zusammen fernsahen und es gemütlich warm und kuschelig war, hatte ich keine Lust mehr, zurück in die Pension zu fahren. Außerdem war Jamie nicht gern allein. Immer noch suchten ihn Albträume heim und wenn ich da war, fühlte er sich sicherer. Alles Ausreden, die ich mir für mich selbst im Kopf zurechtgelegt hatte, aber in Wahrheit war ich gern in seiner Nähe und wünschte mich oft in sein Bett. Manchmal, wenn ich allein auf dem Sofa lag, er nur ein paar Meter von mir entfernt, dann sehnte ich mich danach, mich an seinen warmen festen Körper zu schmiegen und ihn im Arm zu halten. Ich hörte seinen nicht immer gleichmäßigen Atem und stellte mir vor, wie ihn meine Finger um den Verstand bringen würden, aber ich widerstand dem Drang, zu ihm ins Bett zu kriechen, auch wenn ich das Gefühl hatte, dass er es sich manchmal wünschte. Irgendwann würde der Moment da sein, an dem wir beide dazu bereit waren, unsere inneren Schranken fallen zu lassen. Morgens mit ihm zusammen zu frühstücken war toll aber die Badsituation irritierte mich jeden Tag aufs Neue. Zwei Männer, die sich rasierten. Auch er zog die Nassrasur einem elektrischen Rasierer vor. Ich musste oft schmunzeln, wenn wir nebeneinander mit Rasierschaum im Gesicht vor dem Spiegel standen. Ab und zu erhaschte ich einen Blick auf seinen nackten Körper, wenn er nach dem Duschen zu seinem Schrank huschte. Oder sich bettfertig machte. Die blauen Flecke auf seiner Haut waren nur noch schwach zu sehen und der Arzt meinte, auch die Narben im Rektalbereich seien gut verheilt. Wie es in seinem Seelenleben aussah, konnte ich nur ahnen. Solche Dinge verheilten langsam und manche nie. Aber ich hatte Zeit, zu warten. Ich befand mich nicht auf der Suche nach jemand Neuem, denn in Jeremias meinte ich diesen „Jemand" vielleicht gefunden zu haben.

Beruflich hatte sich auch einiges getan. Bettina hatte eine Anfrage gestellt, ob ich im nächsten Jahr in ihre Abteilung wechseln wollte oder zumindest mehr und enger mit ihr zusammen arbeiten würde. Ich wollte mir das Ganze durch den Kopf gehen lassen. Reizen würde es mich schon, allerdings wollte ich nichts überstürzen. Kevin und seine Anhänger ließen keine Gelegenheit aus, mich zu provozieren, und schafften es so, mir meine Arbeit madig zu machen. Auch Thorsten geriet immer öfter in ihr Visier. Trotzdem

ließ ich mich nicht einschüchtern und sagte zusammen mit Bettina gegen ihn aus. Das Verfahren hing noch in der Schwebe und dementsprechend ungnädig fiel Kevins Verhalten aus. Bis jetzt hatte ich meine „Beziehung“ zu Jeremias geheimhalten können. Seit Paula und ich uns nur noch sporadisch sahen, wenn ich neue Kleidung holte, hatte er seine wichtigste Informationsquelle verloren. Doch eines Tages, ich „wohnte“ schon circa drei Wochen bei Jeremias, passierte das, was ich hatte vermeiden wollen. Jamie und ich hatten den Abend einmal nicht zu Hause verbracht, sondern waren essen gegangen und befanden uns gut gelaunt auf dem Weg zur U-Bahn. Als wir um eine Häuserecke bogen, kam uns Kevin entgegen. Er war mit einer Frau unterwegs, die ich nicht kannte, aber bei Kevins Verschleiß konnte man sich die Gesichter sowieso nicht merken. Es verging kein Tag, an dem er im Revier nicht mit Weibergeschichten prahlte und Bilder von der neuesten Bettgeschichte herumzeigte. Überraschung stand uns wohl allen ins Gesicht geschrieben, aber Kevins Ausdruck wechselte schnell in sein typisch widerliches, anzügliches Grinsen.
„Na, Müller ... dachte ich es mir doch, dass du deinen Schwanz in den kleinen Lutscher steckst. Du schwule Sau. Na, dann mach dich mal morgen auf was gefasst, wenn ich deinen Kollegen Beweisbilder zeigen kann.“ Bei diesen Worten zückte er blitzschnell sein Handy und fotografierte Jeremias und mich. Bevor ich nach dem Gerät greifen konnte, denn ich war wie paralysiert, ließ er es schon wieder schnell in seiner Manteltasche verschwinden.

„Was soll der Scheiß, Kevin ... ich warne dich. Mach keinen Mist. Aber wenn doch, dann habe ich was zu erzählen, falls ich noch mal zu dir befragt werden sollte.“ Der Konter saß, denn nun war es Kevin, dessen Gesichtszüge entgleisten. Leider nur kurz, denn Kevin musste immer das letzte Wort haben.

„Ich werd es nachher auf Facebook stellen, da erspare ich mir eine Menge Arbeit“, lachte er mich regelrecht aus. Langsam reichte es mir, aber ich durfte nicht handgreiflich werden, auf keinen Fall.

„Sollte irgendwas von mir auf Facebook landen, dann zeige ich dich an, Kevin, und glaub mir, ich meine das ernst. Ich hab langsam die Schnauze voll. Lass mich und Jeremias und auch Thorsten zufrieden und kümmere dich um deinen eigenen Kram. Deine neueste Eroberung hier sieht so aus, als möchte sie jetzt weitergehen. Hoffentlich erinnerst du dich morgen noch an ihren Namen.“ Ich versuchte möglichst ruhig zu bleiben und meine Worte zeigten besonders bei der Frau an Kevins Seite Wirkung. Eine steile Falte bildete sich auf ihrer Stirn. Unwillig zog sie die Jacke enger um sich und sah Kevin böse an. Kevin wollte mich mit Blicken töten. Ich legte Jamie meine Hand auf den Rücken und schob ihn weiter. Es brachte nichts, sich weiter mit Kevin abzugeben.

„Verpiss dich, Müller, verpisst euch beide, ihr ekelhaften Arschficker!“, brüllte er hinter uns her. Etwas steifbeinig gingen wir weiter, versuchten die weiteren Beleidigungen, die er uns hinterherbrüllte, zu überhören. Erst als wir die Treppe zur U-Bahn hinunterliefen, sahen wir uns wieder an.

„Was ist das nur für ein bescheuertes Arschloch? Wie hältst du das nur aus mit dem?“, fragte mich Jamie. Ich schüttelte den Kopf. Immer noch hatte ich einen Knoten im Bauch. Die Anfeindungen, die er uns hinterhergebrüllt hatte, verfehlten ihre Wirkung bei mir nicht. Zu allem Übel fuhr uns die Bahn vor der Nase weg, was bedeutete, dass wir bei der Eiseskälte auf die nächste warten mussten.

„Ich hab die Schnauze voll von ihm, und zwar bis oben hin“, zischte ich Jamie an.
„Mich treffen solche Ausdrücke auch immer wieder aufs Neue, obwohl ich langsam damit umgehen können sollte“, erklärte mir Jamie. Er traf den Nagel auf den Kopf. Bis jetzt musste ich noch nie damit umgehen, ausgegrenzt zu werden. Ich gehörte immer dazu, bekam Bewunderung und Anerkennung. Jetzt gehörte ich zu denen, denen man Schimpfwörter und Hass entgegenbrachte. Damit konnte ich nicht umgehen und ich hatte eine scheiß Angst vor den Reaktionen meiner Umwelt. Aber wenn ich mit Jeremias zusammen sein wollte, musste ich früher oder später über meinen Schatten springen und lernen damit klarzukommen. Ich durfte mich nicht verstecken und mein Leben von Leuten wie Kevin bestimmen lassen. Es war mein Leben!

„Ich weiß, dass du ein Problem damit hast, als schwul bezeichnet zu werden. Du zählst dich noch nicht zu dieser Gruppe, nicht wahr?“, fragte er mich, ohne dabei eine Wertung in seine Worte zu legen. Es hörte sich so an, als kenne er solche Gedanken und Gefühle. Wir saßen auf einer der Bänke und ich sah ihn schräg von der Seite an und nickte.

„Bist du sauer?“ Ich fühlte mich schlecht, wie ein Verräter.
„Nein, bin ich nicht. Ich bin sauer auf Kevin. Nicht auf dich. Ich bin sauer auf mich, weil ich mich jedes Mal schlecht fühle, wenn so ein Kerl meint, mich mit Worten zu verhöhnen. Weißt du, gerade jetzt ist es so, als würde man mich verbal vergewaltigen und ich will keinem mehr erlauben mir wehzutun oder mich zu demütigen. Und doch lasse ich es immer wieder zu.“ Seine Stimme war immer leiser und erstickter geworden. Ich musste schlucken, denn seine Worte

trafen mich hart, zeigten mir, mit was er lebte, und mit was ich vielleicht leben musste, wenn ich mich zu ihm bekennen würde.

Eine halbe Stunde später polterten wir wieder in Jeremias' Wohnung, schweigsam und jeder mit seinen eigenen Gedanken beschäftigt. Das erste Mal, dass sich ein Graben zwischen uns auftat.

„Nein!", sagte ich laut in den Raum. Jeremias zuckte erschrocken zusammen und sah mich an.
„Nein, wir dürfen ihm und allen anderen das nicht erlauben. Ich hab eine scheiß Angst, Jamie, aber glaub mir, dass ich das in den Griff bekomme, okay? Ich arbeite an mir und meiner Unsicherheit, versprochen!", versuchte ich mich und meinen kleinen Ausbruch zu erklären. Mit zwei Schritten war er bei mir und legte mir die Hand auf die Schulter, drückte diese leicht.

„Du bist mir keine Rechenschaft schuldig, und ja, ich glaube dir, aber so was dauert und ignorieren kann man es nie." Er sah mich traurig an, „Lass uns schlafen gehen. Morgen sieht die Welt wieder anders aus." In dieser Nacht fand ich keine Ruhe und auch Jeremias wälzte sich unruhig im Bett hin und her. Kevin hatte ganze Arbeit geleistet. Wieder unsicher, ob ich das Richtige tat, stellte ich alle getroffenen Entscheidungen der letzten Wochen infrage. Was hatte ich mir dabei gedacht, mein Leben so auf den Kopf zu stellen für etwas, von dem ich nicht mal wusste, ob es mir gefiel? Ich erwachte am Morgen früher als Jamie. Ich beobachte ihn, wie schon häufig, beim Schlafen und registrierte die Schmetterlinge, die aufgeregt in meinem Bauch umherflogen. Das hier war richtig und fühlte sich gerade in diesem Moment wieder richtig an. Ich durfte nicht zulassen, dass Kevin mich so in Selbstzweifel stürzte, aber ich wusste, dass es sicher nicht das letzte Mal gewesen war.

Kapitel 31

Am nächsten Tag verließ ich die Wohnung, bevor Jamie erwacht war. Irgendwie fühlte ich mich nach der letzten Nacht unwohl und wusste nicht, wie ich ihm begegnen sollte. Als ich die Tür gerade hinter mir schließen wollte, drehte ich noch mal um. Leise schlich ich zurück in den Wohnraum. In der Küche lagen Zettel und ich suchte mir einen Stift, um eine Nachricht für Jeremias zu schreiben.

„Bin schon unterwegs, freue mich auf heute Abend, Tom!" Eine kurze und sicher nicht unbedingt aussagekräftige Nachricht, aber wenigstens eine Nachricht. Ich wollte ihm sagen, dass er mir wichtig war, und hoffte, dass er das so auch verstand. Auf dem

Weg zur Arbeit dachte ich zum wiederholten Male über Jamies Worte nach. „Du hast ein Problem damit, als schwul bezeichnet zu werden." Ja, ich hatte ein Problem damit, weil ich nicht mal wusste, ob ich schwul war. Der Sex mit Frauen hatte mir eigentlich immer gefallen und ich verschwendete nie einen Gedanken an Sex mit einem Mann. Erst durch Jeremias entwickelte sich diese Neugier auf einen Männerkörper. Das allerdings so ausgeprägt, dass ich eine langjährige Beziehung dafür aufgab. Ganz egal, wie ich es drehte und wendete, ich musste mich damit abfinden, dass ich eben nicht so normal war, wie ich es angenommen hatte. Aber was war schon normal? So wie Kevin vielleicht? Dann lieber nicht normal sein statt hasserfüllt.

Im Revier bekam ich gleich den nächsten Dämpfer. Kevin schien tatsächlich das Bild von mir und Jamie umhergezeigt zu haben. Matusek begrüßte mich mit einem anzüglichen Grinsen und ein paar andere Kollegen sprangen zur Seite, als ich an ihnen vorbeiging, und drückten sich mit dem Rücken zur Wand an mir vorbei. Ich versuchte das alles zu ignorieren, aber das aufsteigende Gefühl von Übelkeit ließ sich nicht wegdenken. Das war also der Albtraum, in dem sich Randgruppen befanden. Gemieden, verspottet; mal sehen, was noch folgen würde. Als ich an der Tür meines Büros ankam, klebte ein rosa Zettel an der Tür, auf dem stand: „Schwuppen-Büro". Ich riss den Zettel ab und verschwand schnell im selbigen. Was war das bloß für ein Albtraum? Erschrocken fuhr ich zusammen, denn ich war nicht allein. Auf dem Stuhl vor meinem Schreibtisch saß Bettina. Ich blieb mit dem Rücken zur Tür stehen und lehnte mich dagegen. Was wollte sie hier?

„Du wunderst dich sicher, was ich so früh hier zu suchen hab, oder?" Sie lächelte mich unsicher an und ich nickte nur und sah sie auffordernd an, weiterzureden.

„Ich hab dich doch neulich wegen der Stelle in meiner Abteilung gefragt und abgeneigt warst du ja nicht. Wenn du wirklich interessiert sein solltest, findet ab morgen ein Lehrgang statt, der sehr wichtig für dich wäre. Ich weiß, es ist kurzfristig und kommt überraschend, aber ich fände es echt toll, wenn du daran teilnehmen würdest." Fragend und gleichzeitig bittend sah sie mich an. Ich holte tief Luft und versuchte die Gedanken in meinem Kopf schnellstens zu ordnen. Vielleicht war es Schicksal, dass sie gerade heute hier aufgetauchte, aber die Vorkommnisse von gestern und das Verhalten meiner Kollegen vor einigen Minuten ließen nur eine Antwort zu. Ich würde den Lehrgang machen. Ich nickte und gab so mein Okay, auch wenn ich mir im selben Moment wie ein Angsthase vorkam, der den Schwanz einzog, wenn's schwierig wurde. Zumindest konnte ich mir auf diese Art und Weise eine Option offen halten. Sollte ich die Sache mit Kevin nicht in den Griff bekommen, dann hätte ich einen Job in einer anderen Abteilung.

„Was werden meine Vorgesetzten sagen, wenn ich ab morgen einen Lehrgang mache? Wo findet der eigentlich statt?“, fragte ich sie.

„Ich habe das bereits geregelt, in weiser Voraussicht. Du musst jetzt packen und dann geht es für zwei Wochen nach Leipzig“, erklärte sie mir. Ich erschrak. Zwei Wochen weg von Berlin, weg von Jamie. Würde er das überhaupt schaffen? Die Panikattacken waren zwar besser geworden, aber wahrscheinlich nur, weil ich bei ihm übernachtete. Andererseits würde uns die Trennung vielleicht helfen, unsere Gefühle füreinander zu testen. Mein Magen rumorte unruhig, aber ich durfte nicht auf das ungute Gefühl hören. Ich musste diesen Kurs machen und mir die Chancen für mein weiteres Vorankommen offen halten und ich hoffte, dass Jeremias das verstehen würde und nicht davon ausging, dass ich das Weite suchte und mich von ihm zurückzog. Bettina und ich besprachen noch ein paar Einzelheiten. Sie ließ mir eine Broschüre da und wünschte mir viel Glück. Als sie sich erhob, um zu gehen, hielt ich sie zurück, indem ich meine Hand auf ihre legte. Irgendwie hatte ich das Bedürfnis zu reden, mit ihr meine Beweggründe für den Lehrgang zu besprechen, und sie war der einzige Mensch, außer Thorsten, zu dem ich Vertrauen fassen konnte.

„Kann ich offen mit dir reden? Ich brauche mal eine Meinung von einer Frau!“, fragte ich sie spontan. Bettina sah mich fragend an und wartete, zu was ich denn eine wichtige Meinung von ihr erwartete.

„Also“, begann ich umständlich, „mein Leben ist gerade etwas kompliziert und alles hängt mit Jeremias Seidler zusammen.“ Bettina sah überrascht aus und zog die Augenbrauen nach oben. Sollte ich ihr erzählen, was alles passiert war? Ich entschied mich dafür, auch wenn es mir extrem schwerfiel, ihr meine Gefühle zu beschreiben und überhaupt zu offenbaren. Aber einmal begonnen sprudelte es nur so aus mir heraus und komischerweise konnte ich ihr dann noch viel offener berichten als Thorsten gegenüber. Sie unterbrach mich nicht einmal und gab mir auch mit Blicken nie das Gefühl, dass sie mit dem Thema überfordert war. Ich erzählte ihr alles, bis zu dem heutigen Morgen, und dem rosa Zettel, den ich zerknittert aus der Tasche zog und ihr zeigte. Eine Zornesfalte bildete sich auf ihrer Stirn.

„Dieses dumme Arschloch. Ich werde weitere Schritte einleiten, darauf kannst du dich verlassen. Das hier ist Mobbing und das darf man nicht unterstützen, indem man schweigt. Wir sind Polizisten und gerade hier darf so was nicht passieren. Das erst mal zu der beruflichen Misere, in der du steckst. Und nun zu deinem privaten Problem. Wie sich Gefühle entwickeln, kann man nicht bestimmen und auch nicht, für wen. Ich freu mich für Jeremias, dass er auf dich getroffen ist, und ich beneide dich nicht für den Konflikt, in dem du dich befindest, aber du darfst dich nicht aus Angst vor deiner Umwelt vor deinen Gefühlen verstecken. Du würdest das bereuen. Für mich hört es sich so an, als wäre da was Großes, was zwischen euch passiert, und das kommt nicht so häufig im Leben vor. Je mehr du zu dem stehst, was du willst und was du fühlst, desto weniger Angriffsfläche bietest du. Nur wer unsicher mit sich selbst ist, den kann man verletzen und bedrohen. Steh zu dem, was du fühlst, und bleib ansonsten so, wie deine Kollegen dich kennen und schätzen gelernt haben. Dann gibt sich das von allein. Ich will nicht, dass du die Abteilung wechselst, weil du aus Angst gehst. Mach den Lehrgang und entscheide dann in Ruhe, ob du wechseln willst oder nicht. Ganz egal, wie du dich entscheidest, ich stehe hinter dir!"

Ein riesengroßer Stein fiel mir vom Herzen. Ich sah sie nur an und wusste gar nicht, wie ich mich bedanken sollte. Scheinbar deutete sie aber meine Blicke richtig und drückte kurz meine Hand, die auf dem Schreibtisch lag, da ich die ganze Zeit gestikuliert hatte. Mit dieser Rückendeckung agierte es sich sehr viel leichter und entspannter. Für einen Moment rückten Kevin und die Bedrohung, die vom ihm ausging, in den Hintergrund. Blieb nur noch Jeremias, dem ich meinen sofortigen Aufbruch klarmachen musste. Hoffentlich sah er das Ganze ähnlich entspannt. Ich ging eher vom Gegenteil aus.

„Mach dir keine Gedanken um Jeremias. Er muss lernen auch allein klarzukommen. Jetzt ist die beste Gelegenheit dazu. Er kann sich nicht nur auf dich verlassen und sollte, der Meinung bin ich immer noch, schnellstens eine Selbsthilfegruppe oder einen Psychologen aufsuchen. Wenn du willst, kannst du ihm meine Nummer geben, er kann mich anrufen, wenn es ihm ganz schlecht gehen sollte", bot sie sich an. Bettina war wirklich ein Schatz. Nicht nur Kollegin, sondern mehr, und mehr Freundin, denn das, was sie gerade für mich tat, ging über normales kollegiales Verhalten hinaus. So gestärkt verließ ich wenig später das Revier. Interessierte und bösartige Blicke im Rücken. Kevin und Matusek schienen noch nicht zu wissen, was ich mit Bettina zu schaffen hatte. Nur Thorsten hatte ich per WhatsApp eingeweiht. Mit Bettina zusammen fuhr ich in ihre Dienststelle und besorgte mir dort Ticket und Unterlagen. Danach verabschiedete ich mich herzlich von Bettina. Mit der U-Bahn fuhr ich in Paulas Wohnung, wo ich mir fast den Rest meiner Kleidung aus dem gepackten Stapel abholte, den sie in den Flur gestellt hatte. Danach fuhr ich mit klopfendem Herzen zurück zu Jeremias. Wie würde er die Nachricht auffassen?

Als ich nach „Hause“ kam, schlief Jeremias noch und ich setzte mich vorsichtig auf die Bettkante, um ihn zu wecken. Sanft rüttelte ich ihn an der Schulter, beobachtete seine Mimik, als er aus dem Schlaf erwachte. Ich unterdrückte den Wunsch, meine Finger über seine behaarte Wange gleiten zu lassen, die Stoppeln und die weiche Haut darunter zu spüren oder ihm ein paar zu lange Haarsträhnen aus dem Gesicht zu streichen. Als er mich wahrnahm, lächelte er noch schlaftrunken und drehte sich von der Seite auf den Rücken.

„Was gibt's und was machst du schon wieder hier?“, fragte er schlaftrunken. Ich druckste erst ein wenig herum und rückte dann mit der Sprache heraus. Angespannt lauschte er meinen Ausführungen und ich konnte deutlich sehen, dass ihm das Ganze nicht gefiel.

„Was soll ich sagen, Tom? Das ist dein Job und darum musst du gehen. Du bist mir da keine Rechenschaft schuldig und eigentlich bist du ja nur wegen mir in dieser blöden Lage. Dass ich Angst hab ohne dich, das weißt du, aber ich muss lernen, auch ohne deine Hilfe klarzukommen. Ich hab dich nicht gepachtet und keinen Anspruch auf dich ...“, er hörte sich atemlos an, als er mir antwortete, „du bist nur hier, weil du im Moment nichts anderes hast. Wir sind kein Paar ...“ Ich unterbrach ihn, denn er redete sich in Rage und sagte Dinge, die er ganz sicher nicht sagen wollte und auch nicht so meinte.

„Schscht ... ich bin hier, weil ich gern bei dir bin. Und weil wir Freunde sind, vielleicht auch etwas mehr als das oder etwas dazwischen. Ich bin hier, weil du es mir angeboten hast und ich froh deshalb bin. Und auch wenn ich noch nicht genau weiß, wohin der Weg mich führt und du nicht weißt, wann du wieder jemanden in dein Leben lassen kannst ... so richtig, mit allem drum und dran, hab ich dich total gern, Jamie. Das sollst du wissen, bevor ich gleich fahre.“ Meine Stimme war immer leiser und rauer geworden, der Mund immer trockener. Jeremias sah mich an, mit einem Blick, der mich tief im Herzen berührte.

„Ich dich auch, Tom. Mehr muss ich nicht wissen!“, flüsterte er und griff nach meiner Hand. Unsere Finger verschränkten sich kurz, schickten hunderte kleiner Stromstöße durch meinen Körper. Ich schluckte schwer und stand hektisch auf, ehe ich dem Wunsch nachgab, ihn zu küssen. Die Hand zum Gruß hebend schnappte ich die Reisetasche und floh beinahe aus dem Raum. Eine Stunde später saß ich im Zug nach Leipzig und ließ Berlin, Jeremias,

Kevin, Paula und den ganzen Stress hinter mir. Kurz fühlte ich mich befreit, aber es dauerte keinen Tag, da vermisste ich Jeremias schon total.

Zwei Wochen, die sehr anstrengend werden würden, lagen vor mir. Seit meiner Ausbildung hatte ich meine grauen Zellen nicht mehr so bemühen müssen und nun wurde uns in kurzer Zeit jede Menge Stoff eingetrichtert. Neben vielen psychologischen Studien übten wir miteinander Verhaltensweisen für den Umgang mit Vergewaltigungsopfern und Opfern häuslicher Gewalttaten. Alles in allem interessierte es mich mehr, als ich angenommen hatte, und ich kniete mich voll rein. Übernachtung fand in einer Kaserne statt. Ich schlief mit fünf weiteren Kursteilnehmern in einem Zimmer, aber wir verstanden uns gut und hatten eine Menge Spaß. Mit Jamie telefonierte ich mehrmals täglich und freute mich jedes Mal seine Stimme zu hören und so etwas über seinen Gemütszustand zu erfahren. Es ging ihm ganz gut und er hatte sich einen Termin beim Psychologen geholt, wozu ich ihm gratulierte. Endlich kam er aus seinem Schneckenhaus und versuchte wieder am Leben teilzunehmen. An seiner Stimme und seinen Äußerungen merkte ich, dass er mich genauso vermisste wie ich ihn. Am Samstag der ersten Woche hielt ich es schließlich nicht mehr aus und beschloss, wenn auch nur für ein paar Stunden, zurück nach Berlin zu fahren. Ich wollte ihn überraschen und dann abends wieder fahren, denn ich musste noch eine Menge Hausaufgaben machen. Ich besorgte ein Ticket und fuhr mit der Bahn zurück. Mit jedem Kilometer, dem ich Berlin und somit Jeremias näherkam, beschleunigte sich mein Herzschlag. Was würde er sagen, wenn ich plötzlich vor der Tür stehen würde?

Ich stand schließlich mit feuchten Fingern vor seiner Tür, aber es öffnete keiner. Die Enttäuschung saß tief. Wo war er? Warum hielt er sich gerade heute nicht zu Hause auf? Oder schlief er einfach so fest. Ich öffnete die Tür, um nachzusehen, ob er das Klingeln vielleicht einfach überhört hatte, aber Jamie war wirklich nicht zu Hause. Ich wählte seine Nummer und rief ihn schließlich an. Nachdem es bestimmt zehnmal geklingelt hatte, nahm er endlich ab. Im Hintergrund hörte ich viele Stimmen und Geräusche. Wo zum Henker hielt er sich auf? Anscheinend amüsierte er sich ganz gut ohne mich, kaum dass ich von Berlin weit genug weg war. Mein Magen begann zu kneifen und das Atmen fiel mir schwer.

„Hallo, Tom … ich versteh dich kaum. Und ich hab das Telefon auch beinah nicht gehört!“, brüllte er gegen die Lautstärke an. Ich hielt das Telefon ein wenig vom Ohr weg.

„Wo steckst du?“ Ich wusste nicht, ob ich meine Tonlage unter Kontrolle hatte, so sehr regte mich die Situation gerade auf. Eifersucht auf was auch immer kochte in mir hoch.

„Ich bin Schlittschuhlaufen mit meiner Therapiegruppe. Konfrontationstherapie!“,erklärte er immer noch schreiend, „Und wo bist du?“ Ich holte tief Luft und schluckte den Kloß im Hals hinunter. Meine Eifersucht war also kindisch und unbegründet.

„Ich steh vor deiner Tür und wollte dich überraschen, Jamie. Ich hab dich wahnsinnig vermisst!“, rutschte es mir heraus, bevor ich es verhindern konnte. Am anderen Ende der Leitung blieb es still und es wurde geräuschvoll geatmet.

„Du machst mich fertig ... Tom ... ich hab dich auch jeden Tag schrecklich vermisst. Und nun? Kommst du hierher?“ Seine Stimme war jetzt lauter, weil es im Hintergrund leiser geworden war, klang aber belegt und rau. Ich nickte, obwohl er das ja nicht sehen konnte.

„Welche Eishalle?“, fragte ich knapp. Zu mehr war ich nicht fähig.
„Keine Halle, Eisbahn Potsdamer Platz!“, kam die Antwort.
„Okay, ich brauch ’ne halbe Stunde, dann bin ich da!“ Ich legte schnell auf, denn ich fürchtete, er könnte sonst mein Herz laut schlagen hören. Die folgende halbe Stunde Fahrzeit fühlte sich endlos an. Wenn der Körper unter Strom steht, der Bauch Achterbahn fährt und der Kopf nicht klar denken kann, dann kommt einem jede Sekunde endlos vor. Und trotzdem packte mich dann eine Art Angst, als ich die Eisbahn endlich erreichte. Wie würde unser Aufeinandertreffen verlaufen? Ich stellte mich an die Bande und suchte die Eisfläche nach Jeremias ab. Da entdeckte ich ihn. Leichtfüßig lief er auf der glatten Oberfläche, wagte Drehungen und lief dann sogar rückwärts. Definitiv war er kein Anfänger auf dem Eis. Er trug einen dicken roten Schal und seine Wangen glühten. Er unterhielt sich im Vorbeifahren mit einer jungen Frau. Dann entdeckte er mich und auf seinem Gesicht erschien ein Lächeln, dieses sanfte Lächeln, welches ich von Anfang an so fesselnd fand. Jetzt, da er mich entdeckt hatte, kam er auf mich zu und je näher er kam, desto mehr konnte ich das Lächeln auch in seinen Augen sehen. Grüngraue Augen, die strahlten und die speziell mir bis ins Herz sehen konnten. Kurz vor der Bande bremste er, ebenfalls ziemlich professionell, so wie Eishockeyspieler bremsten.

„Da bist du ja ...“ Seine Stimme klang atemlos, etwa so, wie ich mich fühlte. Ich nickte und versuchte irgendwelche Worte zu finden und dann auch noch auszusprechen.

„Ja, da bin ich. Wann kannst du die Veranstaltung verlassen? Ich habe nur ein paar Stunden, bevor ich zurückmuss.“ Ich starrte ihn einfach an, unfähig zu sagen, was ich gerade fühlte oder was ich glaubte, was er mir bedeutete. Denn wenn ich es aussprach, dann war es real und real bedeutete, meine homosexuelle Seite zu akzeptieren.

„Gleich, in zehn Minuten, ich verabschiede mich, wartest du hier?“ Fragend sah er mich an.
„Ja, ich warte hier auf dich!“, antwortete ich atemlos. Jetzt war kein Platz für schlechte Gedanken und ich fragte mich, wo sie so plötzlich herkamen. Ich war hierhergekommen, weil ich ihn vermisste und weil ich mit ihm zusammen sein wollte, nicht um meine Sexualität erneut infrage zu stellen, aber diese Art Gedanken stahlen sich immer wieder in meinen Kopf und versuchten mir das Schöne madig zu machen. Es dauerte nicht einmal fünf Minuten, dann sah ich, wie er sich verabschiedete und wieder auf mich zukam. Ein wenig außer Atem hielt er sich an der Bande fest, während er seine Schlittschuhe auszog. Kurze Zeit später hatte er seine Straßenschuhe wieder angezogen und sah mich fragend an. In seinen Augen sah ich dieselbe Unsicherheit, die auch ich verspürte. Keiner von uns beiden wusste mit dem anderen umzugehen. Schließlich beschlossen wir, zum Aufwärmen in einem Café einzukehren. Bei Tee und Kakao wärmten wir uns und auch den Umgang miteinander wieder auf. Mit jedem Schluck der warmen Getränke tauten wir mehr auf, lachten, scherzten und mieden nicht mehr den Blick des anderen. Die alte Vertrautheit war wieder da und noch etwas mehr dazu. Eine innere Unruhe machte sich in mir breit, ein Drängen. Jedes Mal, wenn sich unsere Blicke trafen, schien es, als würden kleine Blitze zwischen uns hin und her fliegen. Kleine elektrische Ladungen, die uns atemlos machten. Obwohl wir uns nicht berührten oder vielleicht gerade weil wir es nicht taten, baute sich eine Spannung auf, die stetig zunahm. Selbst als wir das Café verließen und eiskalte Luft uns umgab, kühlten wir nicht ab, sondern heizten uns in Gedanken weiter auf. Schweigsam gingen wir spazieren, genossen einfach die Anwesenheit des anderen. Ohne es besprochen zu haben, schlugen wir den Weg Richtung Zuhause ein, fuhren mit der U-Bahn, saßen nebeneinander und lächelten uns verstohlen an. Als wir ausstiegen, überraschte uns ein Eisregen. Binnen weniger Sekunden waren wir nass bis auf die Knochen. Eilig liefen wir so schnell es ging und erreichten schließlich den Hauseingang. Mit steifen Fingern schloss Jeremias die Tür auf. Obwohl durchnässt, spielte ich plötzlich mit dem Gedanken, mich sofort zu verabschieden und zurück nach Leipzig zu fahren. Ich wusste, dass etwas zwischen uns war und dass sich mit dem Betreten des Hauses alles ändern würde. Trotzdem folgte ich Jeremias ins Haus, wankelmütig und unsicher wie ein Teenager.

Mit dem Betreten des Hauses kehrte sie zurück, die große Unsicherheit, gepaart mit diesem Gefühl, diesem unbestimmten Gefühl, oder besser dem, was ich in meinem Kopf nicht bestimmen wollte. Dieses sich hingezogen fühlen, atemlos sein, bei dem Gedanken an ihn erregendes Kribbeln, sobald er in meiner Nähe war. Untrüglich, wäre Jeremias eine Frau. Aber so hatte ich es immer verdrängen oder nicht wahrhaben wollen. Leider kann man Gefühle nicht verdrängen und am wenigsten die, die man eigentlich nicht haben möchte, aber sie waren real und heftig und nicht mehr falsch zu deuten. Ich stand hier im Fahrstuhl neben ihm, klatschnass bis auf die Knochen. Unsere Körper dampften und die Haare klebten am Kopf. Immer wieder schaute ich verstohlen zu ihm rüber, registrierte Kleinigkeiten wie die Wasserperlen, die in seinen Wimpern hingen. Unser Atem ging schnell, aber das lag nicht nur daran, dass wir gelaufen waren. Die Spannung, die schon die ganzen Wochen irgendwie zwischen uns hing, trug dazu bei. Das Licht flimmerte wieder in der engen Kabine, so wie immer, aber diesmal wurde die Situation dadurch surreal. Keiner sprach, aber aufmerksam wurde jede Regung registriert, jedes Rascheln, jeder Atemzug rauschte laut in meinen Ohren, während das Dröhnen des Fahrstuhls wie aus weiter Ferne zu kommen schien. Ich kannte diesen Zustand, liebte ihn. Jeder Mensch liebte es, verliebt zu sein, jemanden zu wollen und zu spüren, dass dieses Gefühl erwidert wird. Aber diesmal wollte ich nicht so fühlen, oder ich wehrte mich immer noch dagegen. Gleichzeitig hatte ich das Gefühl, dass es sich nur noch verstärkte, je mehr ich dagegen anzukämpfen versuchte. Das, was zwischen uns in der Luft lag, würde mein Leben verändern und ich hatte Angst davor.

Mit einem Ruck stoppte die Fahrt, das Licht flackerte und ein leises Pling signalisierte, dass wir die Etage erreicht hatten. Gleichzeitig öffneten sich die Türen. Jeremias sah mich verstohlen an, stellte schnell den Fuß in die Tür, damit sie sich nicht wieder schließen konnte. Ich schluckte, wusste nicht, was ich tun sollte, wusste, dass ich ihn nicht bis zu seiner Wohnungstür bringen sollte, wusste, dass ich es trotzdem tun würde ...

Seine Finger berührten meine, federleicht, und trotzdem kribbelte es sofort überall in meinem Körper. Dann machte er einen Schritt, betrat den Flur und überließ mir die Entscheidung, ob ich ihm folgen wollte. Ich schloss die Augen, hielt kurz die Luft an, hörte, wie er ein paar Schritte machte, spürte, wie die Türen sich wieder schließen wollten und kämpfte mit mir den wohl schwersten Kampf überhaupt. Im letzten Augenblick hinderte ich die Türen mit der Hand daran, sich zu schließen, schob sie auseinander und quetschte mich hindurch, folgte Jeremias, folgte dem Drängen in meinem Inneren. Jeremias lehnte mit dem Rücken an seiner Tür, den Schlüssel in der Hand und wartete auf mich. Jeden Schritt, den ich in dem dunklen Gang auf ihn zumachte, flogen mehr Schmetterlinge in meinem Bauch umher, stoben auf und machten mir das Atmen schwer. Wissend, dass jeder Meter, den ich vorwärtsmachte, mein altes Leben irgendwie hinter mir blieb. In Warteschleife? Oder aber wahrscheinlich nie mehr so wie vorher!

Schließlich stand ich dicht vor ihm. Die kleine Lampe über der Tür warf nur ein schwaches Licht auf ihn, auf mich. Vielleicht geschah das alles nur in einem Traum, war gar nicht wahr und ich würde am Ende in meinem Bett erwachen. Aber es fühlte sich alles zu echt an, zu intensiv. Die Wärme, die der Mann vor mir ausstrahlte, der Atem, der mein Gesicht traf, die Berührung von warmen Fingern an meiner Wange, denn kaum stand ich vor ihm, hatte Jeremias die Hand gehoben und streichelte mich zaghaft. Ich schloss die Augen und genoss es, wie er mit den Kuppen über meine von leichtem Bartschatten überzogene Wange strich, hinüber bis zu meinem Mund. Wie von selbst öffneten sich meine Lippen und gaben dem sanften Druck seiner Finger nach, als er die Konturen nachzog. Das Blut schoss mir in den Unterleib, heiß und heftig, und ein Stöhnen löste sich aus meiner Kehle. Nicht die Augen öffnen, nicht sehen, wer hier vor mir stand. Nur spüren und genießen. Warme Lippen legten sich auf meine, zaghaft, vorsichtig tastend. Ich leistete keine Gegenwehr. Dann löste er sich wieder von mir, zwang mich so, ihn anzusehen.

„Kommst du mit rein …?“ Fragend sah er mich an. Seine geflüsterten Worte mussten erst einmal einen Sinn in meinem Kopf ergeben. Gefangen in dem Moment, in der Erregung, dauerte es ein paar Sekunden. Immer noch lag seine Hand auf meiner Wange, zog sich nur langsam zurück. Er gab mir noch einmal die Chance, es mir zu überlegen, und ich hasste ihn dafür. Vor mir stand ein Mann, mit sanft geschwungenen Lippen und einem Dreitagebart, mit grüngrauen Augen, die mich vertrauensvoll, sinnlich, aber fragend musterten. Obgleich es schummrig war, konnte ich in seinem Blick lesen, dass er mich zu nichts überreden wollte, dass ich diese Entscheidung ganz allein treffen sollte und wahrscheinlich auch musste. Gleichzeitig lag in seinem Blick so viel Vertrauen, dass es mir eng um die Brust wurde. Nicht nur ich focht einen Kampf mit mir aus, nein, auch Jeremias musste seine Angst bekämpfen und einen anderen Menschen wieder nah an sich heranlassen. Dass ich dieser Mensch war und er mir dieses immense Vertrauen schenkte, war etwas ganz Besonderes, aber setzte mich gleichermaßen unter Druck, es nicht zu versauen. Mein Kopf, nicht mein Körper sollte sich entscheiden. Aber eigentlich hatte ich mich schon vor Wochen entschieden, als ich trotz der Auswirkungen auf meinen Beruf und meiner Partnerschaft weiterhin Jeremias' Nähe suchte. Ich nickte nur und fing ein winziges Lächeln meines Gegenübers auf, bevor er sich umdrehte und mit zitternden Fingern die Wohnungstür aufschloss. Ich folgte ihm, trat ins Innere, schloss die Tür und lehnte mich dagegen. Hinter mir sperrte ich mein altes Ich aus, um ein neues auszuprobieren.

****

Unerfahren fühlte ich mich. Aufgeregt, nicht wissend, was oder ob es anders mit einem Mann sein würde, ängstlich vielleicht, alles mit diesem Schritt zwischen uns kaputtzumachen, diese Freundschaft zu zerstören. Was, wenn es mir nicht gefiel? Jeremias drehte mir immer noch den Rücken zu. Auch er schien sich sammeln zu müssen. Ich sah, wie er die Jacke öffnete und sie von den Schultern gleiten ließ. Achtlos fiel sie auf den Boden. Dann drehte er sich um und einen Schritt später stand er wieder dicht vor mir. Im Flur brannte kein Licht. Er wurde nur aus dem angrenzenden Wohnzimmer erhellt, wo die Leuchtreklame wie immer bunt von der gegenüberliegenden Straßenseite hinein schimmerte. Ich begann meine Jacke aufzuknöpfen, machte es Jeremias einfach nach. Die Jacke rutschte hinter mir auf den Fußboden. Ich überließ ihm die Führung, wollte, dass er nur das zuließ, was er bereit war zu geben, wartete einfach ab; fühlte mich sowieso nicht in der Lage, den ersten Schritt zu machen. Mein Körper war gespannt bis in die Haarspitzen, zitterte leicht. Es schien eine halbe Ewigkeit zu vergehen, bis Jeremias sich wieder bewegte, noch näher kam, seine Hände auf meine Brust legte und diese langsam hochschob, um sie um meinen Hals zu schlingen. Unsere Oberkörper berührten sich und sein Kopf kuschelte sich in meine Halsbeuge, wo ich seine Lippen an meinem Hals spüren konnte. Reflexartig schlossen sich meine Arme um ihn, ich presste ihn an mich und genoss es, ihn endlich ganz nah bei mir zu haben. Da standen wir, hielten uns einfach im Arm, nicht mehr als Freunde und noch nicht als Liebende, aber verbunden. Endlich verbunden. Minutenlang wiegten wir uns hin und her, hielten wir uns nur eng umschlungen. Erst als die Lippen an meinem Hals spielerische Küsse verteilten, änderte sich die Stimmung zwischen uns, erwachte die Erregung erneut und mit frischer Glut. Jeremias küsste sich den Hals empor, hinterließ eine brennende Spur, nur um mich dann komplett in Brand zu setzen, indem er mein Ohrläppchen sanft in den Mund sog. Ein Stöhnen entwich meiner Kehle und ich presste mich noch enger an den Mann in meinen Armen.

Als sich langsam suchende Lippen und eine vorwitziger Zunge einen Weg entlang der Wange zu meinem Mund wagten, war es um mich geschehen. Das Rauschen in meinen Ohren wurde stärker, das Ziehen in meinem Unterleib beinahe unerträglich. Ich drehte den Kopf ganz leicht und kam ihm so entgegen. Unsere Münder fanden sich wie von selbst und sie passten perfekt zueinander. Ein Kuss, der erste Kuss, den ich mit einem Mann teilte. Ja, denn der Körper vor mir war nicht der einer Frau, sondern ein sehnig muskulöser Mann. Keine weichen Brüste, keine Rundungen. Deutlich spürte ich seine Härte an meinem

Oberschenkel pochen. Das Indiz dafür, dass er ein Mann war, genau wie ich. Dass er ebenso erregt war, darüber gab es keinen Zweifel. In meinem Kopf drehte sich alles. Ich versuchte immer noch innerlich gegen das, was geschah, zu kämpfen, aber mein Körper wollte keinen Widerstand. Er wollte mehr und mehr. Unsere Lippen hingen aneinander und unsere Zungen spielten ein heißes Spiel miteinander, sanft und forsch zugleich. Meine Hände begaben sich auf Wanderschaft, wagten sich vor, legten sich um Jeremias' Gesicht und ich spürte neben weicher Haut erste kurze Bartstoppeln unter den Fingerkuppen. Ungewohnt und neu. Dasselbe Gefühl an den Lippen, die immer wieder von den harten Spitzen gereizt wurden. Unsere Unterleiber nahmen einen wiegenden Rhythmus auf, rieben sich aneinander. Immer stärker spürte ich Jeremias' harten Penis an meinem Bein. Automatisch übte ich Druck aus, um ihm Lust zu verschaffen. Mit der wachsenden Erregung geschah alles ganz automatisch, verlor ich die Scheu und er seine Ängste. Wir ließen unserem Begehren einfach freien Lauf. Hastig wurden sich die nassen T-Shirts gegenseitig ausgezogen, nackte Haut entblößt. Hände gingen auf Wanderschaft, seine wie meine. Ich fühlte die feste muskulöse Haut seines Rückens unter meinen Fingern. Spürte das Spiel seiner Muskeln. Ich stöhnte auf, als er seinen Mund auf meine Brust senkte und einen Nippel zwischen den Lippen verschwinden ließ. Sanft, aber mit festem Druck saugte er erst, bevor ich seine Zähne spürte. Gekonnt lenkte er mich so ab, denn seine Finger öffneten die Knöpfe meiner Jeans. Eine Tabuzone, oder eher die letzte Barriere, so empfand ich es jedenfalls. Den Atem anhaltend spürte ich, wie er einen Knopf nach dem anderen öffnete. Gar nicht so einfach, denn die Hose stand schon sehr unter Spannung. Die Berührung seiner Finger in dieser intimen Zone erleichterte ihm die Arbeit nicht. Schließlich sprang auch der letzte Knopf aus dem Loch. Hitze stieg in mir auf, denn meine schwellende Härte fand ihren Weg aus dem engen Gefängnis und lugte aus dem Hosenbund heraus. Jeremias' Blick, mit dem er vorher meinen gefangen hielt, stumm um Erlaubnis fragend, und in dem ich dieselbe Unsicherheit lesen konnte, wie ich sie verspürte, war nun nach unten gerichtet und dann spürte ich, wie er die angehaltene Luft aus den Lungen entließ und ein kühler Luftzug meine empfindsame Spitze reizte. Mein Atem verließ hechelnd meine Kehle. Das Ganze ging mir zu schnell und dauerte gleichzeitig viel zu lange. Ich wollte ihn wegstoßen, aber mein Körper sehnte sich danach, weiterhin berührt zu werden. Und mein Kopf, jedenfalls die Region, der es absolut egal war, was die Leute denken könnten, wenn sie das hier wüssten, dieser Teil meines Ichs wollte unbedingt von Jeremias berührt werden. Die andere Hälfte versuchte sich in den Vordergrund zu drängeln, mir ein schlechtes Gewissen einzureden. All die dummen und homophoben Sprüche der vergangenen Wochen wirbelten mir im Kopf herum, wollten mir meine Lust auf diesen Mann madig machen. Aber die andere Seite gab nicht kampflos auf, schickte mir andere Bilder vor das innere Auge. Meine Zeit mit Jeremias, unser Lachen und unser angenehmes Schweigen, einfach alles, was wir gemeinsam unternommen hatten, lief im Zeitraffer vor mir ab. Und als ich die Augen öffnete, blickte ich in das fragende Gesicht des Menschen, der mir so verdammt wichtig geworden war. Erregung und Erkenntnis, dass das Schicksal dafür gesorgt hatte, dass ich Jeremias über den Weg gelaufen war, sorgten dafür, dass ich nicht mehr dachte, sondern nur noch fühlte.

„Küss mich ... berühr mich ...", flüsterte ich atemlos, gab ihm die Erlaubnis zu tun, was ihm beliebte, was er wollte und bereit war zu geben. Sein Mienenspiel wirkte erleichtert und dann beugte er sich vor und küsste mich wieder...

****

Warm legten sich Jamies Lippen auf meine, während er sich seitlich an mich schmiegte und ein Knie über meine nackten Beine schob. Seine Hand lag entspannt auf meiner Brust und mit dem Zeigefinger zog er kleine Kreise auf meiner Haut. Ich fühlte mich wie in einem Film, aber nicht wie ein Schauspieler. Wie in einer fremden Welt und doch irgendwie zu Hause.

„Geht's dir gut?“, flüsterte Jamie. Jede Bewegung seiner Lippen spürte ich auf meiner Brust, denn er hatte seinen Kopf darauf gebettet. Ich brummte ein Ja, strich zärtlich seinen Rücken rauf und runter. Sicher wollte er eine ausführlichere Auskunft über meine Gefühlswelt, darum holte ich tief Luft und versuchte meine Gedanken und Empfindungen zu ordnen. Ich lag hier in einem weichen Bett, hielt Jamie im Arm. Noch vor zwanzig Minuten waren wir regelrecht im Rausch der Sinne gewesen, aber nicht wild oder unbeherrscht, sondern sanft und gefühlvoll. Ich hatte mich, einmal die Weichen für Jeremias gestellt, arg zusammenreißen müssen, um meinen starken Gefühlen nicht zu wild nachzugeben. Jeremias sollte keine Panik bekommen, aber er schien die furchtbare Tat völlig auszublenden, oder aber er vertraute mir einfach. Eine Spur von Kleidung lag vom Flur bis in den Wohnraum verteilt auf dem Fußboden und endete an Jeremias' Bett. Gegenseitig hatten wir uns der Kleidung entledigt und fast jeden Zentimeter freie Haut geküsst und mit Lippen und Zunge bearbeitet. Nichts, was ich nicht mit Paula auch getan hätte, und dennoch mit einer anderen Dynamik. Jamies Finger wussten zielsicher, wo es mir gefiel, wie fest man zupacken durfte oder sogar angefasst werden wollte. Obwohl wir nicht miteinander schliefen, war dies eine der aufregendsten sexuellen Erfahrungen meines Lebens. Neu und dennoch vertraut. Alles an Jeremias kannte ich von meinem eigenen Körper, doch noch nie hatte ich einen anderen Mann so berührt. Meine anfängliche Scheu verlor sich schnell. Sie wich der Neugier, angetrieben von starker Erregung. Feste Haut, haarigere Waden, muskulöse Brust und Arme, ein erigierter Penis. Letzteres sorgte erst für eine gewisse Scheu bei mir. Doch dann traf mich die Erregung hart, als ich mich überwand sein Glied zu berühren und mir durch die Finger gleiten zu lassen. Mit angehaltenem Atem, der dann aber schnell lautstark meinen Lungen entwich, sobald ich seine pralle Härte umschloss und er es mir gleichtat. Unsere Münder fanden sich in einem gierigen Kuss, während wir uns gegenseitig befriedigten. Die Augen geschlossen, ließ ich mich schnell treiben, wusste, dass es ihm ähnlich erging, spürte, wie sich erste Tropfen der Lust auf seiner Spitze verteilten. Gleichzeitig schloss sich seine Faust enger um mich, packte auch noch fester zu, ruckten unsere Becken nach vorn. Und während unsere Zungen sich umschlangen, wir die Luft des anderen atmeten, kamen wir beinahe gleichzeitig zum Höhepunkt. Das Sperma schoss heraus, als Zeuge unserer Lust, benetzte Bauch und Brust des jeweils anderen. Unsere Finger rutschten noch ein paar Mal fest über die gesamte Länge, dann wurden unsere Körper weich und nachgiebig. Entspannt hingen unsere Lippen nur noch locker aneinander, knabberten zärtlich, oder saugten spielerisch.

„Ich weiß nicht, was ich denken soll, Jamie. Es fühlt sich gut und richtig an, mit dir in meinen Armen, aber ...!“ Ich grübelte, wie ich ihm erklären sollte, was mich beschäftigte. Jamie kam mir zuvor.

„Aber du hast grad Angst vor dir selbst. Du willst es am liebsten gleich noch mal machen und schämst dich trotzdem oder denkst daran, was die anderen darüber denken könnten, jetzt, wo du wieder das Sagen hast und nicht dein Schwanz.“ Er traf den Nagel so was von genau auf den Kopf. Das waren meine Gedanken, meine Gefühle, und er verstand mich.

„Du musst dich aber nicht entscheiden, was du bist. Du bist du und du magst Frauen und Männer. Das ist okay, Tom.“ Er schob sich langsam ganz auf meinen Körper und küsste mich wieder, reizte mich mit der Zunge und gab mir so noch ein wenig Zeit zum Nachdenken, oder auch nicht, denn sobald wir in diesen Kuss versanken, wollte ich nicht mehr denken, wollte ich nur noch ihn und seine Zärtlichkeiten. Trotzdem hielt ich inne.

„Und wie geht es dir?“, fragte ich vorsichtig.
„Es geht mir gut, Tom. Weil ich dir vertraue. Von Anfang an. Ich wusste, dass du nichts tun wirst, was ich nicht will; es war so, wie ich es mir gewünscht habe, nachdem ich endlich den Mut dazu gefunden habe.“ Er sah mir dabei in die Augen und ich wusste nicht, was ich darauf erwidern sollte, so sehr berührte mich seine Aussage und sein Blick noch viel mehr. Ich versuchte den Kloß im Hals hinunterzuschlucken, aber Jeremias erwartete keine Antwort, sondern bettete seinen Kopf wieder auf meine Brust. Wenn ich meinen Verstand einschaltete, konnte ich es noch immer nicht glauben, dass ich hier mit einem Mann nackt im Bett lag und noch vor Kurzem einen anderen Schwanz bis zum Orgasmus gewichst hatte. Aber im selben Augenblick, wenn ich an das dachte, was ich getan hatte, spürte ich, wie sich das Blut in meiner Körpermitte sammelte und mich hart werden ließ. Jeremias spürte es auch, hob den Kopf erneut und lächelte mich amüsiert an. Gleichzeitig führte er die Hand zwischen unsere Körper und legte die Finger um meine und seine eigene schwellende Härte. Erregt zuckte ich zusammen. Während seine Hand uns beide umspannte, bewegte er sein Becken rhythmisch vor und zurück und sorgte so für Reibung. Wir lagen aufeinander, küssten uns mal wild und mal verhalten, spielerisch und genossen die anhaltende Erregung, die langsam, aber stetig zunahm, bis wir uns schließlich selbst bis zum Höhepunkt rieben und dem anderen dabei zusahen, wie er kam. Ein geiles Gefühl, wie ich es noch nicht erlebt hatte. Aber ihm dabei zuzusehen, wie er sich selbst Lust verschaffte, wie sinnlich er dabei aussah, erregte mich absolut, denn ich wusste, was jede Berührung, die er sich selbst schenkte, für Gefühle bei ihm

auslöste. Nachdem es uns gekommen war, zog ich ihn atemlos und erschöpft in die Arme. Eng aneinandergekuschelt dösten wir ein. Verschwunden waren alle unguten Gefühle, denn in meinen Armen lag die Person, die ich nicht gesucht, aber dennoch gefunden hatte. Der Sex zerstörte nichts zwischen uns, sondern hatte uns noch enger zusammengeführt. Alles fühlte sich richtig an, jetzt und hier; auch wenn ich es immer noch nicht richtig glauben konnte und so genoss ich es einfach und dachte nicht an morgen oder übermorgen.

Den Zug verpasste ich natürlich, weil wir nicht aus dem Bett herauskamen. Den ganzen Nachmittag verbrachten wir auf weichen Laken, streichelten und küssten uns, schmusten, dösten ein und bescherten uns auch noch einen dritten Orgasmus. Alles fühlte sich völlig natürlich an. Einmal von der „verbotenen Frucht" gekostet, konnte ich nicht genug davon bekommen. Dass echter Sex erst einmal außen vor stand, war für mich klar. Auch da sollte Jamie den Zeitpunkt bestimmen, an dem er selbst bereit dazu war. Vielleicht fühlte ich mich auch bereit dazu, mich von ihm nehmen zu lassen. Wir hatten genug miteinander zu entdecken und ich vermisste nichts, denn die Art, wie er und ich im Bett agierten, unterschied sich schon von dem Sex, den ich bisher praktiziert hatte.

Obwohl ich mit Jamie genauso viele zärtliche Streicheleinheiten austauschte wie mit Paula, waren unsere Zärtlichkeiten dennoch anders. Meist zielgerichteter, weil wir genau wussten, wo die wichtigsten erogenen Zonen am Körper eines Mannes lagen. Klar wussten das Frauen auch, aber ein Mann weiß es aus eigener Erfahrung mit sich selbst. Er fasst anders zu, weiß, wie fest, spürt noch eher, wann es soweit ist. Außerdem war ich mir immer sicher, dass ich ihm Lust bereitete und wusste, dass er mir nichts vorspielte. Sicher gab es Tage, in denen einer von uns beiden weniger Lust auf Sex hatte als der andere, aber meistens verspürten wir zur gleichen Zeit Lust aufeinander. Mehr und mehr verlor ich jegliche Scheu. Es gab keine Stelle an seinem Körper, die ich nicht mit Lippen und Zunge verwöhnt hätte und umgekehrt genauso.

Nie im Leben hätte ich angenommen, dass es mich dermaßen erregen könnte, den Schwanz eines anderen Mannes zu blasen. Aber tatsächlich genoss ich es ungemein, für seine Lust zuständig zu sein, zu empfangen, zu geben. Eine Frau oral zu befriedigen, ist etwas völlig anders, als einen harten Schwanz zu schlucken. Ich weiß noch, als es das erste Mal dazu kam.

Nach einer weiteren schmerzlichen Woche Trennung beendete ich den Lehrgang erfolgreich. Während dieser Zeit telefonierten wir täglich so oft es ging und meine Handy-Rechnung explodierte regelrecht. Aber wir waren verrückt nacheinander und litten furchtbar unter der Trennung, jetzt, da wir uns endlich richtig gefunden hatten. Zurück in Berlin gratulierte Bettina zu dem bestandenen Lehrgang, aber ich erbat mir noch ein wenig Bedenkzeit. Zuerst wollte ich abwarten, was genau bei Kevins Abmahnung herauskam und wie er sich danach verhielt. Dafür weihte ich

Thorsten und Bettina in meinen neuen Beziehungsstatus ein. Sie freuten sich ehrlich für uns und wahrten Stillschweigen darüber. Erst einmal wollte ich das Zusammensein mit Jeremias geheimhalten und genießen, bevor ich mich tatsächlich mit einem Outing befassen würde. Allein der Gedanke daran jagte mir eiskalte Schauer den Rücken hinunter.

Ich fuhr dann zu Paula, um den Rest meiner Sachen zu holen. Es war an der Zeit, dieses Kapitel meines Lebens zu schließen. Sie fragte, wo ich denn jetzt untergekommen sei. Da ich nicht wusste, ob sie noch Kontakt zu Kevin pflegte, verschwieg ich ihr die Wahrheit und erklärte, dass ich noch immer in einer ranzigen Absteige wohnte, aber nach einer Wohnung suchen würde. Dass ich praktisch bei Jamie eingezogen war, musste sie nicht wissen und genauer nachfragen traute sie sich anscheinend nicht. Vielleicht wollte sie die Wahrheit im Moment gar nicht so genau wissen, um sich nicht noch bewusster darüber zu werden, dass ich sie gegen einen Mann an meiner Seite getauscht hatte.

Ich fuhr dann auf dem direkten Weg zu Jeremias, der mich stürmisch begrüßte. Sofort warfen wir uns in die Arme und verfielen minutenlang in eine wilde Knutscherei. Nichts hatte sich nach dem letzten Treffen verändert. Ihn wieder in den Armen zu halten, ihn zu schmecken, zu riechen, fühlte sich einfach toll an. Dieses Aufeinandertreffen gestaltete sich etwas stürmischer und weniger verhalten, weil wir wussten, dass wir uns vertrauen konnten. Bis zum Bett schafften wir es nicht einmal. Schon im Flur kam es zu dem, was ich mir die ganze Woche, wenn ich allein im Bett lag, vorgestellt hatte. Ich kniete mich vor ihm nieder und sah zu ihm auf, während ich begann den Knopf und den Reißverschluss seiner Hose zu öffnen. Jeremias' Hände lagen locker auf meinen Schultern, aber als ich seine Hose langsam hinunterzog, spürte ich, wie sein Griff sich verstärkte. Unsere Blicke hingen aneinander, fragten immer wieder stumm um Erlaubnis, lasen jede mentale Veränderung des Gegenübers darin ab. Meine Hände legten sich auf seine entblößten Oberschenkel, rutschten daran empor und legten sich auf seinen Po, zogen langsam die gestreiften Shorts hinunter. Vor mir sprang seine pralle Härte aus ihrem Gefängnis und wippte leicht. Jeremias schloss die Augen und sog hörbar die Luft in die Lungen und mein Blick löste sich von seinem Gesicht, um an dem harten Geschlecht vor meiner Nase hängenzubleiben. Das war es, was ich wollte, was mich wahnsinnig erregte. Oft genug davon geträumt oder es mir auch vorgestellt, wollte ich es nun selbst erleben. Eine Hand löste sich von seinem Po, glitt nach vorn, umschloss die Länge und rutschte ein paar Mal daran hoch und runter. Jamie zuckte zusammen und stöhnte leise auf. Ich streckte die Zunge heraus und berührte mit der Spitze ganz leicht seine Eichel, entließ dann die angehaltene Luft aus meinen

Lungen. Eine leichte Gänsehaut überzog augenblicklich seinen Körper. Ein paar Mal leckte ich über seine empfindliche Spitze, bis erste Tropfen der Lust aus dem kleinen Schlitz perlten. Sie schmeckten leicht salzig oder hatten eher einen sehr intensiven Eigenschmack. Ich wusste, wie Sperma schmeckt, hatte schließlich mein eigenes schon einmal probiert. In diesem Moment wirkte es wie ein Aphrodisiakum, löste irgendwelche chemischen Reaktionen in meinem Körper aus, die mich völlig elektrisierten. Genauso wie sein Duft, den er verströmte, den ich tief inhalierte und in mich aufsog.

Mein Unterleib spannte und meine Härte drückte unangenehm gegen den störrischen Stoff der Jeans, sodass ich schnell meine Hose öffnete, um für Platz zu sorgen. Dann widmete ich mich wieder meinem Verlagen. Mit den Lippen umschloss ich seine Eichel, saugte und leckte spielerisch, mich langsam vortastend. Jeremias' Hände krallten sich in meine Schultern und als ich den Blick nach oben richtete, sah ich, wie er mich beobachtete, wie er sich danach sehnte, dass ich ihn ganz in mich aufnahm. Ich öffnete den Mund und hielt seinen Blick gefangen, wollte dass er mich „benutzte". Er verstand meine stumme Bitte, umschloss mit der einen Hand seinen Schaft und legte die andere Hand an meinen Hinterkopf. Dann schob er mir seinen Schwanz zwischen die Lippen und bewegte sein Becken ganz langsam nach vorn. Ich genoss jeden Zentimeter, der sich in meinen Mund und Rachen schob, umschloss ihn fest mit den Lippen und sorgte für Reibung. Speichel sammelte sich in meinem Mund, vermischte sich mit seinem Saft auf meiner Zunge. Das war es, was ich wollte, ersehnt hatte und es machte mich unglaublich an. Während sich Jamie rhythmisch das Becken bewegend in mir versenkte, wichste ich mich selbst. Zuerst übte er nur leichten Druck an meinem Hinterkopf aus, mit zunehmender Erregung verstärkte sich dieser und hinderte mich daran zurückzuweichen. Ich atmete durch die Nase, hörte Jeremias' lustvolles Stöhnen, sah in sein vor Erregung verzerrtes Gesicht und wurde dadurch nur noch tiefer in meine eigene Erregung hineingezogen. Meine Hand flog über meinen Schwanz, schon spürte ich, wie es in mir stieg, drückte mich leicht an Jamies Oberschenkeln ab, brauchte mehr Platz zum Atmen. Er reagierte sofort, ließ mich frei und wichste sich vor meiner Nase weiter.

„Ich komme!", keuchte ich und wenige Sekunden später spannte sich mein Körper und entlud sich in einem Schwall warmen Saftes über meiner Hand. Jamie beobachtete mich, während ich kam und als ich erwartungsvoll den Mund erneut öffnete, um seinen Saft zu empfangen, war es auch bei ihm soweit. Warmes Sperma benetzte meine Zunge, meine Wangen. Ein letztes Mal schob sich seine zuckende Männlichkeit zwischen meine Lippen, ich saugte und umspielte die pralle Eichel mit der Zunge, so lange, bis er langsam runterkam und sich mir entzog. Ich erhob mich, sah ihm tief in die Augen und zog ihn in meine Arme. Ein inniger Kuss besiegelte unser Zusammensein. Unsere Zungen umspielten sich träge, der Atem beruhigte sich langsam, streichelnde Hände fuhren über den Körper des jeweils anderen, suchten sich einen Weg unter die Kleidungsstücke, die wir noch trugen. Jamie sah mich unter fast geschlossenen Augenlidern sinnlich an, bevor er mir sein Sperma genüsslich von Lippen und Wange leckte, um mich dann wieder zu küssen.

„Wow ... ich freu mich auch, dich wiederzusehen ...", nuschelte ich lächelnd, seinen Geschmack immer noch auf seinen Lippen. Jeremias grinste ebenfalls. Wir lösten uns voneinander und verschwanden Hand in Hand in den Wohnbereich, wo dann der Rest der Kleidung auf dem Fußboden landete und wir schnell ins kuschelige Bett verschwanden. Aneinandergekuschelt genossen wir es, uns endlich wiederzuhaben.

„Ich hab dich vermisst ...", flüsterte ich zärtlich an sein Ohr und ließ meine Zunge in die Muschel gleiten. Jamie zuckte zusammen.

„Nicht so doll wie ich dich ...!" Er grinste und kniff mich sanft in einen meiner Nippel.
„Hey ... werd nicht frech ..." Ich knuffte ihn in die Seite.„Nein, im Ernst ... ich hab dich unglaublich vermisst, Jeremias." Gerade als ich hier mit ihm im Bett lag, seinen warmen Körper im Arm, wusste ich, dass ich wahnsinnig verliebt war. Gerne nach Hause zu kommen, mich darauf zu freuen und nicht nur, weil dort unglaublich guter Sex auf mich wartete, hatte ich die letzte Zeit vermisst. Genau genommen war ich selbst in den Anfangszeiten mit Paula nie so gern nach Hause gekommen wie jetzt bei Jamie.

„Ich bin glücklich mit dir, Tom. Und das, obwohl ich dachte, nach der Sache nie mehr glücklich sein zu können. Ich bin so froh, dass es dich gibt ..." Er sah mir bei diesen Worten tief in die Augen und streichelte mir über die Wange. Das, was er gerade gesagt hatte, war besser als jede Liebeserklärung, nein, es war die beste Liebeserklärung überhaupt. Wir versanken erneut in Zärtlichkeiten, schlummerten schließlich ein. Alles entwickelte sich traumhaft. Die nächsten Wochen lebten und testeten wir uns als Paar.

Die Therapie zeigte bei Jamie Wirkung und er konnte bald wieder arbeiten gehen. Vielleicht lag es auch an unserer Liebe und daran, dass ihm Sex mit mir gefiel und er sich dabei wohlfühlte, dass ich ihn zu nichts drängte und ihn nie versuchte zu dominieren. Jeremias und ich verbrachten unsere gemeinsame Zeit weitestgehend in seinen vier Wänden, nur selten unternahmen wir etwas in der Öffentlichkeit. Im Liebestaumel stand uns der Sinn erstmal nach Zweisamkeit. Bei ihm konnte ich mich fallen lassen, während ich mich unter meinen Kollegen irgendwie unwohl fühlte. Sicher ging sie mein Privatleben nichts an, aber das Bewusstsein, dass sie die Wahrheit nicht kannten, bereitete mir mehr und mehr Bauchweh. Außerhalb unserer vier Wände hatte ich immer noch Probleme, mich Jeremias gegenüber zu bekennen. Niemand sah uns an, dass wir ein Paar waren, denn wir hielten weder Händchen noch küssten wir uns. Nur sehr selten vergaß ich meine mir selbst aufgestellte Regeln und küsste ihn oder legte den Arm um seine Schulter oder Taille. Jeremias ließ mich gewähren, auch wenn er dieses Versteckspiel längst hinter sich gelassen hatte und geoutet lebte. Jeder von uns beiden musste in seinem Leben Ängste abbauen und keiner drängte dem anderen sein Tempo auf.

Kevin verhielt sich im Moment ruhig oder etwas passiver, aber ich blieb weiterhin auf der Hut, genoss aber die einkehrende Ruhe im Revier und verdrängte die Zeit, in der jeden Tag Anfeindungen gekommen waren. Alles verlief beinahe zu perfekt und genau deshalb musste ja irgendwann die Wendung kommen. Denn immer dann, wenn man am wenigsten damit rechnete, erwischte es einen eiskalt.

Kapitel 34

Monotones dumpfes Piepsen weckte mich aus einem dunklen, aber nicht traumlosen Zustand. Wirres Zeug spukte in meinem Kopf umher, welches ich nicht zuordnen konnte, denn die Szenarien wechselten häufig und schnell und verursachten Schwindel. Die Augenlider fühlten sich so bleischwer an, dass ich sie unmöglich heben konnte. Meine Zunge klebte am Gaumen. Der Mund war ausgetrocknet wie ein See in der Sahara. Jegliches Zeitraumgefühl war mir abhandengekommen. Wo befand ich mich und warum fühlte ich mich, als hätte mich ein Lastwagen überfahren. Der Kopf dröhnte und immer wieder überrollten mich Wellen von Übelkeit. Ich wollte mich bewegen, jemanden rufen, aber mein Körper versagte mir jeglichen Dienst. Ich meinte Stimmen zu hören. Mein Name fiel. War das Jeremias' Stimme? Ich bewegte die Lippen, aber kein Wort verließ meine Kehle. Nur das Piepsen wurde schneller und lauter und plötzlich berührte mich jemand an der Hand, legte seine Finger sanft um meine und drückte sie ganz leicht.

„Hörst du mich, Tom? Bist du wach? Wenn ja, dann zwinkere oder drück meine Finger. Ich bin es, Jamie", hörte ich eine Stimme, Jeremias' Stimme nah an meinem Ohr. Ich wollte antworten, laut hinausschreien, dass ich verstanden hatte, dass ich ihn hörte, aber scheinbar bewegten sich weder meine Finger noch die Augenlider, denn Jeremias sprach mich noch ein paar Mal an, versuchte mir eine Reaktion zu entlocken.

„Ich dachte, er kommt endlich zu sich. Hoffentlich kommt er zu sich. Verdammt!", hörte ich Thorstens Stimme.

„Machen Sie sich nicht zu viele Gedanken. Seine Werte sind stabil und nach einem so schweren Schädel-Hirn-Trauma ist es nicht unnormal, dass er nicht sofort erwacht. Es kann ein paar Tage dauern. So ein künstliches Koma ist ja schließlich nicht ohne. Reden Sie viel mit ihm. Leise und eindringlich. Erzählen Sie von Dingen, die er kennt und mag und verlieren Sie nicht den Mut." Die Stimme kannte ich nicht, aber so, wie es sich anhörte, musste es sich um einen Arzt handeln. Von was sprach er? Koma? Schädel-Hirn-Trauma? Was zum Henker war passiert und wieso erinnerte ich mich an nichts? Ich fühlte mich gefangen in meinem eigenen Körper, wollte mich verständlich machen, aber konnte nicht. Mein Herz schlug wie verrückt und das Atmen fiel mir schwer. Panik stieg in mir noch. Panik, die ich keinem mitteilen konnte. Allerdings war dem Vitalmonitor deutlich anzuhören, dass Aktivität und Aufruhr in meinem Inneren herrschte.

„Da geht scheinbar eine Veränderung in Herrn Müller vor sich. Seine Werte sind so, als würde er erwachen. Warten Sie, Herr Seidler ..."Der Arzt wirkte aufgeregt. Wenig später hörte ich Schritte und der Arzt erteilte einer Schwester Anweisungen. An meinem Arm wurde hantiert und ich spürte, wie mir irgendwas Kaltes injiziert wurde. Das Herzrasen ließ daraufhin langsam nach und die Atmung normalisierte sich. Bleierne Müdigkeit überfiel mich und alles wurde wieder schwarz. Als ich das nächste Mal erwachte, sah ich Licht hinter meinen Augenlidern. Das Piepsen war immer noch zu hören, aber es schmerzte nicht mehr in meinem Schädel. Zwar fühlte ich mich noch wie gerädert, aber nicht mehr betäubt. Ich holte tief Luft und versuchte die Augen zu öffnen und es gelang mir tatsächlich einen Spaltbreit. Das Licht stach in meine Augen und ich schloss sie schnell wieder. Diesmal spielte mein Körper mir keinen Streich mehr und gehorchte, zwar noch schwach, aber die Panik blieb aus, gefangen zu sein und nicht gehört zu werden. Ein paar Mal blinzelte ich noch, bis sich meine Augen an das Licht gewöhnt hatten. Ich befand mich, wie erwartet, in einem Krankenhaus. Den Kopf vorsichtig zur Seite drehend sah ich den Vitalmonitor, der für den unangenehmen Ton zuständig war. In meinem Arm steckte ein Zugang. Vor knapp drei Monaten hatte ich Jeremias im Krankenhaus ähnlich verkabelt vorgefunden. Jetzt lag ich in einem und wusste nicht einmal, wie ich dahin gekommen war, zwar spukten ab und zu kurze Bilderfetzen in meinem Kopf umher, aber noch ergaben sie keinen Sinn. Leichter Schwindel erfasste mich, als ich den Kopf zur anderen Seite drehte. Die Überraschung war groß, denn dort auf einem ungemütlichen Stuhl saß, in sich zusammengesunken, Jamie und schlief. Den Kopf auf der Brust hängend, das Haar zerzaust und die Wangen voller Bartschatten, saß dort der Mensch, den ich liebte. Was immer mir passiert sein mochte, als ich ihn dort sitzen sah, wusste ich, dass ich ihn nicht mehr in meinem Leben missen wollte. Dass er hier saß und an meinem Bett ausharrte, bewies mir, dass er genauso für mich fühlte. Kurze Zeit später nickte ich schon wieder ein, ohne dass ich mich hatte bemerkbar machen können.

„Na, da sind Sie ja wieder, Herr Müller ...!“ Die Stimme gehörte zu einer jungen, in weiß gekleideten Frau, vermutlich einer Krankenschwester. Sie leuchtete mir mit einer kleinen Lampe in die Augen und sah dann zufrieden aus.

„Können Sie mir Ihren Vornamen und Ihren Geburtstag sagen?“, fragte sie mich freundlich und gut gelaunt. Diese Fragen stellten wir bei der Polizei auch, wenn wir Unfallopfer befragten oder Besoffene. Es diente nur zur Feststellung der geistigen Anwesenheit. Ich nannte krächzend meinen Namen und was sie sonst noch wissen wollte, verwundert, dass sich überhaupt ein Ton aus meiner Kehle löste. Eigentlich wollte ich nur wissen, weshalb ich überhaupt hier gelandet war, aber meine Kraft reichte nicht aus, eine neue Frage zu formulieren. Sie nickte zufrieden und tätschelte meine Wange. Dann verschwand sie kurz und kam mit einer kleinen Ampulle zurück.

„So, Herr Müller, ich spritze Ihnen jetzt etwas zur Stärkung, was Ihren Kreislauf stabilisiert und Sie ein wenig munterer macht. Der Doktor wird gleich kommen und Sie sich ein wenig genauer anschauen. Schön, dass Sie wieder bei uns sind.“ Gesagt, getan, wenig später hatte ich mein Medikament und eine neue Flasche Elektrolyte an meinem Zugang. Wie sie versprochen hatte, schaute auch der Arzt vorbei. Er untersuchte mich eingehend, stellte Fragen, die ich mit Augenzwinkern beantworten konnte, und zeigte dann auch ein zufriedenes Gesicht.

„An was können Sie sich erinnern, Herr Müller?“ Fragend sah er mich an, bevor ihm auffiel, dass man diese Frage nicht mit ja oder nein beantworten konnte.„Können Sie sich an etwas erinnern bezüglich des Abends, an dem Sie hier gelandet sind?“ Ich zwinkerte zwei Mal, das Zeichen für Nein.

„Ich schlage vor, ich hole Ihren Kollegen; er und einige andere schieben hier eine Dauerschicht und wechseln sich ab. Irgendeiner sitzt immer an Ihrem Bett, es sei denn, wir schmeißen sie raus. Besonders ein junger Mann lässt sich nur mit Androhung von Gewalt von Ihnen trennen“, erklärte mir der Arzt lächelnd. Ich versuchte auch ein Grinsen, ob es mir gelang, kann ich nicht sagen.

„Also, Herr Müller. Es geht Ihnen den Umständen entsprechend gut und Ihr Gedächtnis wird sich hoffentlich bald wieder einfinden. Machen Sie sich keine Sorgen, das ist normal nach einem Schlag auf den Kopf." Mit diesen Worten drehte er sich um, hob die Hand zum Gruß und ließ mich genauso schlau wie vorher zurück. Ich versuchte meine trägen, grauen Zellen in Gang zu bringen, was nur mäßigen Erfolg brachte. Weitere Bildfetzen jagten in Blitzgeschwindigkeit durch meinen Kopf, ohne sich zu einem konkreten Film oder Gedanken zusammenzusetzen. Ein leises Klopfen ertönte und kurz darauf wurde die Tür geöffnet. Schwerfällig drehte ich meinen Kopf. Thorsten streckte den Kopf durch den Türspalt. Ein erleichterter Gesichtsausdruck zeigte sich und er schlüpfte herein, schloss die Tür hinter sich und setzte sich auf den Stuhl neben meinem Bett.

„Mensch, Alter, was machst du für 'nen Scheiß? ... Bin ich froh, dass du wieder unter den Lebenden bist!", flüsterte er und sah beinahe so aus, als müsste er heulen. Ich nahm alle Kräfte zusammen und fragte mit brüchiger Stimme, was genau vorgefallen war. Die nächsten zehn Minuten verbrachte er damit, mir zu erzählen, welche Vorkommnisse mich ins Krankenhaus gebracht hatten. Gegen Ende merkte ich schon, wie ich ihm kaum noch folgen konnte, weil mir die Augen wieder zufielen. Im Schlaf setzte sich das Gehörte wieder zu Bildfetzen zusammen, die diesmal schon geordneter und klarer erschienen. Ob es nun ein Traum oder ein Gemisch aus Fiktion und Wirklichkeit war, vermochte ich nicht zu sagen. Als ich wieder zu mir kam, saß Bettina an meinem Bett. Auch sie war betroffen und vergoss ein paar Tränen.

„Tom, verdammt, was machst du für 'nen Scheiß, hältst für den Arsch den Kopf hin. Wie kommst du nur auf diese Idee?", tadelte sie mich. Zuerst sah ich sie nur verwirrt an, aber dann flogen ein paar Bilder vor meinem inneren Auge vorbei, blitzten auf und vermischten sich mit Gedanken und Erinnerungen. Kevin, die Sache hatte etwas mit Kevin zu tun. Die Demo, ja, irgendetwas hatte es mit der Demonstration der „Rechten Szene" zu tun. Ich schloss die Augen und versuchte mich zu konzentrieren, was mit Kopfschmerzen belohnt wurde.

„Die Erinnerungen kommen nur langsam wieder", stammelte ich und bat sie um ein Glas Wasser.

„Du darfst noch nicht, erst wenn sie sicher sein können, dass du dich nicht übergibst. Ach, und nachher kommt Jeremias. Wir mussten ihn beinah mit Gewalt hier wegschaffen. Er sitzt Tag und

Nacht an deinem Bett, seit drei Tagen“, erklärte sie mir. Ich erschrak. Drei Tage war ich also ohne Bewusstsein gewesen.

„Ja, und er gibt sich die Schuld an allem. Du musst so schnell, wie du kannst, mit ihm reden, okay?“ Sie redete eindringlich auf mich ein, merkte dann aber, dass mir schon wieder die Augen zufielen. Meine Wachphasen hielten nicht länger als maximal zehn Minuten, dann übermannte mich die Müdigkeit und ich schlief wieder ein, für circa zwei Stunden. Als ich das nächste Mal die Augen aufschlug, wusste ich, dass Jeremias anwesend war. Vielmehr spürte ich es, bevor ich den Kopf drehte, um ihn anzusehen. Er hielt meine Hand, wie schon das letzte Mal, streichelte sanft mit den Fingerspitzen meine Handinnenfläche. Als er bemerkte, dass ich erwacht war, spürte ich sofort, wie ihn die Aufregung packte. Er drückte meine Finger etwas fester und ich hörte, wie er die Luft vor Überraschung einsog. Er flüsterte meinen Namen und als sich unsere Blicke trafen, dachte ich, in seinem sanftem Blick ertrinken zu müssen. Er beugte sich vor, küsste vorsichtig meine Stirn.

„Endlich bist du wach ... ich hatte solche Angst um dich.“ Er klang atemlos und seine Stimme krächzte etwas. Ich wollte antworten, aber mein Mund war so trocken, dass ich nicht sprechen konnte.

„Schschscht ... du brauchst nichts sagen, Hauptsache, du schaust mich weiter an. Schau mich einfach an, Tom ...“, bat er mich eindringlich, streichelte mir mit der Hand über die Wange, weiter nach oben und strich mir ein paar Haarsträhnen aus der Stirn. Er hielt meinen Blick gefangen und wortlos versicherten wir uns unsere tiefe Zuneigung. Aber egal, wie sehr ich gegen die Müdigkeit kämpfte, irgendwann musste ich mich ihr geschlagen geben. Zuerst schlief ich traumlos, tief und fest. Dann folgte eine Traumphase, in der ich intensiv das Gehörte und die eigenen schemenhaften Erinnerungen verarbeitete.

Am Abend bekam ich eine klare Gemüsebrühe. Noch nie hatte ich mich mehr über flüssige Nahrung gefreut als jetzt. Endlich konnte ich meinen Mund und Hals befeuchten. Die warme Brühe wärmte mich von innen und schenkte mir neue Lebensgeister. Auch der Film in meinem Kopf wurde langsam immer vollständiger. Obwohl mir keiner wirklich gesagt hatte, was vorgefallen war, lichtete sich der Nebel. Aber die vollständigen Erinnerungen erlangte ich durch eine vorwitzige junge Krankenschwester zurück. Der Arzt hatte weiteren Besuch untersagt und schweren Herzens machte sich Jamie auf den Weg nach Hause, nicht ohne mich vorsichtig auf den Mund zu küssen und mich zu umarmen. Er versprach mir, den nächsten Tag wieder an meiner Seite zu verbringen. Die junge Nachtschwester betrat, kurz nachdem Jeremias gegangen war, den Raum und stellte sich mir als Schwester Josie vor. Sie schüttelte mir das Kissen auf, hängte eine neue Flasche Elektrolyte an und half mir dabei, ein paar Schlucke Wasser zu trinken.

„Sie sind ja jetzt ein Fernsehstar, Herr Müller“, grinste sie. Ich sah sie verständnislos an. Daraufhin durchsuchte sie ihre Hosentaschen und kramte ihr Smartphone hervor.

„Ihre Kollegen fahnden per Überwachungsvideo nach dem Schläger, der Sie so zugerichtet hat. Wollen Sie sehen?“, fragte sie mich aufgeregt. Natürlich wollte ich und so suchte sie das Video auf YouTube und hielt mir den Bildschirm vor die Nase. Das, was ich sah, ließ mein Herz vor Aufregung wild in der Brust pochen und meine Erinnerung mit einem Schlag zurückkehren.

Kapitel 35 (Rückblick)

Als ich zwei Tage zuvor morgens ins Revier kam, merkte ich gleich, dass etwas nicht stimmte. Die Kollegen steckten die Köpfe zusammen und tuschelten. Wenn ich in ihre Nähe kam, dann hörten sie auf zu reden und starrten mich an. Andere grinsten anzüglich. Mein Magen fuhr augenblicklich Achterbahn. Ich wusste untrüglich, dass mein Geheimnis keines mehr war. Wie auch immer es herausgekommen war, das Verhalten zeigte mir deutlich, dass etwas im Argen lag. Fragen wäre sicher die einfachste Lösung gewesen, aber genau davor fürchtete ich mich. Lange brauchte ich allerdings nicht warten, um des Rätsels Lösung zu erfahren. Ich bog um die Ecke in den Flur, in dem mein Büro lag, und prallte dort direkt gegen Kevin, der sich dort wartend platziert hatte.

„Na, na, na, nicht so schnell, kleine Schwuchtel. Wo willst du denn hin?“ Der schneidende Unterton in seiner Stimme jagte mir einen Schauer den Rücken hinunter. Hier lag Ärger in der Luft, und zwar jede Menge. Ärger, den ich vorausgesehen, verdrängt und irgendwann erwartet hatte.

„Was willst du, Kevin? Lass mich vorbei“, antwortete ich, aber meine Stimme hörte sich irgendwie lahm an, oder eingeschüchtert.

„Ich hab dich gewarnt, wenn ich untergehe, dann gehst du mit mir und tja, und nun ist es soweit. Mir wurde wegen deinem Arschficker und dir ein Verweis ausgesprochen. Meine Bezüge werden ein dreiviertel Jahr gekürzt, Arschloch. Und weil ich ein schlauer Bursche bin, und vorausschauend noch dazu, wissen jetzt alle, was für ’ne schwule Sau du bist, viel Spaß also!“, zischte er, drehte sich um und ließ mich tatsächlich stehen. Ich verschwand erst mal im Büro und atmete tief durch. Klar war das das Szenario, welches schon lange hätte passieren können, aber trotzdem war ich nicht darauf vorbereitet. Mein Körper spielte verrückt, Hitze breitete sich in mir aus, die Hände begannen zu kribbeln, Übelkeit stieg in mir hoch und das Atmen fiel mir zunehmend schwerer. Ich zog das Handy aus der Tasche, welches auf lautlos stand. Als ich es entsperrte, flatterten mir schon jede Menge Facebook-Nachrichten entgegen, die alle zu einem auf meine Chronik geposteten Foto gehörten. Jamie hatte mich auch schon mehrmals versucht zu erreichen. Als ich meinen Account öffnete, sah ich, um welches Foto es sich handelte, welches ein unbekannter User hochgeladen hatte. Es zeigte Jamie und mich bei einer unserer wenigen gemeinsamen Unternehmungen zu zweit in der Öffentlichkeit. Ich hatte den Arm um seine Schultern gelegt und unsere Lippen hingen aneinander. Das Foto war ziemlich scharf und wir waren gut zu erkennen. Nachdem ich es gespeichert hatte, entfernte ich es schnell mit einem Knopfdruck aus meiner Chronik. Die Kommentare reichten von erschrockenen Smileys, Kotz-Smileys, „Schwule Sau“, „Das hätten wir ja nicht gedacht“ bis zu auch ein/zwei positiven Einträgen, wo man ein ❤ oder „Muss Liebe schön sein□“ lesen konnte. Kevin hatte mich einfach geoutet. Er war wirklich ein beschissenes Arschloch und sollte mehr als nur die Bezüge gekürzt bekommen. Nur leider konnte ich ihm das noch nicht einmal beweisen. Was sollte ich jetzt tun, wie mich verhalten? Ob meine Eltern das Bild schon entdeckt hatten? Ich hätte es ihnen lieber selbst gesagt, aber nun hatte Kevin dafür gesorgt, dass Menschen davon wussten, denen ich es nicht auf die Nase gebunden hätte. Ich fühlte mich total unwohl, schämte mich und schämte mich erst recht für diesen Gedanken. Jamie zu lieben war kein Grund, sich zu schämen, und ich fand es traurig, dass einen die Gesellschaft zu solchen Gefühlen und Gedanken zwang. Jamie hatte diese Ängste und Zweifel auch ausstehen müssen und ich durfte nicht den Schwanz einziehen, denn das käme einem Verrat an ihm gleich. Ich rief erst einmal Thorsten an. Ich warf ihn aus dem Bett, denn er hatte Spätschicht und schlief noch.

„Was ist los, Mann, spinnst du?“, knurrte Thorsten gähnend ins Telefon.
„Nein, ich nicht, aber Kevin!“, brüllte ich beinahe in den Hörer. Danach berichtete ich Thorsten, was passiert war, und jammerte, weil ich nicht wusste, wie es jetzt weitergehen sollte.
„Du musst cool bleiben und dich nicht provozieren lassen, denn genau das will er. Du musst stark sein und rechtfertige dich nicht, du bist keinem Rechenschaft schuldig, verstanden!“, redete er auf mich ein. Alles gute, aber theoretische Ratschläge. Die Wirklichkeit sah leider anders aus. Ab jetzt verhielten sich speziell meine männlichen Kollegen wie die letzten Idioten. In der Kantine wechselten sie demonstrativ den Tisch, sobald ich mich setzte. An Kevins Tisch war ja noch genügend Platz und so konnte man in Ruhe lästern. Kein Kollege wollte mit mir Streife fahren und so fuhr

ich dann mit einer auszubildenden Kollegin. Natürlich tauschte Matusek dort, ohne mit der Wimper zu zucken, alle Dienste für die Kollegen, die plötzlich nicht mehr mit einem Schwulen Dienst schieben wollten. Nur eine Handvoll verhielt sich neutral, davon waren aber schon drei weibliche Kollegen. Hinter meinem Rücken wurde getuschelt und anzüglich gegrinst.

Gegen Mittag fand eine Übung für einen bevorstehenden Großeinsatz statt. Eine rechtsradikale Gruppierung hatte eine Demonstration angemeldet und es wurden natürlich linke Chaoten erwartet, die das Ganze zu boykottieren versuchten. Zu diesem Zweck wurde unser Wissen noch einmal aufgefrischt. Neben Selbstverteidigung übten wir auch noch mal Aufstellung mit Schild und Vollschutz, Sicherung des Nebenmannes usw. Schon beim Umziehen in der Kabine fühlte ich mich unbehaglich und wie auf dem Präsentierteller. Rechts und links neben mir blieben die Plätze weiträumig leer. Beim Training fand sich niemand, der mit mir Partnerübungen machen wollte. Ich verstand die Welt nicht mehr. Nur weil ich mich in das gleiche Geschlecht verliebt hatte, war ich doch nicht plötzlich ein anderer Mensch. Wie konnte ich solchen Menschen über die ganze Zeit vertrauen? Nur weil sie Polizisten waren? Anscheinend vertraten nicht alle die gleiche Motivation und Ansichten, die man in diesem Job haben sollte. Anscheinend waren nicht alle Menschen gleich und verdienten auch so behandelt zu werden und anscheinend zählte es nicht, dass man jahrelang ein gutes Verhältnis zueinander gehabt hatte. Als ich bei den Selbstverteidigungsübungen immer noch allein dastand, bestimmte unser Trainer, dass Kevin mit mir zusammen arbeiten sollte. Ausgerechnet Kevin! Natürlich protestierte der sofort lautstark.

„Mit dem mache ich das nicht!“ Bockig wie ein dreijähriges Kind stand er da, die Arme vor der Brust verschränkt. Giftige Blicke trafen mich. Ich zählte innerlich bis zehn, versuchte Thorstens Tipps zu beherzigen. Da stand ich inmitten von fünfzig Kollegen, wurde angegafft und offen ausgegrenzt, dabei hatte ich keinem etwas getan. Kevin musste in den letzten Wochen systematisch gegen mich gehetzt haben, anders konnte ich mir das Ganze nicht erklären.

„Sakowski, was soll das, warum wollen Sie nicht mit Müller trainieren?“, fragte der Trainer nach, der anscheinend nichts von dem neuesten Tratsch auf Facebook mitbekommen hatte.

„Weil er's nicht drauf hat und Angst hat, sich zu blamieren, wenn er gegen Müller verliert“, ertönte es hinter mir. Die Stimme kannte ich doch und sie gehörte meinem besten Freund Thorsten. Anscheinend hatte er sich sofort auf den Weg gemacht, obwohl er noch keinen Dienst hatte. Alle Köpfe schnellten herum und aus

Kevins Kehle löste sich ein verächtlicher Ton. Die versammelte Mannschaft wartete mit angehaltenem Atem darauf, was nun passieren würde.

„Was ist das hier für ein Kindergarten? Sakowski, Sie machen jetzt mit Müller die Übungen, wo sind wir denn hier? Wenn wir einen Einsatz haben, können Sie auch nicht bestimmen, wer neben Ihnen steht. Da sind wir eine Einheit. Also los jetzt!"

„Lassen Sie mal, ich mache die Übungen mit Müller, denn ich möchte optimal vorbereitet sein, wenn es hart auf hart geht und Kevin scheint die Übung nicht so ernst zu nehmen", konterte Thorsten. Ein Raunen ging durch die Gruppe und auch ich starrte meinen Freund an. Er besaß die Eier, die ich die ganze Zeit über bei mir selbst vermisste. Ich begleitete die ganze Zeit freiwillig die Opferrolle und fragte mich dann, warum ich auch so behandelt wurde.

Wir hatten gelernt, wie man Deeskalation vermeiden konnte. Indem man klare Grenzen setzte. Ein Nein laut ausrief und seine Hände zur Abwehr hob. Ich dagegen hatte mich die ganze Zeit verkrochen und still gehalten, gehofft, dass sich alles von selbst löst, und nicht Stellung zu mir und meiner Lebensweise bezogen. Kevin nutzte meine Passivität zu seinen Gunsten und ich sah nur untätig zu. Mein Vorgesetzter bestand allerdings darauf, dass seine Anordnung befolgt wurde. Kevin musste sich also zu mir gesellen und Thorsten übernahm den Partner von Kevin. Er zwinkerte mir verschwörerisch zu.

„Wage es nicht, deine Schwuchtelfinger an mich zu legen, oder ich breche sie dir!", zischte Kevin, aber bevor er sich versah, griff ich ihn nach Vorschrift an, drehte ihm den Arm auf den Rücken und setzte einen schmerzhaften Hebel an seine Hand. Kevin stöhnte auf und klopfte mit der anderen Hand an seinem Oberschenkel ab. Ein Zeichen für mich, locker zu lassen und die Übung zu beenden.

„Na warte!", knurrte er. Er griff mich an, aber ich drehte mich aus seinem Griff heraus, nutzte seinen eigenen Schwung und befördere ihn bäuchlings auf die Matte, den Arm nach hinten überstreckt und zum Hebel angesetzt. Wieder klopfte er ab und die dummen Sprüche gingen ihm mittlerweile aus, denn auch den nächsten Angriff konnte ich zu meinen Gunsten beenden. Das alles waren Standardtechniken, die jeder von uns eigentlich blind beherrschte, aber Kevin war in Wut und fühlte sich beobachtet. Mittlerweile sah uns die Hälfte der Anwesenden zu, anstatt selbst zu üben. Jedes Mal, wenn Kevin wieder auf der Matte landete, hörte man ein Raunen und Murmeln.

„Wer ist jetzt hier das Weichei, Kevin, du oder ich?", flüsterte ich ihm ins Ohr, als ich ihn wieder einmal unten hatte und mit dem Knie auf dem Boden fixierte. Das machte ihn nur noch wütender. Ein Fehler, aber ich konnte nicht anders. Gerade hatte ich Oberwasser und das holte die mutige Seite in mir zum Vorschein. Kevin rappelte sich auf und hockte auf der Matte. Ich hätte aufmerksam bleiben müssen, denn ein wütender Kevin stellte noch eine viel größere Gefahr da als ein zufriedener. Kevin startete seinen Angriff aus der Hocke, ohne dass ich mich darauf vorbereiten konnte. Mein Bein knickte ein und ich landete ziemlich unsanft auf dem Boden. Begleitet von Bravo-Rufen und Pfeifen.

„Zeig's ihm, Kevin!", brüllte Lutz, der zum engsten Gefolge von Kevin gehörte. Kevin drehte mir den Arm auf den Rücken und ich klopfte auf der Matte ab, denn der Hebel zeigte seine Wirkung. Aber Kevin wäre nicht er selbst, wenn er mit fairen Mitteln kämpfen würde. Er drückte den Arm immer weiter nach oben, bis ich aufschrie.

„Mannomann, die Tucke kann aber auch gar nichts ab. Ich denke, für heute hat er genug ...", lachte er und heimste Beifall ein. Er ließ meinen Arm los und machte Siegerposen. Als ich mich aufrappelte, versetzte er mir von hinten einen Stoß, sodass ich erneut nach vorn fiel und mit dem Gesicht auf der Matte aufkam. Die Menge lachte. Nur Thorsten stürzte sofort auf mich zu und kniete sich neben mich. Erst als der Trainer alle zur Ruhe und auf die Plätze rief, lösten sich die Gaffer auf. Der Trainer reichte mir die Hand und half mir beim Aufstehen. Etwas Warmes lief mir aus der Nase und als ich es abwischte, sah ich, dass ich Nasenbluten hatte.

„Training ist für Sie beendet. Wir brauchen Sie morgen in Top-Verfassung, lassen Sie sich vom Amtsarzt helfen, Müller!" Er klopfte mir auf die Schulter und sah dann Kevin böse an. Was genau er mit ihm besprach, bekam ich nicht mehr mit, aber Thorsten stand in der Nähe und spitzte die Ohren. Ich beeilte mich, die Halle zu verlassen. Möglichst schnell duschen, bevor die anderen dazukamen. Nackt unter der Dusche fühlte ich mich den anderen nicht gewachsen. Ich besorgte mir Toilettenpapier und stopfte es mir ins Nasenloch. Mein Kopf schmerzte und die Gedanken fuhren Karussell. Jeremias wartete gewiss auch darauf, dass ich anrief, aber ich brauchte erst einmal Zeit für mich, um mit der veränderten Situation klarzukommen. Ich fühlte mich schlecht und das Wort „schwul" wollte ich am liebsten aus meinem Wortschatz verbannen. Warum konnte man nicht lieben, wen man wollte? Weshalb war die eine Liebe in den Augen der anderen besser als die andere?

Ungewollt geoutet zu werden glich irgendwie auch einer Art Vergewaltigung. Körperlich unversehrt konnte man sich gegen das Gefühl der Machtlosigkeit und des Verrats nicht wehren. Ich schaffte es gerade eben so, mich anzukleiden, bevor alle anderen in die Umkleide stürmten und der Terror weiterging. Ich gab Thorsten ein Zeichen und verschwand nach draußen, um mich dem zu entziehen. Die frische Luft tat mir gut, machte den Kopf frei. Bettinas Angebot stand immer noch und jetzt dachte ich ernsthaft darüber nach, es anzunehmen. Kevin würde nicht aufhören mir das Leben zur Hölle zu machen. Vielleicht war es wirklich besser, in eine andere Abteilung zu wechseln. Kurze Zeit später verließ Thorsten die Halle und kam auf mich zu. Seinem Gesichtsausdruck nach zu urteilen, hatte auch er eine Stinkwut.

„Dieses blöde Arschloch, ich werd ihn mir vorknöpfen, den Wichser!“, brüllte er.„Verdammt, Tom, du musst dich wehren und ihm die Stirn bieten, sonst wird das nie besser.“ Er hatte ja recht, aber ich war noch nie der Typ für eine Schlägerei oder für schnelle knackige Antworten. Im Nachhinein fielen mir immer die tollsten Sachen ein, aber währenddessen war ich meist sprach- und ideenlos. Ich sah auf den Boden, hasste mich selbst und musste tatsächlich damit kämpfen, die Tränen der Wut zurückzudrängen.

„Ich weiß …“, flüsterte ich. Meine Stimme wollte mir nicht recht gehorchen, zitterte leicht. Thorsten nuschelte sich irgendetwas in den nicht vorhandenen Bart, bevor er den Arm um mich legte.

„Hey … wird alles irgendwie wieder gut. Lass den Kopf nicht hängen, okay?“, tröstete er mich. Dann hellte sich sein Gesicht auf und er beugte sich zu mir rüber, damit niemand von den anderen, die die Halle gerade verließen, unserem Gespräch lauschen konnte.

„Der Trainer hat sich Kevin vorgeknöpft. Er wusste von dem Verweis und hat ihn darauf hingewiesen, dass er auf diese Art und Weise gleich den nächsten kassieren würde. Ganz kleinlaut ist der geworden, der gute Kevin, aber in der Dusche hat er dann wieder große Reden geschwungen.“ Mir war weder nach Schadenfreude noch nach irgendwas anderem. Eigentlich sehnte ich mich gerade ans Ende der Welt. Zu viele Baustellen auf einmal. Ich zückte mein Smartphone und blätterte die Nachrichten durch. Bis jetzt hatte sich von der Verwandtschaft noch keiner gemeldet und auch Jeremias hielt sich bedeckt. Er hatte mir eine WhatsApp geschrieben.

Kurz, aber aussagekräftig: Ich bin für dich da ❤!

Mehr brauchte ich nicht, um zu wissen, dass ich mich auch öffentlich zu ihm bekennen konnte und musste. Dann fand ich eine

Nachricht von Paula im Messenger. Mir wurde heiß, als ich ihren Namen entdeckte.

„Ich kann nicht sagen, ob es mir gefällt, was ich da sehe. Es tut mir weh und ich kann es immer noch nicht verstehen. Aber du siehst glücklich aus, Tom. Ich wünsch dir und Jeremias, dass es so bleibt und du diesen Schritt nie bereust. Deine Paula“, stand da. Es klang versöhnlich und es schmerzte auch ein wenig, aber es tat mir auch gut, von ihr eine Art Zustimmung zu bekommen. Ich berichtete Thorsten, während wir zurück ins Revier gingen, dass Paula geschrieben hatte. Er freute sich mit mir über diese versöhnliche Geste von ihr.

„Warst du beim Arzt, Tom?“, fragte Thorsten mich und als ich mit Nein antwortete, schimpfte er mich gleich wieder aus.

„Das ist doch nichts. Nur ein bisschen Nasenbluten. Ich musste mich beeilen, denn duschen mit den anderen wollte ich auf keinen Fall, verstehst du?“, erklärte ich ihm eindringlich. Er nickte.

„Aber jetzt gehst du und lässt dich erst mal krankschreiben. Für heute hast du genug und morgen möchte ich dich fit an meiner Seite, denn auf dich kann man sich auf der Demo verlassen“, ordnete mein bester Freund, der mir zu einer unglaublichen Stütze geworden war, an. Ich nickte, wir verabschiedeten uns voneinander und ich begab mich auf den direkten Weg zum Amtsarzt. Dieser befragte mich, wie es zu dem Sturz gekommen sei, und ich antwortete wahrheitsgemäß, was genau passiert war. Der Mann notierte sich alles und Kevins Name tauchte mal wieder in einer Akte auf. Normalerweise hätte ich keinen Kollegen angeschwärzt, aber nachdem Kevin mich öffentlich bloßgestellt hatte, kannte ich keine Skrupel mehr. Mit einer Krankmeldung für den heutigen Tag, die ich Matusek auf das Pult knallte, verschwand ich dann schnellstmöglich aus dem Revier. Ich wollte nur noch nach Hause, mich einigeln und meine Ruhe haben.
Da Jamie noch bei der Arbeit war, konnte ich noch zwei Stunden absolute Ruhe zum Nachdenken nutzen. Am meisten lagen mir meine Eltern im Magen, aber ich fühlte mich noch nicht in der Lage, sie anzurufen. Vielleicht hatten sie ja auch noch nichts davon mitbekommen. Mir stand der Sinn eher nach einem Auge in Auge Gespräch, statt ihnen alles am Telefon zu erklären. Ich beschloss, dass ich es ihnen überlassen würde. Wenn sie von mir Informationen wollten, sollten sie anrufen. Die Freunde, die kein Problem mit meiner neuen sexuellen Orientierung hatten, würden mir so oder so erhalten bleiben, auf die anderen konnte ich dann auch getrost verzichten. Erst einmal wollte ich alles mit Jeremias besprechen und meine berufliche Situation klären, dann würde ich mich um mein persönliches Outing kümmern, es so gestalten, wie

ich am besten damit umgehen konnte. Ich musste lernen mich durchzusetzen. „Nein!“ zu sagen und dann auch zu vertreten, wenn es wichtig war.

Aufgeregt wartete ich, bis Jeremias nach Hause kam. Ich hoffte, dass er nicht auf mich böse war, weil ich mich abgekapselt und ihn erst einmal nicht an mich rangelassen hatte. Aber als er nach Hause kam, nahm er mich ohne ein Wort einfach in die Arme und hielt mich fest. Er sagte nichts, streichelte nur meinen Rücken und ließ mich schwach in seinen starken Armen sein. Alle Kraft verließ meinen Körper und ich fühlte mich klein und verloren, aber so gut aufgehoben. Die aufgestauten Tränen, die ein echter Mann nicht vergießt und die über den ganzen Tag mehrmals meine Augen überfluten wollten, suchten jetzt mit Macht einen Weg hinaus. Aber ich lag in den Armen eines Menschen, der Männlichkeit nicht an Stärke oder nicht vergossenen Tränen festmachte, der jetzt für mich stark war, wo ich es nicht sein konnte. Ich weiß nicht, wie lange ich in seinen Armen lag und mir meinen ganzen Frust, meine Wut und Traurigkeit aus den Augen weinte. Irgendwann fühlte ich mich einfach leer, konnte mein zuckender Körper keine Tränen mehr produzieren, hatte ich alle Gefühle vorerst hinaus geschwemmt.

„Es ist doppelt schwer, wenn man seine veränderten Gefühle erst so spät wahrnimmt wie du. Ich habe es schon immer in mir gespürt und gewusst. Es zu akzeptieren ist zwar ähnlich schwierig, es anderen zu offenbaren auch, aber meistens haben die eigenen Eltern bereits eine Vorahnung. Du schockierst erst mal alle und am meisten dich selbst. Aber das lässt nach und es wird besser, je mehr du selbst dazu stehen kannst und je mehr du selbst glücklich damit bist. Bist du glücklich mit mir, Tom?“, fragte Jamie mich sanft und mit einer gewissen Angst in der Stimme. Seine Frage traf mich unvorbereitet, aber ich konnte sie schnell und ohne nachdenken zu müssen beantworten. Hier mit dem Kopf an seine Brust gekuschelt, seinen Herzschlag in meinem Ohr, seine Arme beschützend um mich gelegt, wusste ich, dass ich angekommen war und dass sich so Glück anfühlen musste, selbst wenn die Umstände alles andere als glücklich waren.

„Ja, ich bin glücklich, ich liebe dich, glaube ich!“ Jetzt, wo ich die Frage beantwortet hatte, wurde mir bewusst, dass ich solch intensive und gefestigte Gefühle noch nie für einen Menschen empfunden hatte. Das musste Liebe sein. Die Umarmung wurde fester und ich erwiderte sie, ließ meine Hände unter sein Shirt gleiten, spürte seine feste, warme Haut.

„Ich dich, glaube ich, auch!“ Er lächelte an meiner Wange. Mit Jamie an meiner Seite würde ich auch ein Outing überstehen, dessen war ich mir nun sicher.

Am nächsten Tag schleppte ich mich nach einer zärtlichen Nacht mit Jeremias unwillig zurück aufs Revier. Aufregung herrschte, denn alle waren damit beschäftigt, die Vorbereitungen für die Demonstration zu treffen. Erleichtert stellte ich fest, dass damit meine Homosexualität erst einmal in den Hintergrund getreten war. Bevor wir ausrückten, hielt der Einsatzleiter noch eine Rede zum Einstimmen. Er verlangte Konzentration, Zusammenhalt, Einhalten der Regeln und gutes Abwägen der Situation. Danach las er die Einteilung der Gruppen vor, wo sie aufgestellt waren und wie sie agieren sollten. Wie eigentlich schon immer waren Thorsten und ich, aber auch Kevin und seine Speichellecker in einem Zug direkt an der Front. Man nahm gern eingespielte Teams, die sich aufeinander verlassen konnten. Bis jetzt hatte unter uns immer hundertprozentige Teamarbeit und Vertrauen geherrscht. Man wusste, wie der andere in Stresssituationen reagierte. Als nun die Zusammensetzung unserer Gruppe genannt wurde, begannen die üblichen Verdächtigen wieder zu murren. Man warf mir hasserfüllte Blicke zu und tuschelte. Im Einsatzwagen schoss dann so langsam Adrenalin in die Adern und heizte die Stimmung zusätzlich auf.

„Leute, ihr müsst heute besonders aufpassen. Nicht nur auf die Demonstranten, sondern auch auf eure Ärsche. Ihr wisst, wer die hintere Reihe sichert“, ätzte Kevin und seine Bande lachte und applaudierte ihm.

„Wenn der mich unsittlich anfasst, dann zeige ich ihn wegen Belästigung am Arbeitsplatz an!“, versuchte Lutz auch einen Spruch auf meine Kosten zu machen, wurde dann aber von Mehmet, einem Deutsch-Türken, getadelt.

„Jetzt reicht es aber hier. Würdet ihr bitte mit diesen Sprüchen aufhören. Im Moment vertrau ich meinen Arsch lieber Tom an als euch Vollidioten. Wenn ihr mich fragt, ist Tom derselbe wie vor seinem, unfreiwilligen Outing‘. Ich würde jetzt mal ganz schnell einen Gang runterschalten, denn man hört so einiges munkeln, was die Aufsicht ganz sicher interessiert. Hast du nicht schon eine Verwarnung, Kevin?“ Mehmet schaffte es, den Großkotz Kevin sprachlos zu machen, jedenfalls für kurze Zeit, aber er sah nach dieser Ansage nachdenklich und verunsichert aus. Versuchte es dann aber mit einem blöden Spruch zu vertuschen.

„Jetzt rappeln sich die Randgruppen zusammen!“, flüsterte er seinem Kollegen zu, laut genug, dass wir es trotzdem hören konnten. Mehmet schüttelte den Kopf und nickte mir zu. Ich sah ihn

MOBILE MERCHANDISER

Vorname ______________________________

Nachname ______________________________

Telefon ______________________________

E-Mail ______________________ *@beeline-group.com*

beeline Concessions GmbH
Grünstraße 1 | 51063 Köln | Germany
www.beeline-group.com

beeline
group

accessories Iam SIX TOSH

beeline
group

dankbar an und hatte dann vor, das Gespräch nach dem Einsatz zu suchen. Ich wollte schon gern wissen, was man denn so munkelte, von dem ich noch nichts mitbekommen hatte. Dann kamen wir beim Einsatzort an und mussten uns konzentrieren, gemeinsam agieren und Teamarbeit zeigen. Erstaunlicherweise funktionierten wir dann erst mal wieder wie gewohnt miteinander. Zwar warfen wir uns immer wieder abschätzende Blicke zu, aber der Job stand im Vordergrund.

Die Polizei befand sich noch vor den Demonstranten an der eingetragenen Wegstrecke und positionierte sich. In Vollausrüstung zeigten wir Präsenz und demonstrierten Stärke. Dass das meist nicht viel nutzte, wussten wir genau. Deshalb wartete unser Team erst einmal im Hintergrund, bis die Situation unser Eingreifen erforderte. Zuerst verlief alles ruhig. Demonstranten und Gegner der Veranstaltung duellierten sich verbal und blieben friedlich, aber dann kam es, wie es kommen musste. Der erste Stein flog und im Nu verwandelte sich das Ganze in einen brodelnden Hexenkessel. Wir wurden gerufen und machten uns in drei Reihen aufgestellt mit circa fünfzig Mann von der einen Seite auf den Weg. Ein anderes Team agierte von der anderen Seite aus genauso. Es war ein Einsatz von vielen, ein Einsatz, wie ich ihn normalerweise liebte. Man fühlte sich absolut lebendig, wenn man der Gefahr ins Auge sah, man spürte sich selbst, meisterte Situationen, einfach so, ohne darüber nachdenken zu müssen, und war danach noch Stunden wie unter Drogen, denn die körpereigenen Hormone und Enzyme brauten einen Cocktail, der es in sich hatte. Auch jetzt fühlte ich mich befreit, waren alle Probleme nichtig. Die Situation spitzte sich aber mehr und mehr zu. In der ersten Reihe wurde nur noch mit Schlagstöcken auf die aggressiven Männer eingeschlagen. Der Einsatzleiter hatte Wasserwerfer angefordert, die bereits auf dem Weg waren. Die letzte Reihe sorgte dafür, dass keine Gewalttäter von hinten einfallen konnten. Aber genau das passierte jetzt. Wir hatten alle Hände voll zu tun, die Steine abzuwehren, die nach uns geworfen wurden. Ab und zu schaute ich nach hinten, um zu sehen, was die erste und die zweite Reihe machten, die zweite hatte sich aufgeteilt und leistete der ersten Hilfestellung. Da sah ich, wie aus einer Ecke, in der eine kleine Gasse ungesichert geblieben war, ungefähr ein Dutzend maskierte Männer stürmten. Ich brüllte meinen Nebenmann an und wies ihn auf die kommende Gefahr hin. Dann ging alles drunter und drüber. Ein bulliger Mann mit Baseballschläger lief in Richtung erste Reihe und nahm, wie es aussah, Kevin ins Visier.

„Pass auf, Kevin! ... Geh zur Seite!“, brüllte ich gegen den Kampflärm an. Er hörte mich tatsächlich, drehte sich kurz zu mir um, doch er sah mich nur angewidert an, kümmerte sich nicht um meinen Ausruf, sondern prügelte weiter mit seinem Schlagstock auf die Horden wütender Demonstranten ein. Aber ich sah die Gefahr kommen. Er lief auf ihn zu, aus dem toten Winkel. Scheinbar sah keiner außer mir, was da auf ihn zurollte. Normalerweise sollte es mir egal sein. Kevin wäre es vermutlich egal, wenn ich es wäre. Ja, aber ich war nun mal ich und nicht Kevin. Hier stand ein Menschenleben auf dem Spiel und es musste mir egal sein, ob ich diesen Menschen mochte oder nicht.

Ich setzte zum Sprint an, schrie meinem Nebenmann zu, dass er meine Position mitausfüllen musste, weil ich in das Geschehen einzugreifen gedachte. Dann geschah alles in Zeitlupe. Das Gebrüll um mich herum wurde dumpf und leise, meine eigenen Schritte dröhnten laut, genau wie mein Atem meinen Mund wie ein Orkan verließ. Meine Ausrüstung schien Zentner zu wiegen und ich hatte das Gefühl, überhaupt nicht voranzukommen. Desto schneller erschien mir der Kerl mit dem Schläger in den Händen. Er holte bereits zum Schlag aus. Kevin hatte ihn immer noch nicht bemerkt. Erneut rief ich ihn, stemmte mich mit aller Macht vom Boden ab, um an Tempo aufzunehmen. Dann, als würde jemand einen Schalter umlegen, lief alles in Echtzeit. Kevin drehte sich endlich der Gefahr entgegen, starrte entsetzt und bewegungslos. Ich warf mich regelrecht dazwischen und versuchte den Mann mit einem Stoß aus der Schlagzone zu bringen. Leider verfehlte ich ihn und der Schläger sauste mit ziemlicher Wucht gegen meinen, durch einen Helm geschützten, Schädel. Kurz wurde die Umgebung so hell, als schlage ein Blitz vor meinen Augen ein, dann herrschte Ruhe und Dunkelheit.

Ein Schlag gegen meinen Kopf führte also dazu, dass ich hier lag. Ein Schlag, der Kevin gegolten, den er verdient und den ich für ihn abgefangen hatte. Was für eine Ironie des Schicksals. Mein Kopf schmerzte augenblicklich, als ich mir der ganzen Geschichte gewahr wurde. Ich klingelte die Schwester herbei und bat um ein Schmerzmittel. Der Arzt brachte es vorbei und erkundigte sich nach meinem Befinden. Er zeigte sich sehr erfreut darüber, dass mein Gedächtnis sich wieder eingefunden hatte. Als der Arzt das Zimmer verließ, überfiel mich bleierne Müdigkeit. Ein tiefer, traumloser Schlaf überfiel mich. Ich schlief befreit, weil ich mein Gedächtnis wiedergefunden hatte, bis zum nächsten Morgen durch. Mit Hilfe der Schwester konnte ich eine erste Dusche nehmen und fühlte mich danach wieder halbwegs menschlich. Weil es mir ganz gut ging und nur wenig Schwindel aufkam, durfte ich ein leichtes Frühstück zu mir nehmen. Bei der Visite erfuhr ich dann auch, welchen Schaden ich genau bei dem Schlag auf den Kopf genommen hatte. Ich hatte tatsächlich einen leichten Schädelbasisbruch. Zum Glück war der Knochen nur angeknackst. Ein paar Tage musste ich noch zur Beobachtung dableiben und danach war ich noch für mindestens vier Wochen krankgeschrieben. Zeit genug, um mir über vieles klar zu werden, was meinen Job betraf.

Kapitel 36

Meine Eltern rief ich dann doch noch aus dem Krankenhaus an. Schließlich war meine Verletzung schwerwiegend und in den Nachrichten wurde von dem Vorfall berichtet. Zwar fielen dort keine Namen, aber ich kannte meine Mutter, die sich immer aufregte, wenn sie von einer Demonstration in Berlin hörte. Als ich am fünften Tag wieder halbwegs hergestellt war, fühlte ich mich in der Lage für ein Gespräch mit meiner Mum, die um diese Urzeit meistens zu Hause war. Sie fiel, wie zu erwarten war, aus allen Wolken und weinte schrecklich am Telefon. Eigentlich wollte sie sofort ins Auto springen und mich im Krankenhaus besuchen kommen. Ich redete ihr das aus und lud sie stattdessen zum Kaffeetrinken ein.

„Ich möchte, dass du und Papa zum Kaffeetrinken vorbeikommt, sobald es mir besser geht. Es gibt da noch mehr, was ich mit euch besprechen muss, will“, erklärte ich ihr. Jamie saß an meinem Bett und sah mich aufmunternd an. Meine Mutter kannte mich gut genug, um nicht zu versuchen den Grund für das Gespräch sofort von mir erfahren zu wollen. Ich wusste aber, dass sie ab und zu meinen Facebook-Account stalkte, um über mich auf dem Laufenden zu sein. Darum ließ ich sie auf diesem Wege nicht vollkommen im Unklaren über das, was ich mit ihnen zu besprechen gedachte. Jeremias und ich diskutierten lange darüber, wie mein Outing am besten vonstattengehen könnte, und so lud ich nach dem Telefonat mit meiner Mutter das Bild, welches Kevin von mir und Jeremias geschossen hatte, als neues Titelbild bei Facebook hoch und stellte meinen Status auf -In einer Beziehung mit Jeremias Seidler-. Ein weitreichender Schritt, der vielleicht schon viel früher, aber spätestens jetzt fällig war. Ich outete mich, weil ich es selbst so wollte. Das Versteckspiel musste ein Ende haben, denn es belastete mich ungemein, machte mich abhängig und erpressbar. Ich wollte jetzt Klarheit für mich und mich nicht mehr fragen müssen, ob meine Freunde noch meine Freunde wären, wüssten sie, dass ich mit einem Mann zusammen bin. Und ich wollte mich nicht mehr verstecken müssen, wollte den Menschen, den ich liebte, nicht als einen, sondern als meinen Freund vorstellen und auch so behandeln können. Die anschließenden Reaktionen auf Facebook hielten sich in Grenzen. Einige entfreundeten sich sofort von mir, einige fragten noch mal nach, ob das wirklich stimmte. Ein paar setzten blöde Sprüche drunter, worauf ich sie aus meiner Freundschaftsliste entfernte, und einige wenige freuten sich sogar für mich. Nach dem Telefonat und dem Outing bei Facebook fühlte ich mich wie vom Bus überfahren.

„Hey, das hast du gut gemacht. Glaub mir, in ein paar Tagen geht es dir mit dieser Entscheidung sehr viel besser. Es ist noch alles frisch und ungewohnt und fühlt sich wie in einem Film an, aber bald gehört es zu dir und je mehr du es verinnerlichst, desto weniger wird man dich deshalb angreifen. Es ist dein Leben und du entscheidest, wen du liebst. Es ist egal, ob es eine Frau oder ein Mann ist. Lass dich nicht auf deine Sexualität reduzieren, denn sie ist nur ein kleiner Teil von dir." Jeremias fand mal wieder genau die richtigen Worte zur richtigen Zeit.

Am Nachmittag klopfe es dann an der Tür und hereinstolperten ein halbes Dutzend Kollegen. Erstaunt blickte ich in beschämte und betretene Gesichter. Lorenz, ein Polizist in der Ausbildung, stellte sich mit einem Präsentkorb in der Hand nach vorne und Hannes, ein langjähriger Kollege, mit dem ich mich eigentlich immer gut verstanden hatte, positionierte sich hinter ihm. Er trat von einem Fuß auf den anderen, drehte sich Hilfesuchend zu seinen Kollegen um und rappelte sich dann zusammen.

„Also, Tom ... wir sind stellvertretend für eine Menge Kollegen da, weil ...", er räusperte sich, bevor er weitersprach„ ... weil wir uns bei dir entschuldigen wollten. Wir hätten uns niemals so beeinflussen lassen dürfen, hätten zu dir stehen müssen. Wir fühlen uns mitschuldig an allem, was passiert ist, und bitten dich um Verzeihung. Du bist uns immer ein zuverlässiger Kollege gewesen, auf den man sich auch menschlich verlassen konnte. Daran wird sich nichts ändern, nur weil du jetzt ... in 'nen Kerl verliebt bist. Wir wollten dir gute Besserung und alles Gute für die Zukunft wünschen. Und wir stehen ab jetzt hinter dir." Hannes war sichtlich froh, mit seiner kleinen Rede fertig zu sein, und huschte schnell wieder zurück zu den anderen. Ich musste schlucken und wusste nicht, was ich außer einem „Danke", welches rau klang und kaum meine Kehle verlassen wollte, antworten sollte. Ich freute mich, dass sie sich, wenn auch spät, doch noch zu mir bekannten und mich unterstützen wollten. Tief Luft holend versuchte ich aber trotzdem, ein paar Worte zu finden.

„Das bedeutet mir sehr viel ...", begann ich und wurde von Lorenz unterbrochen, der immer noch mit dem Präsentkorb vor den anderen stand. Unsicher schaute er erst mich und dann seine Kollegen hinter sich an. Der junge Mann war gerade einmal neunzehn Jahre alt.

„Ich ... ich hab mich auch nicht getraut, es zu sagen, aber ich bin schwul und das Ganze hat mich enorm belastet, seit Kevin mit den blöden Sprüchen angefangen hat. Es tut mir leid, dass ich keinen Mumm hatte, mit dir zusammen dagegen anzukämpfen, aber ich hatte Angst ...", gestand er leise. Ein Raunen ging durch die Anwesenden und ich sah ihn auch erst mal sprachlos an, aber er nickte dann.

„Mensch, Lorenz, warum hast du nicht mit mir gesprochen?", fragte ich ihn. Seine Antwort machte mich wieder mehr als nachdenklich.

„Du hast es nie zugegeben. Ich konnte mir nicht sicher sein, wollte mich nicht auch in den Fokus rücken", brachte er zu seiner Verteidigung hervor. Ich und der Rest meiner Kollegen sahen sich betreten an. Schließlich trat Hannes noch ein zweites Mal nach vorn und ergriff das Wort. Er legte seinen Arm um den etwas erschrocken wirkenden Lorenz.

„Ich denke, ich spreche im Namen aller hier Anwesenden und auch derer, die nicht hier sein können, wenn ich sage, dass ich erst jetzt begreife, wie weitreichend unser Verhalten war und ist. Lorenz, es tut mir auch wegen dir wirklich leid. Wir haben durch unser Schweigen Kevin unterstützt und vergessen, weshalb wir alle Polizisten geworden sind. Kein Mensch sollte Angst haben, so zu leben und zu lieben, wie und wen er will. Umso mehr hab ich Achtung davor, dass Tom auf der Demo trotzdem seinen Kopf für den unfairen Kollegen hingehalten hat. Ich kann nur hoffen, dass wir anderen ebenso gehandelt hätten."

Mir war es peinlich, für etwas Selbstverständliches gelobt zu werden, aber ich bedankte mich und nahm die Entschuldigung meiner Kollegen an. Die Schwester unterbrach dann die kleine Versammlung und scheuchte alle hinaus.

„Der Patient braucht noch Ruhe. Ich muss Sie bitten, sich jetzt zu verabschieden!", bestimmte die resolute Stationsschwester. Wahrscheinlich waren alle froh, schnell verschwinden zu können. Lorenz zwinkerte mir zum Abschied verschwörerisch zu. Das Outing bei meinen Kollegen lag also hinter mir und ich wollte mich nicht fragen, ob es ohne den Vorfall auf der Demo ebenso verlaufen wäre. Es zählte nur, dass mir nun ein dicker Stein vom Herzen fiel und dass ich sogar einen Gleichgesinnten in den eigenen Reihen hatte, der jetzt auch kein Versteckspiel mehr betrieb. Ein paar Tage später verließ ich das Krankenhaus. Bettina holte mich am Morgen ab, denn Jeremias musste arbeiten. Während der Fahrt berichtete sie mir die neuesten Entwicklungen auf dem Revier.

Für Kevin hagelte es extremen Gegenwind. Wegen des Vorfalls bei der Übung tauchte sein Name erneut in den Akten auf und Mehmet meldete ihn ebenfalls, weil er ein Gespräch mitbekommen hatte, das Kevin mit Lutz geführt hatte, indem es um mein unfreiwilliges Outing ging. Wahrscheinlich hieß das für ihn Versetzung.

„Siehst du, manche Dinge regeln sich von ganz allein. Du musst nicht mehr die Abteilung wechseln, obwohl ich dich gern bei mir gehabt hätte. Allerdings hab ich ein anderes Angebot. Lass es dir mal durch den Kopf gehen. In eurem Revier fehlen ja ausgebildete Opferschutzbeauftragte, beziehungsweise bist du der Einzige, der jetzt dafür ausgebildet ist. Ich würde dir gern die Leitung für solche Fälle übertragen. Such dir eine Kollegin, die du einweisen kannst, damit sie weibliche Opfer übernehmen kann. Du hast jetzt Erfahrungen gesammelt und bist feinfühlig genug, dass du das kannst. So muss ich nicht auch eure Fälle übernehmen. Was hältst du davon?“ Kurz sah sie mich von der Seite fragend an. Das war genau das, was ich mir insgeheim gewünscht hatte. Ich mochte mein Revier, oder ich hatte es gemocht, bevor Kevin für Unfrieden gesorgt hatte. Jetzt bekam ich aber wieder Rückendeckung von einem Teil meiner Kollegen und sollte Kevin wirklich versetzt werden, dann würde sicher auch der Rest der Unruhestifter bald mit dem Stress aufhören. Eine eigene Abteilung zu führen, stellte eine neue, aufregende Herausforderung für mich da. Lange überlegen brauchte ich nicht, sondern sagte ihr sofort zu. Als wir vor unserer Haustür geparkt hatten, nahm sie mich spontan in die Arme.

„Tom, ich freu mich total, wie sich alles entwickelt. Du und Jamie, ihr scheint auch glücklich zusammen zu sein, du hast ’ne Menge durchgemacht und trotzdem wendet sich alles zum Guten.“ Bettina strahlte mich an und freute sich ganz ehrlich für mich. Sie hatte recht. Die zurückliegende Zeit barg eine Menge schlechter Dinge, aber sie hatte mir auch gezeigt, auf wen ich mich in schwereren Zeiten hundertprozentig verlassen konnte. Und eins hatte ich auch gelernt, nämlich, dass das Glück einfach irgendwo auf einen wartet, nicht wenn man es sucht, sondern dann, wenn man am wenigsten damit rechnet.

Epilog

Das Handy vibriert in meiner Hosentasche und ich ziehe es schnell heraus. Ich hoffe, dass Jamie zurückgeschrieben hat. Am Morgen sind wir im Streit auseinandergegangen und das mag ich überhaupt nicht. Na ja, Streit ist wohl zu viel gesagt. Jamie ist ordnungsliebend und ich eher Chaosverbreiter. Ich hinterließ mal wieder Unordnung im Bad, worauf er meinte, dass er nicht meine Putzfrau wäre. Meine Antwort brachte ihn so richtig auf die Palme, denn ich erwiderte:„Nein, aber mein Putzmann!“ Er verließ daraufhin wortlos die Wohnung, ohne Kuss, ohne Umarmung, ohne ein Lächeln. Eigentlich kann man ihn nicht so schnell aus der Reserve locken und meine Antwort sollte ein Scherz sein, aber Jeremias steht heute etwas unter Stress, da ein Gespräch mit seinem Chef ansteht und er nicht weiß, um was es geht. Jetzt tut es mir leid, ihn auch noch provoziert anstatt umsorgt und beruhigt zu haben. Ich schreibe sofort eine WhatsApp, entschuldige mich mit Herzen und Küssen und versichere ihm, wie lieb ich ihn doch hab. Aber eine Antwort lässt auf sich warten. Mein schlechtes Gewissen treibt mich an und ich räume die ganze Wohnung auf, sauge, wische Staub, mache unser Bett und beseitige natürlich das verursachte Chaos im Bad. Fürs Putzen ist eigentlich Jamie zuständig, weil ich es ihm sowieso nicht recht machen kann. Meine Aufgabe ist es, für den Einkauf zu sorgen, Glühbirnen zu wechseln und Wäsche zu waschen. Den Einkauf erledige ich auch sofort und um Jamie gnädig zu stimmen, kaufe ich extra Süßigkeiten für meinen Schatz.

Jeremias und ich sind jetzt ein halbes Jahr fest zusammen und alles entwickelt sich so, wie ich es mir zwar erträumt, aber nicht zu hoffen gewagt habe. Nach und nach gewöhnten sich meine Freunde daran, dass ich nun einen Freund habe, und Jeremias und ich fanden gemeinsame neue Freunde, die wie wir ebenfalls bi- oder homosexuell sind. Ab und zu treffen wir uns mit Lorenz, meist im „Sunrise“ zum Feiern und Tanzen. Meine Eltern reagierten zuerst ein wenig geschockt über die neuen Verhältnisse und mussten sich damit erst einmal anfreunden. Auch sie mussten lernen damit umzugehen, wie ihre Umwelt darauf reagierte, plötzlich einen schwulen Sohn zu haben. Aber ich gab ihnen die Zeit und sie gewöhnten sich an ihren „Schwiegersohn“ und schafften es, vor Freunden und Verwandten zu ihrem Sohn zu stehen. Mittlerweile haben sie ihn ins Herz geschlossen und keine Berührungsängste mehr. In meiner Dienststelle herrschte noch kurzzeitig Unruhe, aber da Kevin sich einfach nicht in den Griff bekam, wurde er schließlich versetzt und seitdem herrscht wieder Ruhe. Mein neues Aufgabenfeld macht mir Spaß, denn ich komme nicht nur zum Einsatz, wenn eine Vergewaltigung bereits passiert ist, sondern biete mit der Kollegin, die ich eingearbeitet habe, auch

Kurse zur Prävention an. Wir erklären, wie man sich wehren kann, wenn man sich bedrängt fühlt oder wie man auftreten sollte, um eventuelle Täter auf dem Nachhauseweg abzuschrecken.

Jamie geht es auch immer besser. Die Therapie zeigt Wirkung. Die anfänglichen Panikattacken wurden immer weniger und hörten schließlich fast ganz auf. Vergessen wird er leider nie, was mit ihm geschehen ist. Trotzdem gelang es uns, durch viel Vertrauen und ohne Eile auch im Bett immer mehr zu entspannen. Wir wurden mutiger und probierten viel aus und irgendwann war der Augenblick plötzlich da, an dem „es“ passierte. Ein langsamer, zärtlicher und vertrauensvoller Akt, der uns noch enger zusammenführte und unsere Liebe stärkte. Auch für mich stellte es eine unglaubliche Bürde da, der Erste zu sein, der nach dieser furchtbaren Tat wieder auf diese Art mit ihm zusammenkommen durfte. Wir machten ein Fest der Liebe daraus, indem wir uns gegenseitig dieses wahnsinnige Vertrauen schenkten. Zuerst wollte ich endlich wissen, wie es war, genommen zu werden, und Jamie nahm mir unglaublich einfühlsam meine männliche Jungfräulichkeit. Nachdem er mich so in die optimale Vorbereitung eingewiesen hatte, wusste ich, worauf ich bei ihm zu achten hatte. Als ich mich schließlich langsam, unter ständigem Blickkontakt in ihm versenkte, war es ein unglaubliches, intensives Erlebnis. Nur kurz sah ich Angst in seinem Blick, spürte er den leichten Dehnungsschmerz, der sich später in Erregung wandelte, dann schlang er die Arme um meinen Hals, verschloss meinen Mund mit seinen Lippen und gab sich mir hin. Wir kamen kurz nacheinander, erlebten dieses „erste Mal” als absolute Krönung unserer Liebe. Froh es endlich getan zu haben und genießen zu können.
Die einzige dunkle Wolke, die über uns hängt, stellt die Gerichtsverhandlung gegen seinen Peiniger da. Aber gemeinsam werden wir auch diese Hürde nehmen.

Ich entsperre das Smartphone und öffne schnell die Nachricht.
„Vergeben und vergessen, wenn du heute kochst▱!“, steht da.
„Ich▱?“, schreibe ich zurück. Meine Kochkünste halten sich immer noch in Grenzen.
„Ja, du, denn es gibt was zu Feiern“, kommt die prompte Antwort.
„Was, erzähl … was ▱?“Jetzt hat er mich aber neugierig gemacht. Leider will er mich schmoren lassen und es mir persönlich Auge in Auge erzählen. Ich schmolle, aber er bleibt unnachgiebig. Also mache ich mich noch mal auf den Weg, kaufe ein paar Blumen und frisches Sushi. So kann ich geschickt die Kocherei umgehen. Dann heißt es warten und grübeln, sich auf den geliebten Menschen freuen. Und endlich dreht sich der Schlüssel im Schloss und Jeremias kehrt zurück nach Hause.

Ich springe vom Sofa auf und erreiche mit wenigen großen Schritten den Flur, wo ich auf den strahlenden Jamie treffe.

„Du sollst mich nicht immer ärgern“, empfängt er mich grinsend, hängt seine Tasche an die Garderobe. Ein kurzer Rundumblick und er hebt anerkennend die Augenbraue.„Aber aufgeräumt hast du, es geschehen noch Zeichen und Wunder.“ Er lacht und als er sich bückt um die Schuhe auszuziehen, starre ich auf sein zur Hälfte entblößtes Hinterteil. Die Hose sitzt wirklich verdammt tief.

„Und du sollst nicht immer so sexy aussehen. Ich hab den ganzen Tag auf dich gewartet und unanständige Gedanken gehabt.“ Eigentlich ist das gelogen, aber als er so vor mir steht, in seinem hellgrünen T-Shirt und den tiefsitzenden Hosen, bekomme ich spontan unglaubliche Lust auf ihn. Da ignoriere ich sogar seinen kleinen Seitenhieb wegen des Aufräumens. Lieber ziehe ich ihn in die Arme, küsse ihn zärtlich, aber bestimmt. Jamie wird weich und nachgiebig und schmiegt sich an meinen Körper. Meine Hände legen sich auf seinen kleinen, festen Po und ich drücke ihn fest an meinen Unterleib, lasse ihn spüren, dass ich wirklich heiß auf ihn bin. Er erwidert meinen Kuss, schlingt die Arme um meinen Hals. Ich kann spüren, wie auch er schnell an Härte gewinnt. Sein Becken nimmt einen wiegenden Rhythmus auf. Selbst wenn er bis jetzt keinen Gedanken an Sex verschwendet hat, in diesem Moment ist er eindeutig daran interessiert. Wir küssen uns, stürmisch, nicht sanft und abwartet. Der kleine Streit am Morgen ist vergessen, denn im Bett Versöhnung feiern ist doch viel besser.

„Ich will dich, jetzt ...“, flüsterte ich an seine Lippen. Mir ist nicht nach langem Vorspiel, sondern mein Körper brennt drauf, benutzt zu werden. Ich löse mich von ihm, ziehe ihn hinter mir her und wir landen auf dem weichen Bett. Jeremias lässt sich nicht lange bitten. Die Kleidung fliegt in alle Himmelsrichtungen, während wir uns nicht aus den Augen lassen und uns mit Blicken gegenseitig noch mehr anheizen. Das Gleitgel liegt griffbereit in der Nachttischschublade und wenig später liege ich mit gespreizten Beinen unter ihm und spüre, wie sich sein harter Schwanz in mein enges Inneres schiebt, langsam, jeden Zentimeter auskostend. Unsere Blicke hängen aneinander. Er liebt es, mich dabei anzusehen und jede Emotion in meiner Mimik zu erkennen. Ich schlinge die Beine um seine schmalen Hüften, will ihn ganz nah und tief in mir spüren, brauche es diesmal, genommen zu werden, und genieße es, wie er mich ausfüllt und in mir arbeitet. Ein ganz besonderes Gefühl der Verbundenheit und des Ausgeliefertseins sorgt für eine steile Erregungskurve. Diese Spielart des Sexes hätte ich nie für so erfüllend gehalten, aber mit einem einfühlsamen Partner hab ich gelernt mich zu entspannen und nehmen zu lassen. Während seine Stöße kräftiger werden, fliegt meine Hand immer schneller über meine Härte. Ich spüre es in mir aufsteigen, schließe die Augen. Hechelnd verlässt mein Atmen die Lungen.

„Sieh mich an, Tom, wenn du kommst ...", stöhnt Jamie und ich öffne die Augen wieder und lasse ihn meine Erregung in ihnen ablesen, ziehe ihn mit und spüre wenig später, wie sich sein Körper spannt, wie er sich heiß in mir verströmt. Erschöpft lässt er sich auf mir nieder, sucht meine Lippen mit seinen und küsst mich zärtlich.

„Ich liebe dich ...", flüstere ich, während ich ihm eine verschwitzte Haarsträhne aus der Stirn streiche.

„Nicht so doll wie ich dich ...", grinst Jeremias und küsst meine Nasenspitze.

Ende

19944065R00111

Printed in Poland
by Amazon Fulfillment
Poland Sp. z o.o., Wrocław